예수 시대의 예루살렘

사마리아로
가는 길

골고다 언덕

베데스다 못

안토니 요새

성전

미문

● 겟세마네
동산

● 감람산

솔로몬의 행각

기드론 골짜기

베다니와 여리고로 가는 길

하스몬 궁

다리

헤롯 궁

윗 성내(시온)

성전 계단

가야바의 집

기혼샘

다락방

히스기야의 터널

아랫 성내

베다니

실로암 못

힌 놈 계 곡

베들레헴과
헤브론으로 가는 길

수도교

사해로
가는 길

헤롯 성전 지도

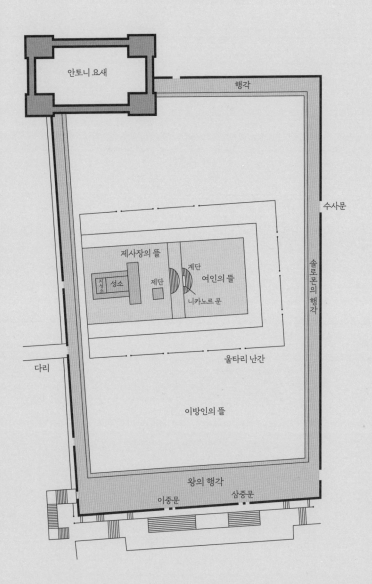

밤의 양들

1

이 도서의 국립중앙도서관 출판시도서목록(CIP)은 서지정보유통지원시스템
홈페이지(http://seonji.nl.go.kr)와 국가자료공동목록시스템(http://www.nl.go.kr/kolisnet)에서
이용하실 수 있습니다. (CIP제어번호: CIP2019032144)

밤의 양들

GOSPEL OF MURDER

1

이정명 장편소설

은행나무

| 차례 |

현명한 양치기는 낮에 잃어버린 양을 찾지 않는다.

길 잃은 양들은 밤에 하얗게 빛난다.

A.D. 70년 10월

이 언덕 위에는 아무것도 없습니다. 스승님.

시중드는 소년이 말한다. 나는 이마의 땀을 훔친다. 그럴 테지.

소년이 다시 말한다. 바람이 언덕을 비질하듯 휩쓸고 지나갑니다.

알고 있다. 성글고 흰 머리칼이 사정없이 얼굴을 때리는 것을 보면…….

하늘에는 까마귀들이 동심원을 그리며 맴돌고 있습니다. 소년이 말한다.

나는 생각한다. 무엇을 위해 까마귀들은 이 언덕에 몰려드는가? 죽은 자들의 육신을 쪼아먹기 위해? 그들의 영혼을 저승으로 인도하기 위해?

소년이 다시 말한다. 빛을 잃은 태양이 서쪽 하늘에 창백하게 걸려 있습니다.

나는 비로소 잠긴 목소리를 낸다. 탄력 잃은 목청에서 끽끽대는 소리가 새어나온다. 그날도 그랬단다. 세 남자가 이곳에서 죽어가던 그때도.

그 날, 이 언덕 위에서 나는 내려다보았다. 신의 축복을 받은 거룩한 도시 예루살렘을. 그리고 이 도시가 살해한 한 사내를. 그때를 마지막으로 나는 이 도시를 다시 찾지 않았다. 이 황량한 해골의 언덕도.

내 이름은 테오필로스. 저 위대한 황제 아우구스투스 치세에 태어난 후 여덟 황제의 치세가 나의 생애를 지나갔다. 티베리우스, 칼리굴라, 클라우디우스, 네로, 갈바, 오토, 비텔리우스를 거쳐 베스파시아누스 황제까지…….

티베리우스의 나태와 칼리굴라의 잔인함과 클라우디우스의 무능과 네로의 광기와 그 뒤를 이은 허수아비 황제들을 견디는 동안 나는 늙고 병들어갔다. 내가 아는 사람들은 모두 내 곁을 떠났다. 그들은 스스로 죽어갔고 누군가에게 죽임 당하기도 했다.

하지만 나는 살아남았다. 매끄럽던 곱슬머리는 탄력을 잃고 빛나던 수염은 광택을 잃었다. 이마엔 세월이 할퀴고

간 깊은 상처가 주름으로 남았다. 평생 양피지를 노려본 눈에는 어둠이 들어찼다. 누군가가 잊어버리고 간 짐 보따리처럼 나는 외롭고 추레하게 세상 한 귀퉁이에 버려져 있다.

나는 거친 숨을 고르고 소년에게 묻는다. 발아래 무엇이 보이느냐?

소년이, 나의 눈을 대신해 소년이 말한다. 파괴된 도시의 잔해가 보입니다. 재와 연기와 그을린 것들, 쓰러진 것들과 제대로 서 있지 못한 것들…….

나는 보이지 않는 눈으로 발밑을 내려다본다. 무너진 성읍이 눈 아래 보이는 듯하다. 나는 소년을 재촉한다. 또 무엇이 보이느냐?

소년이 대답한다. 부서진 지붕이 보입니다. 무너진 벽과 떠받칠 것을 잃어버린 기둥과 삐죽삐죽 비어져나온 대들보와 바퀴가 망가진 수레들…….

나는 마른침을 삼킨다. 멀리서 소리가 들려온다. 통곡과 울부짖는 소리, 그리고 기도문을 암송하는 낮은 목소리. 나는 오래전에도 이런 소리를 들은 적이 있다. 35년 전쯤, 아니 40년이 지났나?

일흔이 넘은 후에는 흐르는 시간을 세지 않는다. 젊었을 때는 시간 위를 항해한다고 여겼지만 이제는 어둠 속을 표류하고 있다는 생각뿐이다. 하지만 이 소리는 바로 어제 들은 것처럼 생생하다.

소년이 더듬거리며 말을 잇는다. 폐허 위에 황금 독수리가 새겨진 로마의 깃발이 나부낍니다. 빛나는 투구를 쓴 군인들이 머리를 쥐어뜯는 여인들 사이를 지나갑니다. 그들은 살아남은 자를 색출하고 있습니다.

나는 고개를 끄덕인다. 보이지 않지만 생생하게 느낄 수 있다. 매캐한 연기와 비릿한 피냄새, 병사들의 샌들 소리, 죽어가는 자의 신음 소리와 살아남은 자의 비명 소리, 남편을 잃은 아내와 아버지를 잃은 아이들의 통곡 소리…….

보이지 않는 눈에서 눈물이 흐른다. 다행이다. 보이지 않는 눈이지만 슬퍼할 수는 있으니까. 소년이 땀내 나는 수건으로 나의 눈가를 훔친다. 나는 잠시 몸을 숙이고 구토를 한다. 4년 동안의 전쟁은 끝나고 예루살렘은 함락되었다. 이제 목자는 죽음을 당하고 양 떼는 흩어질 것인가?

나는 신음하듯 말한다. 소년아 네 맞은편 언덕을 보아라. 그리고 나에게 말해다오. 그곳에 있는 것과 없는 것을. 무너진 것들과 그렇지 않은 것을. 사라진 것과 남아 있는 것을. 하지만 소년은 사라진 것들에 대해 말하지 못할 것이다. 그는 이 도시의 과거를 알지 못하니까.

소년이 말한다. 무너진 산정에 거대한 돌무더기가 있습니다.

나는 생각한다. 성전은 기어이 무너졌구나. 나는 말을 꺼내려 하지만 목젖이 떨려 몇 번이나 침을 삼킨다. 마침내 나는 입을 연다. 소년아. 저 돌무더기는 한때 강고한 성전의 벽이었단다. 그 언덕에는 젊고 아름다운 여자가 있었고, 가슴이 뜨거운 남자가 있었고, 신에게 순종하는 착한 사람들이 있었지.

소년은 대답하지 않는다.

그래. 나도 안다. 무너진 돌더미에서 기억의 부스러기를 주워담는 늙은이의 부질없음을. 하지만 소년아. 내 말은 거짓말이 아니다. 나는 저 무너진 돌벽에 기대어 울던 한 남자를 알고 있다. 그때 그는 젊었고 아름다웠지. 그는 한 여자를 사랑했고 자신의 삶을 사랑했다.

그리고 나는 또 한 사내를 알고 있다. 그는 남루한 모습으로 이 도시에 왔으며 연약한 몸으로 저 돌벽에 부딪쳐 피를 흘렸다. 한 사람은 세상을 구하려 했고 또 한 사람은 자기 목숨을 구하려 했지. 하지만 나는 알 길이 없다. 그들이 과연 그것을 구했는지 그렇지 않은지.

그때 내가 예루살렘에서 보았던 모든 것은 사라졌다. 거대한 성전의 문설주, 햇살에 뜨겁게 달구어진 돌바닥, 바람이 불면 반짝이며 뒤집히던 올리브 잎과 순례자로 북적이던 거리는 기억 속에서만 뚜렷하다. 작은 골목과 넓은 중앙 광장, 바람에 나부끼던 로마의 깃발, 성전으로 가는 오르막길로 밀려들던 순례자들, 아름다운 여인들, 신심 깊은 남자들. 그중 몇몇은 울고 있었으리라. 누군가는 기쁨 때문에,

또 누군가는 슬픔 때문에.

하지만 이제 집들은 무너진 돌무더기가 되었고 정념은 차가운 재가 되어 사그라졌다. 굳은 믿음은 한 줄기 연기가 되어 폐허 위를 떠돈다.

소년이 말한다. 이곳은 지옥 같아요.

그래, 이 도시는 지옥이야. 하지만 천국을 꿈꾸는 지옥이지.

시간이 기억을 침식한다는 말을 나는 믿지 않는다. 무너진 성읍의 언덕 위에서 나는 내가 알았던 아름다운 남자의 기억을 떠올린다. 예루살렘을 떠난 후 하루도 잊지 않았던 이야기를.

어디서부터 시작해야 할까? 그래. 그해 봄 이야기로 시작하자. 40여 년 전 내가 예루살렘에서 보낸 7일. 살인과 음모와 배신과 사랑이 폭풍처럼 뒤섞이던 그해 유월절. 이곳에서 내가 보고 들었던 기이한 일과 내가 만났던 사람들의 뜨거운 삶을, 그리고 그 삶보다 뜨거웠던 그들의 죽음을……

그 자신이 살인자이며 살인자를 쫓았던 사내 마카베오 마티아스. 세상을 구하려 했으나 자신을 구하지 못한 사내, 사람의 아들로 왔으나 신의 아들이 된 사내 예수 그리스도. 이제 나는 그 이야기를 기록하려 한다. 그들의 이름이 이 늙은이의 어지러운 머릿속에 묻혀 영원히 사라져버리기 전에.

소년이 묻는다. 철필과 양피지를 준비해야 할까요? 나는 말없이 고개를 끄덕인다.

나는 평생 양피지를 벗하였지만 글은 독소처럼 나의 눈을 멀게 했다. 소년에게 읽고 쓰는 법을 깨우치게 한 것이 다행이다. 나의 목소리는 떨리지만 소년의 글은 매끄러울 테니까. 소년에게 수사학과 논리학을 가르친 건 더한 행운이다. 나의 기억은 혼돈스럽지만 소년의 글은 단정할 테니까.

신이여. 내 희미한 기억에 빛을. 그리고 내 주절거림을 받아 적는 어린 필경사에게 지혜를. 그리하여 나의 이야기가 부디 무너진 성읍의 돌더미에 묻혀 사라지지 않고 후세에 기억되기를……

제1일
첫 번째 살인
토요일 — 유월절 엿새 전

유대인의 유월절이 가까우매 많은 사람이 자기를 성결케
하기 위하여 유월절 전에 시골서 예루살렘으로 올라갔더니
—요한복음 11:55

1

마티아스는 자신의 이름을 경멸했다. 그는 자신의 이름
이 불리기를 원치 않았다. 그것은 한때 도살꾼의 이름이었
고 밀정, 사기꾼, 포주, 검투쟁이, 로마 군졸의 이름이었다.
그리고 지금은 안토니 요새 지하 감옥에서 죽음을 기다리
는 살인자의 이름이 되었다.

침과 욕설로 더럽혀진 그 이름을 다시 불러줄 사람은 이제 아무도 없다. 사형 집행의 마지막 절차에 이르러서야 그 이름은 다시 불릴 것이다. 마티아스라는 이름에 남은 유일한 용도는 마티아스라는 인간의 죽음을 통보하는 것뿐이었다.

"마카베오 마티아스!"

날카로운 목소리가 얕은 잠 속을 쐐기처럼 비집고 들어왔다. 마티아스는 안간힘을 다해 고개를 가로저었다. 아니오. 나의 이름은 마티아스가 아니오. 나의 이름은…… 나의 이름은…….

마티아스는 번쩍 눈을 떴다. 일그러진 그의 얼굴은 낮달처럼 창백했다. 머리카락은 부스스 엉킨 참이었고 눈에는 핏발이 서 있었다. 흐릿한 의식 속으로 지하 감방의 악취와 오물 냄새가 스며들었다. 퀴퀴한 곰팡이 냄새, 습기 찬 거적의 눅눅한 냄새, 피와 고름과 땀이 섞인 역겨운 냄새, 버림받고 죽어가는 것들이 풍기는 고통의 냄새.

마티아스는 6개월 전 살인현장에서 체포되어 안토니 요새 지하 감옥에 수감되었다. 그가 죽인 크라수스 도미니쿠스는 죽어 마땅한 자였다. 그는 자신의 죄를 부인하지 않았다. 그 죽음으로 많은 사람이 구원받게 되었으니 십자가형도 달게 받을 수 있었다. 그럼에도 캄캄한 지하 감옥에서 십자가형을 기다려야 하는 조바심은 매일 밤 그의 잠을 토막냈다.

어둠 속에서 어지러운 발자국 소리가 들려왔다. 두꺼운 갑의와 무장이 부딪치는 소리로 보아 대여섯 명 혹은 그 이상이었다. 쩔렁거리는 사슬 소리와 자물쇠가 풀리는 소리가 이어졌다. 감방 문이 열리고 매캐한 횃불 연기와 기름 냄새가 훅 끼쳤다.

"마카베오 마티아스!"

낮고 건조한 목소리가 귓가에서 쟁쟁 울렸다. 형장으로 죄수를 인도하는 호송병의 목소리일 것이다. 마티아스는 눈을 뜨고 싶지 않았지만 그 이름을 부인할 수 없었다.

"예. 저의 이름은 마카베오 마티아스입니다."

성큼 다가서는 사내의 몸에서 진흙과 모래바람의 냄새가 났다. 역겨운 비린내와 녹슨 쇠의 아릿함도 느껴졌다. 죽음에 냄새가 있다면 아마 그런 냄새일 거라고 마티아스는 생각했다.

"예루살렘 주둔 로마군 백인대장 크라수스 도미니쿠스를 살해한 살인자!"

말이 떨어지기 무섭게 억센 팔뚝이 그의 양쪽 겨드랑이 아래로 파고들어와 어깨를 단단히 감아쥐었다. 마티아스는 장작개비처럼 뻣뻣한 몸을 겨우 일으켜 세웠다. 순간 묵직한 무언가가 그의 이마를 강타했다. 눈앞에 푸른빛이 번쩍일었다. 찢긴 이마에서 뜨겁고 끈적한 것이 흘러내렸다. 전신의 마디에서 힘이 풀리며 그는 젖은 빨래처럼 늘어졌다.

호송병들은 익숙한 동작으로 그의 두 손을 포박했다. 정신을 차리기도 전에 숨이 막혀왔다. 군인들이 머리 위로 검은 두건을 씌운 것이었다. 젖은 빨래와 마른 먼지의 냄새가 동시에 났다. 검은 두건이 뜻하는 바는 분명했다. 사형 집행장으로 향하는 흉악범의 시야를 가리기 위한 용도였다.

호송병들은 마티아스를 감방 밖으로 질질 끌어냈다. 다리에 힘이 풀려 한 발도 움직일 수 없었다. 감옥 문이 덜컹 닫히는 소리가 났다. 마티아스는 단단한 손아귀에 이끌려 어둡고 미로처럼 복잡한 통로를 나아갔다.

단조로운 말발굽 소리와 온몸이 튕겨오르는 충격에 마티아스는 정신이 들었다. 두 손은 여전히 묶여 있고 눈앞은 깜깜했다. 찢어진 이마가 쓰라렸고 머리가 빠개질 듯 욱신거렸다. 이 말은 어디로 가는 것일까? 두건을 쓴 사형수가 가야 할 곳은 골고다 언덕의 사형 집행장뿐이겠지.

그런데 뭔가 이상하게 돌아간다는 생각이 들었다. 살인자와 반역자의 십자가 처형은 원칙적으로 낮 동안 이루어졌다. 고통 받으며 죽어가는 흉악범을 백일하에 공개함으로써 속주민에게 제국의 권위와 법의 엄정함을 보이고 범죄에 대한 경각심을 심어주기 위해서였다. 그런데 해도 뜨지 않은 새벽에 사형 집행이라니? 어쩌면 그들은 형장으로 가는 길이 아닐지도 몰랐다. 형장이 아니라면 어디로 가는 걸까?

먼저 한밤에 살인범을 감옥에서 빼낸 이들이 누구인지 알아야 했다. 쩔렁이는 마구와 갑옷 자락, 무기가 덜걱거리는 소리로 보면 로마군이 분명했다. 말발굽 소리를 자세히 들어보면 대여섯 필 정도로 짐작할 수 있었다. 한 명의 십인대장과 너댓 명의 병사들?

요새를 빠져나온 말들은 돌로 포장된 시가지 구간을 질주했다. 말발굽 소리가 귓속에 못을 박는 망치 소리처럼 선명했다. 어딘지 모르지만 확실한 목적지가 있는 것 같았다. 시가지를 벗어난 말들은 포장되지 않은 흙길로 접어들었다. 희미한 먼지 냄새가 났고 좁은 비탈길가의 웃자란 가지들이 어깨와 허벅지를 할퀴며 생채기를 냈다.

한참을 달리던 기마행렬은 갑자기 멈추었다. 주위는 풀벌레 한 마리도 울지 않는 적막에 휩싸여 있었다. 지휘를 맡은 십인대장의 말이 몇 걸음 나아가는 소리가 들렸다. 그는 누군가와 몇 마디 짧은 대화를 웅얼거리고는 기마대를 이끌고 왔던 길로 돌아갔다. 이제 어떻게 되는 거지?

맞은편에서 또 다른 말발굽 소리가 다가왔다. 이전 기마행렬과 달리 기수마의 군기가 나부끼는 소리는 들리지 않았다. 왼쪽 선두에 군기를 단 기수마를 배치하는 로마 기병단의 관례로 볼 때 이들은 로마군이 아니다. 안토니 요새의 경비병들이 새벽에 자신을 감옥에서 빼내 누군가에게 넘긴 것이다.

누군가가 다가와 마티아스가 실린 말의 고삐를 챙겼다. 말은 두어 번 고개를 쳐들며 저항하더니 이내 고분고분해졌다. 그들은 곧장 말을 움직였다. 말발굽 소리가 요란해지고 속도가 빨라졌다. 마티아스는 말 잔등에서 튕겨나가 떨어지지 않기 위해 안장 조임 끈을 쥐고 안간힘을 썼다. 안장의 굴곡이 갈비뼈에 배겨 통증이 느껴졌다.

한참을 달리자 공기가 미세하게 훈훈해졌고 돌바닥에 닿는 말발굽 소리와 가끔씩 두런거리는 말소리가 멀리서 들렸다. 완만한 오르막길을 오르는 말 잔등에 차가운 땀이 맺혀 미끈거렸다. 희미한 피비린내가 풍겼다. 형장에 도착한 것인가.

억센 손길이 마티아스를 말 등에서 뜯어내 바닥에 팽개쳤다. 돌바닥에 부딪친 엉치뼈에서 으드득 소리가 났다. 마티아스는 욱신거리는 옆구리를 움켜쥐고 간신히 일어섰다.

거친 손길이 그의 얼굴에서 두건을 벗겨냈다. 눈앞의 형장을 확인하기 위해 마티아스는 두 눈을 부릅떴다. 그러나 눈앞에는 거대한 십자가도, 머리 위를 맴도는 까마귀 떼도, 창을 든 로마 병사도 없었다. 대신 어둠 속에서 붉은 제복을 입은 사나이가 짙은 눈썹을 꿈틀거리고 있었다.

"조나단님!"

마티아스는 자신도 모르게 소리쳤다. 핍박과 압제로부터 유대를 지킨다는 뜻을 담은 신성한 이름. 용맹한 사울왕의 군대를 이끈 젊은 장군에게서 물려받은 이름. 성전수비대 장 조나단은 보통 사람보다 머리 하나가 큰 거구였다. 머리 뿐 아니라 눈, 코, 귀를 비롯한 몸의 모든 부분이 컸다. 짙은 갈색의 곱슬머리와 두리번거리는 눈매는 사나운 짐승을 떠올리게 했고 커다란 손은 돌맹이처럼 단단했다.

"마티아스. 안토니 요새 감옥에 처박혀 용케 살아 있었구나. 내가 뭐랬더냐? 널 반드시 빼내주겠다고 했지?"

조나단이 걸걸한 목소리로 소리쳤다. 마티아스는 그제야 자신이 성전 한복판 니카노르의 문 앞에 있다는 것을 깨달았다. 그는 안장에 치여 쓰라린 엉덩이를 문지르며 대꾸했다.

"약속치곤 늦은 것 아닙니까요. 로마 놈들 감옥에 여섯 달이나 처박아두시다니."

"그동안 좀 바빴어. 지금이라도 빠져나왔으니 된 것 아니냐?"

조나단이 멋쩍게 웃었다. 머릿속의 불안과 의문들이 하나둘 걸렸다. 안토니 요새 측에 손을 써 한밤에 감옥에서 자신을 빼낸 사람은 조나단이었다. 조나단은 그럴 수 있는 힘과 권력과 수완을 가진 인물이었다. 그런데 왜 그는 로마 군영에 수감 중인 살인범을 한밤에 비밀스럽게 탈옥시켰을까? 직접 형을 집행하려는 걸까? 그게 아니라면 사면?

"설마 절 죽이려고 빼낸 건 아니시겠죠?"

마티아스는 돌바닥에 무릎을 꿇고 물었다. 조나단은 살인자가 되어버린 충직한 밀정을 복잡한 표정으로 바라보았다. 투구를 벗은 그의 머리에서 허연 김이 무럭무럭 피어올랐다.

"그건 나도 몰라. 어쨌든 죽이더라도 그 선에 내놈이 해야 할 일이 생겼어."

병사 두 명이 달려들어 포승줄을 풀었다. 조나단이 지휘봉을 들어올리자 문 앞에 도열했던 병사들이 비켜섰다. 비릿한 피냄새가 훅 끼쳤다.

마티아스는 피냄새에 익숙했다. 그는 동물의 피냄새와 인간의 피냄새, 타인의 피냄새와 자신의 피냄새, 상처에서 흐르는 피와 죽어가며 토하는 피냄새를 구별할 수 있었다. 굳은 정도와 색깔로 죽은 시간을 가늠할 수도 있었다.

흔들리는 횃불 빛에 니카노르 문의 금속 장식이 번들거렸다. 돌벽 아래에 한 소녀가 웅크린 듯 모로 누워 있었다. 두 눈은 깊은 잠에 빠진 듯 꼭 감고 있었다. 조나단이 묵직한 망토를 벗으며 건조한 목소리로 말했다.

"새벽에 순찰을 돌던 레위인이 발견했다. 여인의 피가 성스러운 니카노르의 문과 성전 담을 더럽혔어. 지금부터 현장을 샅샅이 관찰하고 기억해. 이 일을 저지른 자를 잡아야 하니까."

마티아스는 그제야 자신을 이곳까지 데려온 조나단의 사정을 알아차렸다. 유월절 코앞에 성전 한복판에서 벌어진 살인을 수습하는 일을 맡길 자가 자기 말고 예루살렘에서 누구겠는가? 언제까지일지는 모르지만 당분간은 쓰임새가 생긴 것이다. 조나단이 생각할 틈을 주지 않고 채근했다.

"시간이 없어. 성전 문이 열리면 순례자들이 들이닥친다. 그들이 예루살렘에서 보는 것은 성스러운 여호와의 전당, 아름다운 성전이어야 해. 유월절을 앞둔 새벽에 성전에서 살인이 있었다는 티끌만 한 흔적이라도 보여선 안 돼. 당장 시체를 옮기고 핏자국을 말끔히 지워야 하니까 그 전에 현장을 똑똑히 봐둬!"

소녀의 이마에는 멍이 들었고 깨진 뒷머리에서 흐른 피에 갈색 머리카락이 엉겨 있었다. 예리한 칼날에 찔린 듯 길게 벌어진 목덜미의 상처에서 흘러나온 피가 돌바닥을 적셨다. 찢어진 옷자락은 흉기에 찔린 옆구리의 핏줄기로 붉게 물들어 있었다. 공포에서 벗어나려 안간힘을 썼는지 두 주먹은 굳게 움켜쥐고 있었다. 마티아스는 아직 온기를 간직한 듯한 핏자국을 물끄러미 내려다보았다. 말해봐. 무슨 말이든 해보라고. 네가 왜 이 차가운 돌바닥에 있는지……

마티아스는 시신의 발치를 돌아 등뒤를 횃불로 비추었다. 등가죽이 잘려나간 직사각형의 붉은 상처를 본 마티아스의 얼굴이 흉측하게 일그러졌다. 처참하게 절개된 윤곽은 살인자가 날렵한 칼솜씨를 가진 전문가라고 말하고 있었다. 마티아스는 담벽에 횃불을 들이대고 핏자국 높이와 소녀의 키를 비교했다. 돌 틈에 길고 곱슬거리는 갈색 머리카락 한 올이 끼어 있었다.

"엄청난 힘을 가진 살인자가 피살자의 목덜미를 감아쥐고 성전 벽에 패대기쳤군요. 두개골이 함몰된 피살자는 바로 절명했을 겁니다. 다음으로 예리한 칼로 옆구리를 찌른 뒤 그 칼로 다시 왼쪽에서 오른쪽으로 목을 그어 경동맥을 끊었습니다. 목에 난 상처를 자세히 보세요. 옆구리를 찌를 때 칼에 딸려나온 복부 지방과 내장 조직이 묻어 있지 않습니까?"

마티아스가 소녀의 목덜미 상처를 골똘히 살피며 말했다. 그의 말대로 칼날이 닿기 시작한 열상 왼쪽 언저리에 노르께한 기름막이 끼어 있었다. 마티아스는 왼쪽에서 오른쪽으로 난 목의 상처와 왼쪽 옆구리의 상처로 보아 범인은 오른손잡이일 거라고 덧붙였다. 조나단은 고개를 끄덕였다. 놈의 말은 믿을 만했다. 늘 그랬다.

"자정이 지나면 성전 문을 닫고 출입을 엄격히 통제하는데 이들이 어떻게 성전 안에 들어왔을까? 지난밤 교대임무를 맡은 경비대원을 조사해봐야겠지만 살인자가 드나들 정도로 허술하진 않아."

"레위인과 공인들이 드나드는 성전 측면 쪽문은 한밤에

도 출입이 가능합니다. 피해자는 니카노르 문 안으로 피하려 했지만 열리지 않았고 뒤따라온 놈에게 당했을 겁니다. 아마도 성전 내부인이거나 적어도 한밤에 성전을 자유롭게 드나들 수 있는 인물이겠지요."

소녀의 손등에는 멍이 들어 있었고 수많은 생채기가 나 있었다. 굳게 닫힌 황동문을 애타게 두드리고 흔든 흔적일 것이다. 니카노르의 문을 지나면 유대인의 뜰이었고 그 바깥쪽은 여인의 뜰이었다. 스무 명의 장정이 달려들어 밀어야 열릴 정도로 육중한 니카노르의 황동문은 남자들에게만 열렸다.

소녀는 결코 그 문을 열 수 없었을 것이다. 그 문은 두 공간을 이어주는 문이 아니라 두 세계를 나누는 문이었다. 남자와 여자, 선택받은 자와 선택받지 못한 자, 지배하는 자와 지배받는 자, 죄 없는 자와 죄 많은 자⋯⋯.

"불경스런 주둥이를 닫아라. 성전 내부는 정결한 사제와 강직한 율법사와 신실한 레위인의 영역이다. 그들이 살인에 관련되었다고 말하는 것이라면 당장 네놈의 형을 집행할 것이다."

조나단이 고함을 질렀다. 병사들은 주검을 외면하며 구토를 참느라 입을 틀어막았다. 누구도 가련한 소녀의 시신에 모포 한 장 덮어주려 하지 않았다. 마티아스는 소녀의 오그라든 손가락을 하나하나 펴주고 싶었다. 그러면 소녀는 긴 잠에서 깬 듯 눈을 뜰까? 핏기 없는 입술에 핏기가 돌고 벗겨진 등에 새 살이 차오르고 초점 없는 눈이 다시 반짝일까? 마티아스는 말 등에서 얇은 야전용 모포를 걷어 소녀의 등과 창백한 얼굴을 덮어주었다.

"단순한 강간이나 치정 살인치고는 정교하고 복잡합니다. 성전 한가운데서 죽인 것은 개인적 동기보다 그 죽음을 통해 무언가를 말하려 한 것 같기도 합니다. 놈의 목적은 단순히 소녀를 죽이는 것이 아닌 것 같습니다."

"그럼 목적이 뭐야?"

"놈은 소녀의 피와 가죽을 원했던 겁니다."

피와 가죽? 조나단은 분노와 혐오감으로 치가 떨렸다. 마티아스는 횃불로 돌바닥을 비추었다. 번들거리는 돌바닥 틈에 고인 피가 꾸덕꾸덕 마르고 있었다. 핏자국 끝부분에 무언가가 반짝였다. 흔해 빠진 1세겔짜리 동전이었다. 앞면에는 석류열매 세 개와 '성스러운 예루살렘'이란 히브리어가 주조되어 있었다. 마티아스는 동전을 주워들고 뒷면을 골똘히 들여다보았다.

"이것은 예루살렘의 동전이 아니라 안티파스의 동전입니다."

조나단은 황급히 동전을 낚아챘다. 뒷면에 아무런 문양도 새겨져 있지 않은 안티파스의 동전이 맞았다. 유대에서는 지역에 따라, 사용하는 사람에 따라 몇 가지 동전이 뒤섞여 통용되었다. 주둔군을 위시한 로마인들은 티베리우스 황제의 흉상이 조각된 로마 동전을 사용했다. 가이사리아 주변 지역에서는 구부러진 지팡이가 새겨진 빌라도의 동전이 함께 통용되었다.

반면 유대인끼리의 거래에는 세겔주화가 사용되었다. 앞면에 세 개의 석류열매가 새겨진 세겔주화는 각기 다른 뒷면 문양에 따라 두 종류로 나뉘었다. 술잔이 새겨진 예루살렘 세겔은 이스라엘 전역에서 통했지만 문양이 없는 안티파스의 세겔은 헤롯 안티파스가 다스리는 갈릴리 지방에서만 통용되었다.

"안티파스의 동전이라…… 그럼 이 아이가 예루살렘이 아니라 갈릴리 출신이라는 얘긴가?"

조나단은 손끝으로 동전을 굴리며 득의만만하게 소리쳤다.

"그래. 그거야. 예루살렘에선 쇳조각에 불과한 동전을 지닌 걸 보면 이 아이는 갈릴리에서 온 지 얼마 되지 않은 창녀야. 시도 때도 없이 그것들이 예루살렘으로 꾸역꾸역 몰려드니까 말이야."

"원래 갖고 있던 돈이 아닐 수도 있어요. 가령 갈릴리 출신 사내에게 받은 화대라면 저 아이를 죽인 놈이 갈릴리 출신이라는 말과 같아요. 안티파스의 동전은 예루살렘에서는 쓸 수 없지만 화대로는 환영받는 돈이죠. 환전상과 안면이 있다면 높은 환율로 예루살렘 세겔과 바꿀 수 있으니까요."

조금씩 어둠이 걷히자 소녀의 몸이 더욱 희게 빛났다. 복숭아빛 홍조가 사라진 하얀 얼굴은 오린 듯 반듯했다. 밝아오는 여명에 돌 위의 핏자국이 금속처럼 붉게 반들거렸다.

어디선가 돌계단을 밟는 가죽 샌들 소리가 들렸다. 물동이와 자루 달린 솔을 든 레위인 네 명이 그림자처럼 조용히 다가왔다. 물수레를 끄는 두 명의 레위인 장정이 그 뒤를 따랐다.

레위인들은 눈에 띄지 않는 곳에서 성전이라는 거대한 기계를 돌리는 톱니바퀴들이었다. 그들은 토라에 능통한 사제였고 문장에 정통한 스승이었다. 그들은 또 연주자이자 합창지휘자였으며 수문장이자 형리였으며 사제의 의상 관리자였고 보루를 지키는 경비원이었으며 사형집행자였다.

덩치 큰 레위인 두 명이 모포로 싼 시신을 들것에 신고 사라졌다. 또 다른 레위인은 말라붙은 핏자국에 물을 뿌려 솔로 문지른 후 마른 걸레로 닦았다. 일사불란하게 살인의 흔적을 지운 레위인들은 일제히 죽은 자를 위한 기도문을 외웠다.

새벽빛이 솔로몬 회랑의 열주 하나하나에 온기를 불어넣었다. 높은 돌벽 너머에서 순례자들이 웅얼거리는 기도문 소리가 들렸다. 긴 뿔 나팔 소리와 함께 성전 문이 열렸다.

꾸역꾸역 밀려드는 순례자들의 발자국 소리가 귓전을 어지럽혔다. 머릿수건을 쓴 여인들, 유대인의 뜰로 달려가는 남자들…….

그때 찢어지는 여인의 비명 소리가 넓은 뜰에 퍼져나갔다. 몰려오던 순례자들의 발걸음이 그자리에 얼어붙었다. 군중들은 놀란 눈으로 여인의 떨리는 손가락을, 그리고 그것이 가리키는 아치문을 올려다보았다.

천천히 떠오르는 아침 햇살이 피로 물든 문설주를 비추었다. 사방에 흩뿌려진 핏방울들이 끔찍한 저주처럼 선명하게 번들거렸다. 어둠에 가려 발견되지 않았던 명확한 살인의 흔적. 살인자는 바로 이런 극적인 순간을 기대했을 것이다. 조나단이 다급하게 소리쳤다.

"저 핏자국을 지워야 해. 생각 없는 자들이 성전 문설주에 피로 쓴 문양이 나타났다고 떠들어댈 테니 말이야. 순례자는 발보다 입이 빠른 자들이야."

다행히 군중들은 문설주의 피를 저주가 아니라 축복으로 받아들인 것 같았다. 남자와 여자들은 기적에 참례한 감격에 그자리에 엎드려 토라를 암송했다. 몇몇은 선 채로 멍하니 핏자국을 바라보았고 어떤 자는 욕설을 내뱉기도 했다.

마티아스는 문설주에서 눈을 떼지 않은 채 핏자국을 노려보았다. 그렇게 하면 살인자의 영혼을 꿰뚫어볼 수 있기라도 한 듯. 살인자는 눈에 띄지 않게 성전 내부로 은밀히

잠입해 짧은 시간에 살인을 저지른 다음 문설주를 더럽히고 사라졌다. 철저히 폐쇄된 장소에서 살인을 수행하면서도 은폐할 것은 철저히 은폐하는 대신 드러낼 것은 극대화한 것이다. 성전 내부를 속속들이 아는 인물이 아니면 불가능한 일이었다.

또한 살인자는 의도적으로 소녀의 목을 찔러 출혈을 유도했다. 성전 문설주에 피를 칠하기 위해서였을 것이다.

문설주의 핏자국은 이집트 탈출의 역사를 흉내낸 것이 분명했다. 이집트의 노예였던 유대인을 젖과 꿀이 흐르는 가나안 땅으로 인도하신 여호와의 대역사. 니산월 10일에 어린 양을 골라 14일 저녁에 잡아먹고 그 피를 문설주에 바르면 유대인의 집인 줄 알고 보호하시리라는 약속.

그렇다면 저 핏자국은 재앙으로부터 지켜주시겠다는 언약에 대한 모독인가? 아니면 예루살렘에 내린 여호와의 징벌인가?

의도가 무엇이든 피로 남긴 표식이 놈의 지적 우월감을 보여주는 증표라는 점만은 분명했다. 더 명백한 사실은 놈이 싸움을 걸어왔다는 사실이었다. 마티아스는 그 싸움에서 이길 자신이 없었다. 그렇다고 싸움을 피할 방도도 마땅치 않았다. 그는 핏자국을 노려보며 놈에게 조용히 물었다. 왜 그랬어? 소녀를 죽이는 것으로 모자랐어? 그래서 거룩한 성전의 문설주를 더럽힌 거야?

조나단이 마티아스의 어깨를 움켜쥐고 소리쳤다.

"살고 싶으냐?"

그렇다. 살고 싶었다. 살아서 스스로 망가뜨린 삶을 바로 잡고 자신이 더럽힌 이름을 닦아내고 싶었다. 그러고도 남은 삶이 있다면 두려움과 비겁함을 버리고 더 바르고 정의롭고 용기 있는 남자로 살아보고 싶었다. 새로운 세상 속을 마음껏 걸어다니며 그 아름다움과 향기로움을 마음껏 사랑하고 싶었다. 아침 햇살에 반짝이는 올리브의 연둣빛 새잎들, 한낮에 달아오른 성전 돌바닥의 따뜻한 반짝임, 종려나무 잎들이 바람에 서걱거리는 소리, 저물녘 골목을 떠도는 아이들의 웃음소리, 어두운 한밤에 방주처럼 빛나는 성전의 불빛을 저버리고 싶지 않았다.

"살고 싶으면 사건을 풀어! 대신 일체의 무기 소지는 불허한다. 사건을 조사한답시고 또 사고를 치면 곤란하니까. 낮 동안 조사를 진행하고 밤이 되면 성전 지하 감옥으로 돌아와. 네 발로 돌아오지 않으면 널 감시하는 수비대원들이 끌고 올 테니까."

그것이 바로 마티아스가 원하는 일이었다. 그는 사악한 살인자의 깊은 폐부를 맨눈으로 들여다보고 싶었다. 놈이 아무리 교묘하게 자신을 숨겨도 그 추악한 껍질을 벗겨내고 싶었다. 조나단이 말을 이었다.

"넌 지금껏 수많은 죽음을 보았고 수많은 자를 죽였어.

그러니 너보다 살인자의 의도와 행동을 잘 추적할 자는 없을 거야. 게다가 사창가 사람들은 성전수비대가 들이닥치면 뭘 묻기도 전에 입을 봉해버릴 거야. 하지만 넌 그곳을 네 집처럼 드나들었지. 그러니 지금 당장 포주들을 족치든 여자들을 다그치든 뭐라도 해."

마티아스는 부인하지 않았다. 그 말은 사실이었으니까. 그는 한때 성전의 속죄양을 죽이는 도살꾼이었고, 가이사리아 검투장의 검투사였으며 동방전선의 크고 작은 전투에 종군한 로마군 병사였다. 전쟁터에서 돌아온 후에는 성전수비대 밀정 노릇을 하다가 결국 사람을 죽인 죄로 감옥에 처박혔다. 길지 않은 삶 내내 죽음과 어깨동무하고 살았다고 해도 틀린 말은 아닐 것이다.

"다시 말하지만 무슨 일이 있더라도 유월절이 오기 전에 놈을 잡아! 그렇지 못하면 널 살려둘 이유가 없어질 테니까."

조나단이 덧붙였다. 마티아스는 순례자들의 발자국에 반질반질하게 닳은 돌바닥으로 눈을 내리깔았다. 그는 막다른 구석에 몰려 있는 자신의 처지를 명백히 자각했다. 죽음을 벗어날 실낱같은 희망은 살인자를 잡는 길밖에 없었다. 적어도 그때까지는 살 수 있을 것이다.

2

항구도시 가이사리아는 유대 땅에 건설된 로마였다. 건축왕 헤롯이 카이사르에게 바친 그 도시에는 5만의 로마 진주군과 총독부 관리들과 그들의 가족이 살고 있었다.

로마를 등에 업고 왕좌에 오른 헤롯은 부족한 자신의 정통성을 인정받기 위해 성전과 헤롯궁을 비롯한 다양한 건축사업을 벌였다. 예루살렘의 안토니 요새는 물론 카이사르의 이름을 딴 도시 가이사리아와 갈릴리 연안의 가이사리아 빌립보 또한 로마를 위해 헤롯이 건설한 로마식 도시였다.

헤롯의 건축사들은 가이사리아 해변에 펼쳐진 30미터 깊이의 바다에 3미터에 이르는 폭과 높이로 거대한 방파제를 쌓아올렸다. 새로 조성된 땅에는 신전과 극장이 들어섰고 시가지 한가운데에는 로마식 개선문과 광장이 조성되었다. 탁 트인 로마식 가도 양쪽에는 거대한 화강석 건물들과 시장과 극장, 원형경기장이 자리잡았다. 총독관저는 항구와 중앙광장을 내려다볼 수 있는 언덕 위에 건설되었다.

총독 빌라도는 마흔을 넘겼지만 탄탄한 몸을 지닌 야망가였다. 얇은 튜닉 자락을 따라 게르마니아에서 싸우던 젊은 시절, 누구도 따라올 수 없는 창던지기로 다져진 어깨근육이 드러났다. 그는 총독관저의 창 너머로 눈부신 흰 돛을 펼친 30여 척의 갤리선이 정박해 있는 항구를 내려다보았다.

선착장에는 대추야자와 올리브를 가득 실은 수레가 바쁘게 오갔고 일꾼들의 고함 소리가 바닷바람을 타고 퍼졌다. 거대한 갤리선의 노들은 북소리에 맞춰 쉼 없이 움직이며 수면에 흰 물결을 튀겼다. 북소리는 물살을 가르며 방파제를 빠져나가는 갤리선의 심장 고동처럼 들렸다. 방파제 너머 바다는 은빛으로 반짝였다.

항구 반대편 시가지에는 곧게 뻗은 도로를 따라 개선문과 광장, 공회터가 이어졌다. 지중해의 온화한 해풍이 군데군데 군락을 이룬 올리브 나무를 지나갔다. 바다를 낀 원형극장에선 매주 검투대회가 열렸다.

본국으로 소환된 발레리우스 그라투스를 이어 빌라도가 유대 총독으로 부임한 지 4년. 로마의 속주라지만 서로 다른 배경과 이익이 얽혀 들끓는 도가니처럼 위태로운 이 땅은 누구에게도 완전한 통치를 허락하지 않았다. 이 작은 황무지 땅의 권력을 나누어가진 자들이 몇인가?

30여 년 전 헤롯 대왕이 죽자 카이사르 아우구스투스는 유대를 헤롯의 세 아들에게 나누어 다스리게 했다. 아켈라우스에게는 유대와 사마리아, 이두메가 주어졌고 안티파스에게는 북쪽 갈릴리 지역과 요단강 건너 페레아가, 필리푸스에게는 갈릴리 동편의 고원지대가 주어졌다.

이들은 분봉왕으로서 해당 지역을 다스렸지만 위협을 느낄 정도의 존재감은 없었다. 특히 동생 필리푸스의 아내 헤로디아를 빼앗고 그녀의 딸 살로메에게 세례요한의 머리를 준 헤롯 안티파스는 빌라도의 눈에 망나니나 미치광이에 불과했다.

빌라도가 위협을 느끼는 인물은 대제사장 가야바였다. 그는 전장을 내달리는 전차병처럼 아슬아슬하지만 능숙하게 유대인의 반로마 감정을 적절히 조절하며 빌라도와의 타협을 유지해왔다. 산헤드린 의원들과 제사장들, 율법의 수호자를 자처하는 바리새파와 티끌만 한 불씨에도 타오르지 못해 안달인 열심당과 변덕스런 군중을 한 손의 고삐로 어르고 달래는가 하면 다른 한 손으로 채찍질하며 버텨온 것이다.

빌라도는 가야바가 마음에 들지 않았지만 유대는 물론 디아스포라에까지 미치는 그의 영향력을 무시할 수 없었다. 그를 배제하고 예루살렘을 자기 것으로 만들 길은 없었다. 전부를 가지지 못한다면 일부라도 가지는 것이 현명한 일이었다. 문밖에서 낮고 침착한 보고가 들렸다.

"안토니 요새 사령관 코르비우스입니다. 요새에서 보낸 전서구 정보가 취합되었습니다."

안토니 요새는 성전과 한쪽 벽을 맞대고 있는 예루살렘 주둔 로마군 사령부였다. 다르게 말하면 예루살렘 한복판에서 로마와 유대가 대치하는 최전방이었다. 높은 망루의 경계병은 밤낮으로 성전을 감시했고 돈으로 포섭한 밀정들이 성전 내에서 활동했다. 수집된 정보는 곧 전서구를 통해 빌라도가 있는 가이사리아로 신속하게 전해졌다. 이로써 빌라도는 지중해가 바라보이는 이 쾌적한 도시에서 100킬로미터나 떨어진 들끓는 용광로 같은 예루살렘을 손바닥처럼 들여다볼 수 있었다.

한때 빌라도의 전속 부관을 지낸 코르비우스는 2년 전 안토니 요새 사령관에 임명되었다. 빌라도의 예루살렘행을 수행하기 위해 가이사리아로 온 그는 이틀째 총독관에서 대기 중이었다. 새벽부터 잇따라 날아온 전서구 정보를 취합한 그는 빌라도의 집무실로 들어서자마자 보고를 시작했다. 어린 소녀의 죽음과 사라진 등가죽, 레위인들의 뒤처리, 성전 문이 열리자 쏟아져들어온 순례자들 중 일부가 본 니카노르 문설주의 핏자국……

코르비우스가 굳은 표정으로 보고를 이어나가는 동안 빌라도의 귀에는 성전 바닥에 피 흘리며 죽어갈 양들의 울음소리가 들리는 듯했다.

"신전의 한가운데서 한밤중에 살인사건이 일어났고 수비대장이 직접 나서서 흔적을 지웠다? 안티파스와 열심당이 알면 쾌재를 부를 일이군. 그들이 무슨 소문을 퍼뜨려 예루살렘을 혼란스럽게 할지 몰라. 성전수비대는 사건 조사를 빌미로 여기저기 들쑤시고 다닐 테고……."

빌라도는 튜닉의 어깨 자락을 쥐어뜯으며 조바심을 억눌렀다. 가이사리아와 예루살렘을 포함한 이스라엘 전역을 관장하며 로마의 원로원과 황실과도 긴밀한 관계를 유지해야 하는 총독인 그는 잘 알고 있었다. 언제 화를 내야 하며 언제 화를 내지 말아야 하는지. 언제 어떤 방식으로 말해야 하며 언제 어떤 방식으로 말하지 않아야 하는지.

"당국자들은 사안을 위중하게 바라보고 있습니다. 날이 새기 전에 시체를 치우고 증거를 없앴으며 일이 외부로 새 나가지 않도록 입막음을 했습니다. 문설주의 핏자국을 본 순례자들에게는 그 사실을 떠들어대지 못하게 조치를 취했습니다. 만약 소문이 번지더라도 그것이 재앙이 아니라 유대인을 지키는 여호와의 축복이라고 포장할 것입니다. 그리고 시급하게 사건을 조사할 자를 붙였는데 그자가 이미 현장을 탐문했고 주변을 수사하고 있다고 합니다."

"잔인한 살인의 증거를 간단히 신의 축복으로 탈바꿈시키다니. 교활한 자들…… 그런데 사건을 조사한다는 그자는 누구지?"

"마티아스란 밀정인 듯합니다. 윤락가 기둥서방을 전전하던 자인데 안토니 요새 감옥에서 이번 유월절 형 집행을 기다리는 살인자였습니다. 그런데 오늘 새벽 조나단의 긴급한 요청으로 성전수비대에 일시 인도되었습니다."

"사람을 죽인 자에게 살인사건을 맡기다니 급하긴 급했군. 하기야 유월절 직전에 성전 한복판에서 일어난 살인사건을 드러내놓고 조사할 수는 없겠지. 유월절은 마른 장작 같은 주민들의 열정에 불씨를 당기는 민감한 시기니까."

실제로 크고 작은 봉기는 유월절 전후에 일어났다. 유월절 직전의 살인사건은 예루살렘을 혼란의 도가니로 몰아넣기에 충분했다. 만에 하나 속주의 혼란이 원로원에 보고되기라도 한다면? 무슨 수를 써서라도 그런 일은 막아야 했다.

"늙은 대제사장 영감이 일을 제 맘대로 주무르도록 맡겨둘 순 없어."

가야바는 빌라도가 예루살렘을 통제할 유용한 지렛대였다. 그럼에도 빌라도는 그의 노회함에 낭패를 본 적이 한두 번이 아니었다. 지난 가을 초막절 사태만 해도 그랬다.

빌라도는 헤롯 왕가와의 우호를 확인하기 위해 헤롯 궁전에 금으로 도금한 방패를 보냈다. 그런데 벌떼처럼 몰려온 주민들이 예루살렘 왕궁에서 로마방패를 치울 것을 요구했다. 로마 신과 문장이 새겨진 방패는 이교도의 상징이니 여호와 외에 다른 신을 섬기지 말라는 계명에 어긋난다는 것이었다. 빌라도는 그들의 요구가 허황되고 분수에 넘치는 짓임을 알게 하고 싶었다. 그는 군대를 보내 저항하는 주민들을 끔찍하게 진압했다.

가야바는 은밀히 카프리 섬에 있는 황제에게 밀사를 보냈다. 황제의 이름을 적은 빌라도의 금 방패가 유대를 불안하게 했다는 두루마리 밀서의 내용은 빌라도의 정치적 입지를 심각하게 위협했다. 방패를 가이사리아의 아우구스투스 신전으로 옮기라는 늙은 황제의 짜증스런 답신을 읽은 다음에야 빌라도는 뒤통수를 맞은 것을 깨달았다.

제대로 처리하지 못하면 이번 사건의 책임 또한 총독인 자신에게 떠넘겨질 것이다. 그렇게 되기 전에 먼저 나서야 한다. 음모가 있다면 피해야 하고 음모가 아니라면 그들을 공격할 빌미로 삼아야 한다. 그러려면 사건의 실체를 그들보다 먼저 더 정확히 알 필요가 있다.

"안토니 요새에 쓸 만한 자가 있을 것입니다."

코르비우스가 말했다. 빌라도는 손가락으로 관자놀이를 짓누르며 대꾸했다.

"머리는 쓸 줄 모르고 칼질에만 능한 자는 이 일을 감당하지 못해. 성전 한가운데에서 살인을 저지른 대담한 자야. 게다가 놈은 의도적으로 성전 문설주를 피로 더럽히기까지 했어."

현장에 버젓이 핏자국 표식을 남긴 살인자의 대범함과 뻔뻔함에 빌라도는 치가 떨렸다. 그것이 총독인 자신에 대한 조소이자 사건이 이것으로 끝나지 않을 거라는 경고처럼 느껴졌다. 그렇다고 살인자를 찾겠다며 유월절의 예루살렘에 로마군을 풀어놓을 수는 없었다. 자칫 군중을 자극하면 벌집을 쑤셔놓은 격이 될 것이다. 손을 놓고 있을 수는 더더욱 없었다.

가야바와 안티파스, 그리고 열심당은 이미 움직이고 있을 것이다. 그들보다 먼저 사건을 파악하고 실체를 쫓아야했다. 사건을 수습하지는 못하더라도 사건의 주도권을 쥐어야 했다. 그럴 수 있는 사람이 누구인가?

빌라도의 머리에 한 사람이 떠올랐다. 알렉산드리아의현인 테오필로스. 당장 그를 예루살렘으로 불러올려야 했다. 유월절이 코앞에 다가왔으니 어쩌면 그는 이미 예루살렘에 와 있을지도 몰랐다.

"당장 안토니 요새로 전서구를 날려! 군단에서 가장 빠르고 정확한 놈으로!"

빌라도는 테이블 위의 철필을 집어들고 급히 양피지에전갈을 써내려갔다. 전서구는 행낭에 서신을 차고 안토니요새로 날아갈 것이다. 행낭을 접수한 서기관은 빌라도의철필 끝에서 흘러나오는 명령을 즉시 따를 것이다.

'전 병력을 풀어 예루살렘을 뒤질 것. 알렉산드리아 사람테오필로스를 찾아 총독의 밀명을 전할 것.'

철필을 내려놓은 빌라도는 먼 항구의 눈부신 돛배를 바

라보며 어금니를 지그시 물었다. 1년 중 가장 위태로운 날들이 다가오고 있었다. 하지만 남은 1년을 무사히 보낼 수 있다면 기꺼이 감당할 만한 위험이었다.

3

언덕 아래로 예루살렘 시가지가 거대한 벽화처럼 펼쳐져 있었다. 그 도시는 믿음으로 축조된 견고한 성이었고 신의 축복으로 구축된 약속의 땅이었다. 굳건한 신의 약속과 신을 향한 정념이 이루어낸 영혼의 결정체. 신념에 찬 거주민들은 수천 년 동안 사방에서 몰려드는 적들과 싸우며 천산갑의 껍질처럼 단단하게 도시를 지켜왔다. 기근과 전쟁이 야수처럼 그들을 물어뜯고 상처 입혔지만 그들은 절망하지 않았고 신과의 약속을 저버리지도 않았다.

시가지 북쪽으로 도시의 6분의 1을 차지한 성전이 아침 햇살에 희게 빛났다. 성전이 없다면 유대인은 번영을 맞을 터전이 없는 것이고 희망을 빚어낼 가마를 잃는 셈이었다. 미래를 건설할 망치와 톱이 없는 것이고 풍요를 일굴 낫과 보습이 사라지는 것이었다. 성전은 모든 유대인의 요람이자 무덤이었다. 그들의 고향이었고 집이었고 일터였고 기도소였고 이상향이었다.

성전의 외벽 북동쪽에는 안토니 요새가 담을 맞대고 있었고 동쪽에는 솔로몬 행각과 통하는 금문(Golden Gate)이 자리했다. 외벽 안쪽 공간은 각각 독립된 기능을 지닌 여섯 구역으로 나뉘었는데 각 구역은 단계별로 출입 자격을 엄격히 제한했다.

성전 내부 공간의 거의 1/3을 차지하는 넓은 영역에 이방인의 뜰이 펼쳐져 있었고 그 안으로 여인의 뜰이 이어졌다. 이방인의 뜰과 여인의 뜰을 구분하는 장벽에는 '유대인이 아닌 자가 들어오면 죽음의 고통을 겪을 것'이라는 그리스어와 라틴어 경고 팻말이 붙어 있었다.

여인의 뜰에서 황동으로 지은 거대한 니카노르의 문을 지나면 유대인의 뜰이 이어졌다. 여자는 들어갈 수 없는 남자의 공간. 그곳에서 열두 칸의 부채꼴 모양 계단을 오르면 제사장들에게만 출입이 허용되는 제사장의 뜰이었다. 성전 중앙에 우뚝 선 본채에는 성소와 금단의 영역인 지성소가 있었다.

위대한 건축물을 통해 왕권을 강화하려던 헤롯은 1만 명의 인부를 동원해 46년의 대역사 끝에 이 거대한 건축물을 완성했다. 그는 사라진 솔로몬 성전을 재현하겠다는 목표를 세웠지만 예루살렘 어디에도 웅장한 성전을 지을 땅은 없었다. 유일한 부지인 북쪽 산정은 성전은커녕 작은 회당 하나도 지을 수 없을 정도로 좁았다. 그때 뛰어난 석공과 목수들이 해결책을 찾아냈다. 바로 아치 공법이었다.

그들은 뾰족한 산정을 평평하게 깎아 낮은 곳을 돋우고 그 기슭에는 중층의 아치구조를 연결해 넓은 부지를 조성했다. 그리고 깎아낸 산정의 단단한 기반에는 돌로 성전 건물을 짓고 중층 아치로 조성한 터에는 흙을 얹어 넓은 공중 뜰들을 만들었다. 그리고 수많은 아치들이 늘어선 여러 층의 지하 공간에는 각종 공방이나 도서관, 자료실, 감옥, 창고, 저수조를 배치하고 이들을 잇는 통로를 만들었다.

지상부의 거대한 행랑, 잘 연마된 화강석의 흰빛과 금박으로 장식된 기둥과 문설주는 찬란한 광채로 순례자를 유혹했다. 순례자들은 성전을 떠받치는 또 다른 기둥이었다. 그들이 없는 예루살렘은 메마른 사막의 구릉에 지나지 않았다.

성전을 나온 마티아스는 시내를 가로질러 부유층이 사는 구릉지대를 지났다. 언덕 위 저택들의 빛나는 대리석 현관 아래로 대추야자와 올리브 나무, 장미 넝쿨이 우거진 정원이 펼쳐졌다. 연못의 분수는 상쾌한 물소리와 함께 하얀 물줄기를 뿜어냈다.

남쪽 시가지로 접어들 때쯤 등에 땀이 맺혔다. 크고 작은 유곽이 10여 채나 몰려 있는 낯익은 골목이 그를 맞았다. 달착지근한 화장수 냄새. 여자들의 웃음소리. 취한 사내들…… 죽은 소녀는 아마 이곳과 관련 있을 것이고 그렇지 않다 해도 실마리를 찾을 수 있을 것이다. 무엇보다 이곳은 예루살렘의 누구보다 마티아스가 잘 아는 장소였다.

이 골목은 한때 길 잃은 들개의 흙굴처럼 갈 곳 없던 그를 품어주었다. 그는 포주들이 의뢰하는 크고 작은 사건들을 무마해주는 대가로 생계를 이어나갔다. 열심당 패거리나 난폭한 부랑자에게서 여자들을 보호하고 재산을 관리해야 했던 포주들에게 그는 뛰어난 해결사였다.

마티아스가 이곳에 정착한 또 하나의 이유는 이 골목이 예루살렘에 떠도는 정보의 경로이기 때문이었다. 시궁창 같은 도시의 밑바닥 골목이었지만 이곳이 아니면 접할 수 없는 고급 정보가 흘러다녔다.

이 골목의 여인들처럼 가까운 곳에서 열심당 간부와 로마군 백인대장을, 레위인과 고위 바리새인들을 대할 밀정은 없었다. 로마인과 유대인은 물론 다양한 이방인 고객의 한 마디 한 마디가 서로에게 치명적인 단검이 되었고 거꾸로 자신을 겨누는 일도 있었다. 마티아스는 그곳의 포주와 여인들, 그리고 고객의 입에서 흘러나온 정보를 수집하고 가공해 팔아먹었다. 단순히 정보를 수집하는 데서 나아가 노골적으로 역정보를 유통시키기도 했다.

니카노르 문의 참사에 대한 소문은 골목 안에 이미 짜하게 퍼져 있었다. 마티아스는 여섯 집을 들러 세 명의 포주와 다섯 여인을 다그쳤다. 하지만 여자가 사라진 집은 없었고 눈에 띄는 단서를 찾을 수도 없었다. 일곱 번째 집은 고급 대리석과 화려한 기둥머리 장식으로 마감한 로마풍 건물이었다. 3년쯤 전까지 마티아스가 머물며 크고 작은 일을 봐주었던 코르넬리아의 집이었다.

이집트산 원목 장식 문을 열자 사향과 박하와 꽃향기가 섞인 향수 냄새가 났다. 벽에는 로마풍 조각과 화려한 걸개 그림이 걸려 있었다. 화로에는 차가 끓었고 지중해 여러 지역의 포도주와 독한 증류주도 준비되었다. 여인들은 응접실 곳곳의 화병을 여러 종류의 꽃으로 장식하고 안이 비치는 얇은 커튼을 창틀에 다느라 정신이 없었다.

40대 초반의 코르넬리아는 윤기 흐르는 검은 곱슬머리에 눈가에는 짙은 화장을 하고 있었다. 살짝 살집이 붙었지만 여전히 건강미가 넘쳤다. 사람을 끄는 그녀의 매력은 겉모습보다 내면적 기품에서 나왔다. 로마군 장교와 백인대장이 대부분인 고객을 위해 그녀는 라헬이란 유대 이름을 로마식인 코르넬리아로 바꾸었다. 세련된 매너와 능란한 수완 덕에 그녀는 비교적 젊은 나이에 최고의 유곽 주인이 되었다.

"마티아스! 이 골칫덩어리! 살아 있었구나."

저만치에서 달려온 코르넬리아가 마티아스를 와락 부둥켜안았다. 이 유곽촌에는 그녀의 집보다 화려하고 규모가 큰 유곽이 널려 있었다. 그럼에도 마티아스가 코르넬리아의 집에 기거했던 이유는 단지 사람을 끄는 그녀의 미모나 로마군인과 귀족을 구워삶는 수완, 높은 보수를 제시하는 배포 때문이 아니었다. 그녀의 집에는 다른 곳에 없는 무언가가 있었다.

무화과 가지 사이로 바람이 지나는 저녁, 부엌에서는 음식 냄새가 풍기고 여동생 같은 여인들이 웃고 재잘거리고 다투고 소곤거리는 소리가 들리는 밤이면 그는 어렴풋이 따스한 가족의 정을 맛보았다. 물론 그들은 여동생이 아니었고 코르넬리아는 어머니도 누이도 아니었지만 그는 여인들에게 가족이라고 말하길 좋아했다. 우린 가족이야. 너희를 못살게 구는 놈이 있으면 가만 안 둘 거야. 그게 가족이지.

이 집에 기거할 때 그는 한시도 생각을 멈춘 적이 없었다. 자신이 너무나 행복하다는 도취감, 정녕 자신이 이런 행복을 가져도 되는지에 대한 불안감, 누군가의 행복을 도둑질한 것이 아닌가 하는 죄책감, 그래서 어느 날 누군가가 불쑥 모든 것을 빼앗아 가버리지 않을까 하는 두려움 같은 것들. 그때는 그 감정의 실체를 정확히 몰랐지만 지금 마티아스는 분명히 알았다. 그것이 가족의 사랑 안에 머물고 싶은 마음이라는 것을.

"지옥에서 돌아와 날 찾아온 이유가 뭐지?"

코르넬리아는 포옹을 풀며 물었다. 그녀의 질문은 모르는 것을 알기 위한 것이 아니라 알고 있는 답을 확인하는 절차처럼 들렸다. 마티아스는 어젯밤 이 집에서 사라진 여자가 있는지 알고 싶다고 물었다. 코르넬리아는 긴 곱슬머리를 말아올리며 말했다.

"사라진 여자? 지난밤 니카노르 문 앞의 참변을 말하는 거로군."

그녀는 이미 한밤의 사건에 대해 알고 있는 것 같았다. 아침 일찍 성전에서 나온 레위인이 귀띔해주었을 것이다. 마티아스의 관자놀이 핏줄이 부풀어올랐다. 일곱 집의 문을 두드린 끝에 뭔가 걸려든 것이다. 코르넬리아는 긴 한숨을 쉬더니 자포자기한 목소리로 털어놓았다.

"그 아이의 이름은 헬레나야. 네가 이 집을 떠난 후에 왔지. 모든 남자들이 탐냈지만 헛바람이 제대로 들어버렸어. 그 아이는 더 이상 이곳에 머물고 싶어 하지 않았거든. 아무리 말려도 소용없었어. 어디로 가겠다는 말도 없이 이곳을 떠나 새 삶을 살겠다고 했지. 하지만 새 삶이 아니라 죽음을 당할 줄은 그 아이도 나도 몰랐어."

"이유가 뭐였죠?"

"어디선가 떠돌이 놈씨 하나를 만나 푹 빠진 모양이야. 하지만 그렇게 쉽게 놔줄 내가 아니지. 그런 애들을 다 놔주고 나면 내 장사는 거덜나고 말 테니까. 난 그 아이를 잡기 위해 할 수 있는 걸 다 했어. 어르기도 하고 뺨을 치기도 하고 설득도 하고 협박도 했지. 하지만 아무것도 통하지 않왔어. 그 미친놈이 걜 그렇게 만들어버렸어."

코르넬리아는 들고 있던 부채를 호들갑스럽게 흔들었다. 과일향이 섞인 올리브 냄새가 코를 자극했다. 새벽부터 돌아다닌 탓인지 졸음이 몰려왔다. 마티아스는 바짝 정신을 차렸다.

"그녀가 아무 대안 없이 새 삶을 꿈꿀 수는 없어요. 이곳을 떠날 결심을 한 건 다른 누군가의 조력이 있기 때문에 가능했을 거예요. 무엇보다 코르넬리아님이 그녀가 떠나는 걸 허락했기 때문이구요."

코르넬리아는 대답하지 않았다. 마티아스는 그녀의 푸른 눈을 빤히 쳐다보며 한 걸음 더 들어갔다.

"누군가가 그녀의 몸값을 대신 지불했죠? 그게 누군지 말해줘요."

코르넬리아는 불만스럽게 마티아스를 흘겨보았다. 그녀의 얼굴에 죄책감과 짜증이 동시에 비쳤다.

"내 사업에 상관 마. 마티아스. 내가 아는 건 어제 저녁까지 그녀가 이곳에 있었다는 사실뿐이야. 헬레나의 죽음에 나는 책임이 없어. 그 아이가 그렇게 죽을 줄은 몰랐다고. 알았다면 결코 그 아이를 보내지 않았을 거야. 그게 전부야. 그러니 더 이상은 묻지 말아줘."

마티아스는 마른 가지가 부러지듯 딱딱한 목소리로 말했다.

"좋아요. 어젯밤 헬레나가 누군가를 만나기 위해 나갔군요. 그리고 그 아이는 죽었어요. 그자가 누구죠? 헬레나가 마지막으로 만난 놈씨 말이에요."

코르넬리아는 내리뜬 눈꺼풀을 두어 번 깜빡이며 고개를 내저었다.

"날 비난하지는 마. 마티아스. 그 아이는 일을 해야 했어. 알잖아? 남자를 만나는 게 그 아이의 일이었어."

그녀는 용서를 구하는 것 같았다. 하지만 누가 누굴 용서하고 말고 할 수 있을까? 비난할 자격이 없는 자들의 욕설과 침과 주먹질과 발길질을 견딘다는 것이 어떤 것인지 알기에 마티아스는 그녀를 비난하고 싶지 않았다.

"아무도 당신을 비난하지 않아요. 그러니 누구인지만 말해요."

코르넬리아는 잠시 망설이더니 마지못해 입을 열었다.

"갈릴리 출신의 레위라는 자라더군. 한때 세리를 지냈는데 지금은 떠돌이 주술사를 따라다니는 신세라지."

할 수 없이 고객의 이름을 털어놓은 코르넬리아는 고개를 절레절레 흔들었다. 마티아스의 두 눈이 커졌다.

"그자가 지금 어디 있죠?"

"자세한 건 몰라. 시내에 숙소를 잡을 만큼 사정이 넉넉지 않은 것 같았어. 헬레나의 말에 의하면 베다니의 한 민가에 일행과 함께 묵고 있다더군. 성전을 오가야 하는 낮

동안에는 감람산 언덕의 순례자 천막촌에 머무는 것 같았
고."

"걱정 말아요. 당신이 말했다는 건 놈이 절대 모르게 할
테니까."

코르넬리아는 겨우 마음을 놓은 듯 요란스레 부채질을
하며 말했다.

"그 계집아이를 거두는 게 아니었어. 그 아이 때문에 대
목에 아침부터 초상을 만나고 악귀 같은 자가 둘씩이나 달
려들다니……."

코르넬리아의 푸념에 마티아스는 뒷덜미가 뜨끔했다.

"악귀가 둘이라니 저 말고 또 누가 왔었나요?"

"네가 묻던 말을 고스란히 묻더군. 예사 사내가 아니었
어."

마티아스는 불안에 사로잡혔다. 누군가가 자기보다 한
발 앞서 이 사건을 뒤지고 있었다. 그는 누구일까? 왜 이 사
건을 쫓는 걸까? 그가 누구든 먼저 사건의 진실을 밝히고
범인을 잡아야 했다.

4

감람산 언덕 기슭에 이른 마티아스는 두건으로 얼굴을

가리고 순례자촌을 바라보았다. 하나의 이름이 내내 입속에서 맴돌았다. 갈릴리 출신의 레위. 마지막으로 소녀를 만난 사건의 유일한 용의자. 그자가 범인이든 아니든 무언가를 알고 있을 것이다.

순례자 천막촌에 도착한 마티아스는 다닥다닥 붙은 천막 사이를 헤맸다. 희뿌연 모래바람을 뚫고 겨우 갈릴리 구역에 도착한 마티아스는 먼지가 더께더께 앉은 샘물을 손으로 떠서 벌컥벌컥 들이켰다. 그는 자신이 원래 더러웠던 인간이었으며 그 물을 마심으로써 조금 더 더러워졌을 뿐이라고 생각했다.

레위는 막 천막을 나서려던 참이었다.

"세리를 지냈던 갈릴리인 레위가 맞나?"

마티아스는 불쑥 다가서서 쏘아붙였다. 먼지투성이 두건을 쓴 사내는 흠칫 놀라더니 곧 표정을 고쳤다.

"한때 그랬지만 지금은 초라한 순례자일 뿐이오."

사내의 검은 곱슬머리는 땀과 먼지에 헝클어졌지만 두 눈만은 형형하게 빛났다. 마티아스는 그 눈빛이 자신과 닮은 것 같다고 생각했다. 사람을 죽인 자의 눈빛.

"성전수비대의 마티아스다. 넌 나를 모르겠지만 나는 널 잘 알지. 알아볼 것이 있으니 순순히 대답해!"

"지금은 세리 직을 떠났으나 평생 숫자와 씨름하며 살았소. 내가 아는 건 계산과, 회계장부와, 세금밖에 없소."

사내는 시큰둥하게 대답했다. 그의 답변은 꼭 이런 상황이 올 것을 준비한 듯 자연스러웠다. 전혀 꾸민 것 같지 않은 담담함과 천성적인 대담함. 하지만 그 가면 뒤에 자리잡은 사악함을 마티아스는 볼 수 있었다.

밀정이 사람을 보는 방식은 겉과 속을 구분하는 것이었다. 상대의 겉모습을 있는 그대로 보는 동시에 양파를 까는 여인처럼 따가운 눈을 비비며 그 껍질을 한 겹 한 겹 벗기고 내부를 들여다보아야 했다. 그 외부와 내부, 과거와 미래, 빛나는 영광과 추악한 과오를 동시에 보아야 그들 자신도 모르는 어두운 심연, 안간힘을 다해 직면하기를 피해온 거짓을 발견할 수 있었다.

밀정의 일은 인간이 사악하며 믿지 못할 존재라는 전제위에서 이루어지는 셈이었다. 어쩌면 모든 인간이 그렇지는 않을지도 모른다. 밀정이 상대하는 자들이 사악하며 믿지 못할 존재일 뿐. 레위 또한 그런 자일 것이다.

"어젯밤 네가 어디에 있었는지, 무엇을 했는지 모른다고 하지는 않겠지?"

마티아스는 가늘게 떨리는 세리의 눈꼬리를 놓치지 않았다. 긴장하고 있는 것이 분명했다. 그러는 동안 사내의 어깨도 눈에 띄지 않게 움츠러들고 있었다.

"순례자가 성전 말고 갈 곳이 어디 있겠소? 종일 성전에 있다가 해가 진 후 이곳 순례자 천막촌으로 돌아왔소. 그러

다 밤늦게 베다니 마을의 숙소로 가서 동료들과 함께 묵었
소. 보다시피 난 예루살렘 시내 여관에 머무를 만큼 넉넉하
지 않은 처지요."

마티아스는 교활한 세리의 말에 더 이상 귀 기울이고 싶
지 않았다. 그가 무슨 말을 하든 자신을 홀리려는 얄팍한
속임수에 불과할 테니까.

"10년 넘게 세리를 지낸 자가 예루살렘의 여관 대신 감
람산 천막촌에다 베다니라니 어울리지 않아. 세겔화의 절
반은 세리들 주머니로 들어간다는 건 아이들도 알아!"

"말했잖소. 난 더 이상 세리가 아니라 가난한 순례자일
뿐이오."

마티아스는 서두르지 않았다. 그자를 잡는다고 일이 끝
나는 것은 아니다. 조나단은 좀 더 복잡한 일, 좀 더 어려운
일을 요구했다. 포승줄이 아니라 증거로 살인자를 옭아매
는 일이었다. 아무리 몸부림쳐도 빠져나가지 못할 논리의
올가미로 놈을 몰아야 했다.

"세리든 아니든 상관없어. 그동안 동족의 주머니를 털어
챙긴 세겔로도 창녀를 사는 데는 부족함이 없을 테니까."

"말도 안 돼. 성전에 바친 속죄양의 피가 마르기도 전에
어떻게 음란한 짓을 한단 말이오?"

완강하게 부인하는 그의 목소리는 불안하게 흔들렸다.
마티아스는 더욱 강하게 세리를 몰아붙였다.

"네가 어젯밤 헬레나를 만났다는 것을 알고 있어."

레위의 얼굴은 순식간에 딱딱하게 굳었다. 오랜 세리 생활로 터득한 계산적 균형감각이 한순간에 무너지고 있었다. 오후의 햇살이 사내의 곱슬머리에 반짝였다. 그는 감람산의 먼지바람을 살피며 고개를 절레절레 흔들었다. 그러더니 더 이상 버틸 수 없다고 판단한 듯 마른 땅을 걷어찼다.

"전혀 틀린 말이라고 할 순 없지만 그렇다고 진실도 아니오. 그래요. 지난밤 내가 헬레나를 만났던 건 사실이오. 하지만 그녀가 창녀란 건 사실이 아니오. 한때 그랬는지 모르지만 지금은 아니오. 적어도 어젯밤 나와 만났을 때에는……."

마티아스는 사내의 표정을 살피며 말했다.

"그래. 적어도 너와 만났던 어젯밤에는 살아 있었지. 하지만 지금은 아니야."

레위의 표정이 일그러지며 눈썹이 꿈틀거렸다. 드러내려 하지 않았지만 당황한 기색이 역력했다.

"그…… 아이가 죽었다는 말이오?"

마티아스는 대답하지 않았다. 미끼를 문 물고기를 다루는 자신만의 방식이었다. 사내의 얼굴은 괴로움과 회한으로 일그러졌다.

"말해보시오. 그 아이가 죽었소? 도대체 누구 짓이오?"

"나도 몰라. 하지만 넌 내가 말하지도 않았는데 그녀가 누군가에 의해 죽었다는 걸 아는군. 그렇다면 이번엔 내가 물어보지. 네가 그녀를 죽였나?"

사내의 두 눈이 튀어나올 듯 커졌다. 마티아스의 심장이 빠르게 고동치기 시작했다. 잔뜩 긴장한 온몸의 근육은 반사적으로 놈을 쫓을 준비를 마쳤다. 혼이 빠져나간 것처럼 보이던 레위가 겨우 입을 열었다.

"내가 지난밤 그녀와 함께 있었다는 것은 사실이오. 하지만 단지 그녀와 잠시 이야기를 나누었을 뿐이오."

"전직 세리가 어린 소녀와 은밀하게 만나 무슨 이야길 했다는 건가?"

"구원과 죄 사함에 대해서요. 죄 지은 여인이 속죄하고 다시 순결해질 수 있나 하는 문제요."

"웃기는군. 궤변은 집어치워!"

감람산 쪽에서 불어오는 바람에 날린 모래 알갱이가 사납게 얼굴을 때렸다. 입안으로 달려드는 모래입자 때문에 마티아스는 입술을 꽉 다물었다. 입안이 바싹 말랐고 혀와 입천장이 달라붙어 숨이 막혔다. 마티아스는 먼지바람이 이는 바닥에 카악 가래를 뱉었다. 레위는 결심한 듯 입을 열었다.

"당신의 말이 틀린 건 아니오. 한때 그녀가 몸을 판 것은 사실이니까…… 하지만 그녀가 원한 일은 아니었소. 그렇다고 해도 그녀에게 죄가 없다고는 하지 않겠소. 하지만 그건 지난 일일 뿐 그녀는 순결한 여인으로 거듭났소."

마티아스는 쓴웃음을 지었지만 한편으로는 화가 났다. 너무 단순한 죄와 벌, 속죄와 용서의 체계가 불만스러웠다. 속죄양을 잡아 그 피로 제사를 드리기만 하면 죄를 용서받을 수 있다는 믿음 때문에 사람들은 더 중한 죄를 저지르고 자기 죄를 떠벌리며 실체 없는 속죄를 자랑스레 입에 올리는 것이 아닐까? 속죄양을 바쳤으니 나는 용서받았어. 나는 흰 눈처럼 깨끗해졌어.

그러나 누가 무슨 자격으로 타인의 죄를 용서할 수 있단 말인가? 죄를 고백하고 참회한다고 이미 저지른 범죄행위가 사라지는 것일까? 희생자의 분노와 고통은 여전한데 가해자를 용서하는 것이 정의로운가? 속죄양 한 마리로 죄를 사할 수 있다면 누가 거리낌 없이 죄를 짓지 않겠는가? 그런 식으로 이루어지는 용서는 부당했다. 부당할 뿐 아니라 받아들일 수 없었다. 레위가 말을 이었다.

"나는 그녀가 다시 죄에 빠지지 않도록 설득하려고 만났을 뿐이오. 다시 옛날로 돌아가면 영원히 씻지 못할 죄를 짓게 된다, 지난 일은 용서받았으니 순결한 여인으로 거듭나야 한다고 말이오."

그럴 수만 있다면 좋을 것이다. 지긋지긋한 살인죄를 씻고 결백한 인간으로 거듭날 수 있다면. 하지만 죄 지은 자에겐 여호와의 벌이 있을 뿐이다. 마티아스가 아는 하나님은 죄를 용서하는 분이 아니라 화내시고 정죄하는 분이었다. 자신이 저지른 행위는 자신이 책임지고 자신이 범한 죄의 대가는 스스로 치르는 것이 여호와의 정의였다. 그 절대적 도덕률에는 어떤 예외도 있을 수 없었다.

그래서 마티아스는 죄에서 벗어날 길을 찾지 않았다. 그는 결코 깨끗하게 되기를 원하지 않았다. 죄인이라도 좋고 더러워도 좋으니 살아남고 싶을 뿐이었다.

"이봐. 우리 똑똑해지자고. 난 지난밤 네가 성전 한복판에서 그녀를 욕보이려다 죽인 걸 알고 있어! 네가 갈릴리 출신이라는 것도 이미 알고 있다."

마티아스가 말했다.

"갈릴리 출신이라는 게 죄요?"

레위가 깊게 팬 갈색 눈을 조심스레 깜빡이며 항변했다.

"물론 그건 죄가 아니지. 하지만 죽은 소녀에게서 안티파스의 동전이 발견되었다면 얘기가 달라져. 그 돈을 화대로 건넨 자를 의심할 수밖에 없어."

마티아스는 레위의 한쪽 손목을 잡아 비틀었다. 사내는 몸을 틀며 고통스런 표정을 지었다. 그 순간 마티아스는 목줄기 측면에 따끔한 통증을 느꼈다. 날카롭고 차가운 칼날이 그의 경동맥을 겨누고 있었다.

서늘한 깨달음에 마티아스는 정신이 번쩍 들었다. 그에게는 스스로를 방어할 단도 한 자루조차 없었다. 살인자를 쫓고 있긴 했지만 그는 살인자에 대항할 어떤 무기도 갖추지 못한 상태였다. 레위의 손목을 틀어쥔 마티아스의 손아귀에서 스르르 힘이 빠졌다.

레위는 마티아스의 목을 겨눈 칼끝에 힘을 주며 샌들을 벗으라고 명령했다. 그는 마티아스가 천천히 벗어 건넨 샌들을 가파른 언덕 아래로 멀리 내던졌다. 맨발이 된 마티아스는 그를 쏘아보며 영리한 놈이라고 생각했다.

"고맙군. 이런 방법으로 스스로 네 죄를 자백하다니……."

사내는 엉거주춤 뒷걸음질로 물러서며 손사래를 쳤다.

"아니오. 나는 살인자가 아니오. 그러니 당신을 해칠 생각은 없소. 이건 뭔가 잘못된 거요."

몇 걸음 물러선 사내는 몸을 돌려 바람처럼 달아났다. 마티아스는 사내를 쫓으려다 멈추어 섰다. 어차피 맨발로는 몇 걸음 쫓아가지도 못할 것이다.

마티아스는 그자가 더 빨리, 더 멀리 달아나기를, 다시는 만나지 않기를 원했다. 그자가 잡히지 않으면 유월절까지는 죽음의 형벌을 피할 수 있을 테니까.

5

성전으로 가는 오르막길은 발 디딜 틈조차 없었다. 어깨에 새끼 염소를 들쳐 멘 순례자들, 예물 수레를 끄는 나귀를 모는 상인들, 욕지거리를 내뱉고 고함을 지르는 사내들……

왁자지껄한 오르막길은 신을 향해, 구원을 향해 가는 거대한 사다리였다. 하늘나라에 이르는 계단. 구원을 약속하는 야곱의 사다리. 모두가 구원을 찾아, 신을 향해 오르는 길을 마티아스는 성난 얼굴을 하고 걸어 올라갔다.

육중한 문설주를 지나자 솔로몬 행랑을 떠받치는 흰 열주가 이어졌다. 행랑의 남쪽 지붕 위로 웅장한 2층짜리 구조물이 솟아 있었다. 산헤드린의 행정부서와 성전수비대 본부가 있는 주랑이었다. 열려 있는 문밖으로 떠들고 소리치는 시끄러운 소음이 흘러나왔다.

주랑 안에서는 예루살렘 일원에서 잡혀온 20여 명의 '용의자'들이 아우성을 쳤다. 지난밤 성전 근처에서 얼쩡거린 사마리아인 패거리와 숙소 없이 시내를 배회하던 순례자들, 술에 취해 싸움을 벌인 건달들, 거친 갈릴리 억양을 쓰는 건장한 사내들이었다. 평소부터 크고 작은 말썽을 일으켜 성전수비대 조사실을 뻔질나게 드나들던 좀도둑과 포주, 장물아비도 있었다.

경비대원들이 잡범들을 분류해 한쪽으로 몰았고 조사관들은 몰려드는 용의자들을 닦달하느라 진땀을 흘렸다. 네 명의 수사 대원들이 세 명의 폭력배들을 밀치며 주랑 안으로 들이닥쳤다. 폭력배 중 하나는 터진 이마에서 피를 흘리고 있었고 하나는 윗입술이 찢어져 있었다. 대원들은 목이 말랐는지 다투듯 물통으로 달려가 바가지 가득 물을 담아 들이켰다.

"이봐. 그러니까 어젯밤 해가 저문 다음에 어디에 누구와 있었는지만 말해. 그것만 확인되면 바로 풀어줄 테니까."

"말투로 보아 자네가 갈릴리인이란 건 분명해. 순례 길에 시카리를 품고 온 이유가 뭐지?"

사내들은 핏대를 세우고 소리치는 조사관의 질문에서 빠져나가기 위해 땀을 뻘뻘 흘리며 말을 더듬었다. 고함 소리와 다그침, 하소연과 추궁이 뒤섞인 난장판이었다. 그러나 모두가 사건과는 관련 없는 말들로 횡설수설하기만 할 뿐 쓸 만한 진술은 없었다.

아직 심문을 받지 않은 자들은 한쪽 벽에 등을 기대고 차례를 기다리고 있었다. 몇몇은 아직 술냄새를 풍겼고 초조한 표정으로 삐죽삐죽 뻗친 머리카락을 긁적이는 자들도 있었다. 용의자를 다그치느라 맥이 풀린 조사관 하나는 탁자 위에 팔을 괴고 널브러졌다.

마티아스는 왁자지껄한 부랑자 무리를 헤치고 나아갔다. 그때 누군가의 손이 마티아스의 어깨를 툭 쳤다.

"마티아스! 설마 귀신은 아니겠지?"

마티아스는 흠칫 놀라 돌아보았다. 예루살렘 남쪽 시가지의 고리대금업자 사울이었다. 말이 고리대금업자였지 훔친 보석과 귀금속을 사들이는 장물아비로 부르는 것이 정확할 것이다. 사울은 투실투실한 볼살을 출렁거리며 반가운 척을 했다.

"이곳에서 자넬 만나다니…… 난 자네가 로마 백인대장을 죽였으니 죽었어도 한참 전에 죽었을 거라 생각했거든."

왁자지껄하던 소음이 가라앉고 부랑자들의 눈길이 마티아스에게 쏠렸다.

"잘 알겠지만 난 그렇게 쉽게 죽지 않아."

마티아스는 자신이 살아 있음을 자랑이라도 하듯 목소리에 힘을 주었다. 그러자 사울은 마티아스의 옷자락을 붙들고 볼멘소리로 징징거렸다.

"마티아스. 난 죄가 없어. 그저 불쌍한 사람들이 갖고 오는 하찮은 물건을 비싼 값에 샀을 뿐인데 예루살렘에 뭔 일만 생겼다 하면 무조건 날 잡아들이고 본단 말이야. 그러니 성전수비대에 말 좀 해줘. 내가 나쁜 일을 저지를 놈이 아니라고 말이야."

마티아스는 초조하게 자신의 눈치를 살피는 부랑자들 사이를 빠져나가며 말했다.

"걱정 마. 조사관님 질문에 순순히 대답하면 별일 없을 거야."

사울은 위안을 얻은 듯 표정이 밝아졌다. 주랑 안쪽에 있는 수비대 본부의 문은 반쯤 열려 있었다. 마티아스가 문

안으로 들어서자 기다리기라도 했다는 듯 조나단이 벌떡 일어섰다. 꽤나 조급했던지 그는 마티아스가 묻기도 전에 입을 열었다. 지난밤 성전 문은 물론 보루와 성벽 외곽경비를 섰던 대원들을 빠짐없이 확인했지만 특이사항은 없다는 얘기였다. 예루살렘 전역에 대원을 풀어 약간의 의심이라도 가는 자는 모두 잡아들이고 부랑자 패거리와 장물아비를 닥치는 대로 탐문해도 별 소득이 없기는 마찬가지였다.

"죽은 여인에 대해 알아낸 게 있나?"

조나단은 입가의 수염을 손바닥으로 쓸며 물었다.

"여인이 아니라 헬레나라는 소녀였습니다. 정확히 열일곱 살이었죠."

마티아스는 일곱 곳의 창녀촌을 뒤지고 포주와 여자들을 족친 일과 레위라는 자의 신원을 확인하고 감람산으로 가서 그를 체포하기 직전에 놓친 일을 하나하나 보고했다. 얼굴이 붉으락푸르락 하던 조나단은 마침내 레위를 놓쳤다는 말에 폭발했다. 그는 두터운 손등으로 마티아스의 뺨을 갈기고 소리쳤다.

"널더러 살인자를 잡으라고 했지 놓아주라고 말하진 않았어. 놓쳤다면 바보짓이고 놓아줬다면 명령을 저버린 짓이야."

마티아스는 소맷자락으로 입가의 피를 훔쳤다. 건장한 두 명의 성전수비대원이 억센 손길로 마티아스의 팔을 틀어쥐었다.

그들은 마티아스를 질질 끌고 노을 빛으로 검붉게 번들거리는 돌바닥을 지나갔다. 지하 감옥 입구는 제사장의 뜰로 올라가는 계단 아래에 있었다.

그들은 좁고 어두컴컴한 지하 통로를 통해 살인자, 흉악범들이 갇혀 있는 감방들을 지났다. 수비대원들은 맨 구석 감방 문을 열고 마티아스를 거칠게 밀어넣었다.

퀴퀴한 땀냄새에 코가 익숙해질 무렵 조나단이 허리를 구부리고 감옥 안으로 들어섰다. 그는 바닥에 널브러진 마티아스를 벌레를 보듯 물끄러미 내려다보았다. 마티아스는 슬그머니 일어나 앉았다. 조나단이 다가와서 한쪽 무릎으로 쪼그려앉았다.

"네게 사건을 맡긴 것이 잘한 일인지 모르겠구나. 용의자 정보를 알았으면 즉각 보고했어야지. 성전수비대원 몇이면 체포할 수 있었는데 괜히 네놈 혼자 섣불리 나섰다가 일을 망친 거야."

"한 번만 더 기회를 주십시오."

마티아스가 무릎을 꿇고 조나단의 옷자락에 매달렸다. 조나단은 품에서 아마포 손수건을 꺼내 던졌다.

조나단에게 마티아스는 없어선 안 될 충직한 사냥개였다. 그는 냄새를 맡는 뛰어난 후각과 목표물을 악착같이 쫓는 빠른 발을 가졌고 한번 물면 놓지 않는 날카로운 이빨을 지녔다. 조나단은 자신이 아끼는 사냥개를 조용히 바라보았다.

마티아스가 아니면 안 된다는 그의 생각에는 변함이 없었다. 비록 살인자를 놓치긴 했지만 어떤 밀정도 마티아스를 당하지 못할 것이었다. 어떤 밀정도 목숨을 걸고 일에 달려들진 않을 테니까.

"마티아스. 난 널 잘 알아. 네 아버지가 널 아는 것보다, 너 자신이 널 아는 것 보다 더 잘 알지. 넌 네 부모가 태어나길 원하지 않았던 놈이야. 그래서 철이 들기도 전에 성전으로 도망쳐왔지. 네 부모가 버린 널 성전이 거두었어."

"그렇지 않아요. 조나단님. 제 아버지는 절 버리지 않았어요. 제가 집에서 도망쳐 나왔을 뿐이에요."

"그래. 넌 어릴 때부터 두 다리가 튼튼한 녀석이었어. 네 발로 성전을 걸어 나갔으니까. 그 다리로 쓰레기처럼 검투장과 전쟁터와 뒷골목을 굴러다녔지. 그러다 정말 쓰레기가 되어버렸고…… 하지만 난 네게 살아날 길을 줄 거야."

마티아스의 아버지는 순례자들을 상대로 자잘한 사기를 치거나 소매치기를 했고 그렇게 번 돈을 도박판이나 술집에서 탕진했다. 그러다 헤롯궁과 안토니 요새와 성전 감옥을 돌아가며 갇혀 살았다. 마티아스에겐 그 편이 나았다. 아버지가 감옥에서 나오면 매질과 학대가 이어졌기 때문이었다. 마티아스가 열두 살 되던 해 아버지는 사람을 죽이고 감옥으로 갔다. 아버지가 죽인 사람은 어머니였다.

마티아스는 아버지의 생사를 궁금해하지 않았다. 그가 물려받은 것은 온 세상을 증오하면서도 그 세상에서 살아남겠다는 끈질긴 집착뿐이었다. 길고양이처럼 먹을 것을 찾아 시가지를 헤매던 그는 성전 오르막길을 올랐다. 그곳에 살 길이 있을 것 같았다. 여호와께서 어린 아들을 굶겨 죽이지는 않을 테니까.

그는 행랑 기둥에 기대고 앉아 지나가는 순례객들과 환전상들에게 구걸을 해서 배를 채웠다. 성전에는 아버지의 집에 없던 아버지가 있었다. 아버지의 집에 없던 빵이, 양과 비둘기 고기가 있었고 약간의 동전을 모을 수도 있었다. 그는 성전에 충만한 여호와의 축복을 맘껏 즐겼다. 얼마 안 가 그는 오가는 사람의 옷차림과 얼굴 표정만으로도 도움을 줄 사람인지 냉정하게 뿌리칠 사람인지 알게 되었다.

그때 행랑을 지나가던 레위인 한 명이 그의 뒷덜미를 잡아 번쩍 쳐들었다. 그는 덩치가 엄청나게 컸고 굵은 손마디마다 굳은살이 박혀 있었다. 그는 희생양을 도살하는 제단 아래쪽 정육 해체장 한가운데에 마티아스를 데려다 놓았다. 양들의 울음소리와 날선 칼들의 번들거리는 빛과 부위별로 해체된 고기와 비릿한 피냄새와 걸쭉한 피가 흐르는 배수구 한가운데에서 그는 우두커니 서 있었다. 옆을 지나가던 일꾼 하나가 그의 머리를 쥐어박았다.

"어이 꼬마! 여기서 뭐하고 자빠졌어? 빨랑 일이나 거들지 않고."

다른 아이들은 이미 바쁘게 움직이고 있었다. 나이가 든 아이들은 희생 비둘기 털을 뽑거나 고기를 실은 손수레를 끌었다. 그보다 조금 어린 아이들은 급수구에서 물을 길어 날랐다. 장갑이나 수건, 갈고리와 칼 같은 도살 도구를 옮기는 아이들도 있었다. 선임 소년 하나가 그에게 해야 할 일의 시범을 보여주었다. 배수구에 걸린 내장을 긁어내고 청소하는 요령, 도마와 작업대를 닦고 엉겨 붙은 피를 씻어내는 법 같은 것이었다.

희생제물은 끝없이 밀려들었다. 일은 힘들었지만 배를 곯지 않아 좋았다. 저녁이면 허드레 고깃덩이나 비둘기 두어 마리를 챙길 수 있었다.

열일곱 살 때 그는 제사장의 축복이 끝난 양들을 도살하는 일을 맡게 되었다. 정확하고 빠르게 속죄양의 숨통을 끊어 피를 뽑는 그는 소문난 칼잡이가 되었다. 열아홉 살 되던 해 그는 희생양 정육 해체반으로 보내졌는데 얼마 가지 않아 성전에서 쫓겨났다. 희생제물의 정육을 몰래 빼내 팔다 이를 눈치챈 레위인에게 칼을 휘두르는 사고를 쳤기 때문이었다.

예루살렘 뒷골목을 헤매던 마티아스는 가이사리아 검투

장에서 싸울 검투사를 물색하던 로마인을 만났다. 케르베로스란 별칭으로 검투장에 나선 그는 1년여 동안 60여 명의 검투사와 싸워 이겼다.

그는 정강이받이와 팔목의 가죽 밴드, 낮은 챙 투구 등 최소한의 보호장구 외에 걸리적거리는 갑주를 일체 착용하지 않았다. 대신 자기 몸 구석구석과 주변의 모든 것을 무기로 사용했다. 투구를 벗어 휘둘렀고 허리띠로 적의 목을 조였고 샌들을 벗어 던졌고 경기장 바닥의 모래와 울타리까지 활용했다. 그러고도 힘에 부치면 손톱으로 상대의 얼굴을 할퀴고 눈알을 쑤시고 아무 곳이나 물어뜯었다.

그는 세상이 비대칭이며 인생이 불공평하단 것을 철들기 전부터 알았던 것이다. 중요한 것은 살아남는 것이고 살아남으려면 할 수 있는 모든 것을 다 해야 했다.

그의 막무가내식 투쟁은 악착같은 현실을 살아가야 하는 관중들에게 묘한 동질감을 부여했다. 그들은 엄격한 검투장의 규칙을 보란 듯이 무시하면서도 결국 살아남는 무뢰한에게 열광했다.

그렇다 하더라도 검투사에게 허락된 유일한 결말은 비참한 죽음뿐이었다. 연승가도의 인기를 누리다 돈과 명예를 모두 얻고 은퇴하는 검투사가 없지 않았지만 그런 막연한 행운을 기대할 수는 없었다.

마티아스는 살아남고 싶었다. 살아남을 뿐 아니라 자유

시민이 되어 로마로 가고 싶었다. 한 가지 길이 있었다. 로마 병사로 지원해 10년의 복무 기간을 채우면 시민권을 얻을 수 있는 병역제도였다. 로마군은 언제나 어디서나 전투 중이었다. 그들은 갈리아에서, 아르메니아에서, 브리타니아에서, 게르마니아에서, 시리아에서, 파르티아에서, 알렉산드리아에서 싸웠다. 거의 모든 전투에서 이겼지만 승리하는 전투에서도 희생은 불가피했다. 10년이 되기 전에 많은 병사들이 죽었다.

그는 총독에게 입대 청원을 올렸다. 단 한 번의 기회가 주어졌다. 뛰어난 아비시니아 검투사와 싸워 이기면 로마군 보병에 입대할 기회를 주겠다는 조건이었다. 마티아스는 경기장을 가득 메운 군중 앞에서 실신 직전에 손가락으로 아비시니아 검투사의 핏발 선 눈알을 뽑고 그곳을 떠났다.

그는 수시로 파르티아군이 출몰하는 시리아 동쪽 변방에 배치되었다. 폼페이우스를 시작으로 집요한 동방원정이 이어졌지만 파르티아는 로마의 동진을 가로막는 강력한 숙적이었다. 그중에서도 파르티아군의 기습에 크라수스의 중무장 보병 4만이 괴멸에 가까운 타격을 입은 카레 전투는 재앙이었다. 크라수스 부자는 전사했고 로마군의 명예를 상징하는 독수리 문장 깃발은 적의 손에 넘어갔다.

파르티아는 로마 장군들을 잡아먹는 개미지옥처럼 보였다. 파르티아 원정군을 소집한 카이사르는 출정 3일 전 원로원 회랑에서 암살되었고 원정길에 오른 안토니우스는 클레오파트라와 알렉산드리아 궁전의 호화로운 삶에 빠졌다.

아우구스투스 황제에 이르러서야 파르티아는 자진해서 독수리 문장 깃발과 점령 중이던 일부 영토를 반납했다. 그럼에도 아르메니아와 아나톨리아, 시리아를 비롯한 곳곳에서 파르티아 잔당들의 국지적 항전은 이어졌다.

마티아스는 처절한 살육의 도가니 속에서도 티끌 같은 기회를 살려 크고 작은 전투에서 승리했다. 그는 더 고통스러운 적의 비명과 더 처참한 적의 죽음을 원했다. 영웅이 되고 싶지는 않았다. 단지 살아남고 싶었을 뿐이었다. 그러려면 더 냉혹한 투쟁과 더 잔인한 승리가 필요했다.

7년 동안 변방을 떠돌던 그는 시리아 사막의 도적 떼 소탕 작전 중 왼쪽 어깨를 창에 찔리는 부상을 입었다. 그는 어떻게 해서라도 남은 복무 기간을 채우고 로마로 가고 싶었다. 더 풍족한 삶이 아니라 더 이상 사람을 죽이지 않아도 되는 삶, 더 안락한 삶이 아니라 다른 사람이 자신을 죽이려 들지 않는 삶을 살고 싶었다. 그러나 부상은 좀처럼 회복되지 않았다. 군대로 돌아가지 못한 그가 갈 곳은 예루살렘밖에 없었다.

조나단은 예루살렘으로 돌아온 그를 불러들였다. 성전 행랑을 헤매던 어린 시절부터 그에겐 특별한 것이 있었다. 정식으로 토라를 배우지 않았지만 랍비와의 토론에서도 밀리지 않을 직관과 통찰력이 있었다. 파르티아 전선에 종군했을 때에는 뛰어난 척후병이었고 로마 장교도 풀지 못한 적의 수기 신호체계를 해독한 적도 있다고 했다.

물론 걸리는 것이 없는 건 아니었다. 무엇보다 폭력을 억제하지 못하는 충동적 성격이 문제였다. 어리석을 정도로 순박한 녀석이지만 여자가 관련된 폭력 사건에는 머리가 돌아버리곤 했다. 어릴 적부터 어머니를 패던 아버지 탓이었는지 모른다. 그의 어머니는 남편의 매질을 견디다 죽음에 이르렀다. 어머니를 죽인 살인자에 대한 증오와 분노는 그의 짧은 삶을 송두리째 망가뜨렸다. 모르긴 해도 그가 윤락가로 흘러들어간 이유 또한 폭력에 노출된 여인들을 보호하겠다는 단순한 동기 때문이었을 것이다.

따지고 보면 밀정에게 폭력성은 탓할 일이 아니었다. 오히려 뛰어난 밀정으로서의 자질로 볼 수도 있었다. 정탐 과정에서 주먹과 칼이 필요하거나 크고 작은 폭력이 벌어지기도 하니까.

마티아스가 밀정이 되지 못할 이유는 어디에도 없었다. 사건의 냄새를 맡고 증거를 찾고 배후를 추적하는 그의 능력은 본능적이었다. 음모를 꾸미고 정탐하고 보고하는 임무는 처음부터 그렇게 하도록 되어 있었던 것처럼 자연스러웠다. 그는 예루살렘 뒷골목을 무대로 골치 아픈 사건의 결정적 단서를 제공했고 몇몇 살인사건에서 해결능력을 보이기도 했다.

그러나 뛰어난 자질에도 불구하고 마티아스는 조직에 쉽게 융화되지 못했다. 주도면밀한 일처리 능력도 동료들과의 협업에서는 큰 성과를 거두지 못했다. 가능하면 혼자 움직이며 자신의 뜻에 따라 문제를 해결하는 그를 동료들은 고깝게 생각했다. 그때마다 주먹다짐이 벌어졌고 마침내 조나단조차 손을 쓸 수 없는 단계에 이르렀다.

결국 자기 발로 밀정단을 나온 그는 예루살렘 유곽촌으로 흘러들었다. 그는 여자들에게 집적대는 사내들을 겁먹이고 뒷골목 정보를 팔아먹는 해결사 노릇을 시작했다. 사람들의 손가락질과 냉대에는 마음을 두지 않았다. 그는 돈이 필요했다. 로마로 갈 돈만 모이면 언제든 지긋지긋한 예루살렘을 떠나고 싶었다.

불운은 그가 완전히 지쳤을 때 날카로운 이빨을 드러냈다. 술에 취한 채 칼을 휘두르던 로마인 백인대장을 찌르고 만 것이었다. 마티아스는 자신의 죄가 용서받지 못할 것을 알았다. 그럼에도 그는 살고 싶었다. 살인자라는 손가락질을 받더라도 살아가고 싶었다.

"유월절이 닷새 남았다. 그 전에 살인자를 잡아야 해."

조나단이 감옥 문 너머에서 말했다. 마티아스는 입가의 피를 닦아내며 미소를 지었다. 적어도 5일은 더 살 수 있게 되었다. 그것은 다행일까? 아니면 불행일까?

쇠창살문이 요란한 소리를 내며 닫혔다. 마티아스는 어둠과 적막 속에서 죽어간 소녀를 다시 떠올렸다. 별빛 아래 희게 빛나던 몸은 벗겨진 등가죽 때문에 추워 보였다.

마티아스는 헝클어진 머리카락을 쓸어올리며 눈을 감았다. 문밖에 버려진 아이가 된 것 같았다.

제2일
두 번째 살인
일요일 — 유월절 닷새 전

제자들이 가서 예수의 명하신 대로 하여

나귀와 나귀 새끼를 끌고 와서 자기들의 겉옷을 그 위에 얹으매 예수께서 그 위에 타시니

무리의 대부분은 그 겉옷을 길에 펴며 다른 이는 나뭇가지를 베어 길에 펴고

앞에서 가고 뒤에서 따르는 무리가 소리 질러 가로되 호산나 다윗의 자손이여 찬송하리로다 주의 이름으로 오시는 이여 가장 높은 곳에서 호산나 하더라

─마태복음 21:6~9

6

지저분한 거리에 바람이 드는 흙집과 차가운 돌집이 다 닥다닥 붙어 있었다. 가난한 자와 부모를 잃은 아이와 열심 당 이탈자와 선량한 노인과 순수한 여자들이 함께 살아가 는 골목.

해가 뜨려면 한참이나 남은 어둑한 골목을 젊은 여인이 바쁘게 걸어가고 있었다. 스무 살이 될까 말까 한 여인은 한쪽 겨드랑이에 커다란 물동이를 끼고 있었다. 실로암 샘 에 사람들이 몰려들기 전 물을 긷기 위해서였다. 예루살렘 의 주 수원지인 실로암 샘은 유월절 전이면 물을 길으려는 주민들로 유난히 붐볐다.

골목 어귀에서 이방인 하나가 숙취로 지끈거리는 머리를 흔들며 지나갔다. 여인은 마음을 다잡고 걸음을 서둘렀다. 곧 찰랑거리는 물소리가 들려오고 실로암 샘이 나타났다. 다행히 먼저 온 사람은 없었다. 여인은 물동이를 내려놓고 이마의 땀을 소맷자락으로 훔쳤다. 서두른 탓인지 입에서 단내가 났고 이마는 차갑게 식어 있었다. 그녀는 샘 어귀에 걸린 작은 물바가지로 두어 번 샘물을 휘저은 다음 바가지 가득 퍼 올렸다.

열기를 식히기 위해 물바가지를 입으로 가져가던 그녀의 두 눈이 점점 커졌다. 차가운 냉기가 그녀의 얼굴을 일그러뜨렸다. 자신의 의지대로 움직이지 않는 그녀의 입술 사이로 삼키지 못한 물이 흘러나왔다. 그녀는 튀어나올 것 같은 눈으로 실로암 샘에 찰랑거리는 물을 내려다보았다.

그녀는 휘청거리는 다리로 겨우 서서 있는 힘을 다해 소리 질렀다. 날카로운 비명 소리가 여명을 뚫고 번져나갔다. 그녀는 아득한 현기증을 느꼈다.

마침 곁을 지나던 순례자가 쓰러진 그녀를 안아 일으키며 무슨 일이냐고 물었다. 그녀는 말을 잇지 못한 채 샘을 외면하며 손가락으로 가리켰다. 순례자는 얼핏 밝아오는 여명에 샘물이 검붉게 물들었다고 생각했다. 그러나 태양이 떠오르기에는 한참 이른 시간임을 깨닫고는 그자리에 털썩 주저앉았다. 그는 있는 힘을 다해 소리쳤다.

"실로암 샘물이 피에 물들었다! 여호와의 징벌이 예루살렘에 이르렀다!"

공포에 질린 순례자의 절규가 잠든 예루살렘의 새벽을 흔들어 깨웠다.

조나단은 기마대의 선두마가 멈추기도 전에 훌쩍 뛰어내렸다. 그는 낭패감과 분노로 부드득 이를 갈았다.

"당장 샘물을 퍼내! 새 물이 차오를 때까지 연못에서 200보 거리에 사람들의 접근을 막아!"

수비대원들이 콩 튀듯 바쁘게 움직였다. 그들은 옷자락

을 겯을 새도 없이 샘으로 뛰어들어 정신없이 물을 퍼냈다. 가로세로 스무 걸음 정도의 널찍한 수조 바닥과 벽은 정교하게 다듬은 돌벽돌로 마감되어 있었다. 마침내 샘물은 발목에 찰랑거릴 정도로 줄어들었다. 마티아스는 철벅철벅 소리를 내며 피로 물든 수조를 오가며 말했다.

"어제 아침에는 피로 성전 문설주를 더럽히더니 오늘은 실로암 샘물이라니⋯⋯."

"불경스런 입을 다물라!"

생각들이 날갯짓하는 나방처럼 조나단의 머릿속에서 파닥거렸다. 하룻밤 사이에 피로 더럽혀진 예루살렘의 식수원을 본 주민과 순례자가 어떤 반응을 보일지는 뻔했다. 파라오의 강을 피로 물들인 여호와의 분노가 예루살렘에 이르렀다는 소문이 입에서 입으로 번질 것이다.

"누군가 여기서 속죄양을 잡았을 거야. 보아라! 물을 다 퍼내도 시체는커녕 물고기 한 마리 없는데 어찌 이 일이 어제 일과 상관있다는 말이냐?"

마티아스는 철벅거리는 소리를 내며 수조 위쪽으로 다가갔다. 수로는 어둑한 아치형 돌문 안으로 이어져 있었다. 마티아스는 천천히 수로를 따라 올라갔다. 아치형 돌문 안에 커다란 원탁 크기의 웅덩이가 보였다. 수원지에서 수로를 따라 흘러온 물을 모아 이물질을 거르고 가라앉힌 후 연못으로 흘려 보내는 취수구였다. 수조 바닥에 무언가 반짝였다.

마티아스는 몸을 숙이고 물속을 한참 더듬다가 젖은 머리카락을 쓸며 일어섰다. 그의 손끝에 젊은 여자들이 머리카락을 묶는 데 쓰는 리본이 들려 있었다. 탄력 있는 섬유를 꼬아 만든 리본 중앙에 은장식이 반짝였다.

"우리가 시신을 찾지 못한 것일지도 모릅니다."

마티아스가 말했다. 조나단의 얼굴이 차갑게 식었다.

"시신이라니? 무슨 시신? 일어나지도 않은 살인사건을 억지로 만들 셈이냐?"

조나단은 흠뻑 젖은 마티아스를 바라보며 혀를 찼다. 어디선가 개 짖는 소리가 들렸다. 마티아스는 날아오르듯 말 위로 훌쩍 뛰어올랐다. 말은 기다렸던 것처럼 기드론 골짜기를 향해 달리기 시작했다. 예루살렘 동쪽을 둘러싼 기드론 골짜기는 시가지 남쪽 외곽의 힌놈 골짜기로 이어졌다. 예루살렘의 묘지로 불리는 힌놈 골짜기는 여기저기 무덤이 흩어져 있어 주민들이 대낮에도 발걸음을 꺼리는 곳이었다.

난폭한 살인범의 탈주로 주민과 순례자들이 불안에 떨거라는 아찔한 생각에 조나단은 다급하게 말고삐를 잡아챘다. 수비대원들은 조나단의 뒤를 따라 가파른 비탈길을 맹렬히 달렸다.

마티아스는 기드론 골짜기를 흐르는 기혼 샘의 축대에 이르러 속도를 늦추었다. 그는 채 멈추지도 않은 말 등에서 뛰어내려 고양이처럼 바닥을 굴렀다. 뒤쫓아온 수비대원이 그의 어깻죽지를 곤봉으로 후려쳤다.

"쥐새끼 같은 살인자 놈. 도망을 쳐도 징벌을 피하지 못해. 널 당장 형장으로 끌고 가야 하겠느냐?"

조나단은 말 위에서 마티아스의 얼굴에 침을 뱉었다. 마티아스는 먼지투성이 더벅머리를 손가락으로 빗어 넘기며 샘물을 바라보았다. 조나단은 무엇인가에 이끌리듯 샘으로 다가가 손바닥으로 샘물 한 줌을 퍼 올렸다. 피에 물들지 않은 맑은 물이었다.

조나단은 그제야 마티아스가 도주한 것이 아니라 사건을 조사하기 위해 이곳으로 왔다는 것을 알았다. 샘이 흐려진 원인을 찾으려면 수원지를 조사해야 했고 실로암 연못의 수원지는 바로 이곳 기혼 샘이었다.

샘 아래로 이어진 가파른 비탈에 좁은 길이 나 있었다. 여기저기 버려진 무덤이 눈에 띄었고 높은 암벽이 나타났다. 자세히 보니 그것은 암벽이 아니라 무덤을 막은 육중한 돌문이었다. 마티아스는 비탈길을 미끄러져 내려가 돌문으로 달려들었다.

"위대한 왕의 안식처에서 썩 물러나라!"

조나단이 소리쳤다. 무덤의 주인은 유다 왕국의 16대 히스기야왕이었다. 폐지된 유월절을 되살리고 아시리아의 정복왕 산헤립의 대군을 물리친 스물다섯 살의 청년왕. 마티아스는 돌문을 밀어내느라 안간힘을 쓰며 대답했다.

"시체는 이 무덤 속에 감추어져 있을 겁니다."

"위대한 히스기야왕의 무덤에 시체라니 무슨 근거로 그런 불경스런 말을 하느냐?"

돌문에서 물러선 마티아스는 숨을 헐떡이며 대답했다.

"열왕기 하편에 '히스기야왕은 저수지를 만들고 수도를 만들어 예루살렘 성 안으로 물을 끌어들였다'라는 기록이 있습니다. 예루살렘은 기드론과 힌놈으로 이어진 골짜기로 둘러싸인 성곽도시입니다. 천혜의 요새라고 할 수 있지만 결정적인 허점은 성 안에 식수원이 없다는 점이죠. 수원지인 기혼 샘과 실로암 연못을 연결한 수로만 막으면 예루살렘이 고립될 수밖에 없다는 것을 아는 산헤립군은 기혼 샘을 막아 예루살렘을 포위했습니다. 성 안의 물이 바닥나면 항복할 거라고 생각했던 거죠. 그러나 히스기야왕은 암벽을 뚫어 기혼 샘의 물을 성 안으로 돌리는 동시에 적을 기습하는 이동로로 이용했던 겁니다."

조나단은 마티아스가 단서를 잡았다고 확신했다. 놈에겐 다른 밀정들에게 없는 무언가가 있었다. 배운 것이 없고 천박한 직업을 전전했지만 놈은 이 도시에 관해 모르는 게 없었다. 어디서 보고 들었는지 예루살렘의 건축물과 지리를 꿰고 있었다. 만약 좋은 가문에서 태어났더라면 더없는 행운이었을 비상한 지력이 살인자인 그에겐 오히려 감당하지 못할 짐짝처럼 보일 정도였다.

대원들이 하나둘 돌문으로 달려들었다. 육중한 바윗덩어리가 조금씩 구르기 시작했다. 마티아스는 돌문 틈을 비집고 들어갔다. 터널은 한 사람이 겨우 지나갈 정도로 좁았다. 그들은 차가운 암벽을 조심스럽게 짚으며 한 발 한 발 나아갔다. 수로에 발을 담그자 온몸에 냉기가 퍼졌다. 물살이 수백 마리의 뱀처럼 빠르게 발목을 스쳤다.

"말안장에서 기름 먹인 횃대를 가져와!"

조나단은 수비대원이 건네준 횃불을 쳐들었다. 수로 터널은 성 밖의 기혼 샘과 성 내의 실로암 연못을 연결한 기발한 건축술을 보여주고 있었다. 견고한 석벽과 미로처럼 휘어진 수로는 공법상의 두 가지 난점을 극복해낸 결과물이었다.

첫 번째 난제는 두 지점 사이의 견고한 암석지형이었다. 작업 기간을 줄이기 위해 최단거리로 설정한 수로가 지나는 경로에 거대한 암괴가 자리잡고 있었던 것이다. 두 번째 문제는 2미터 남짓에 불과한 두 지점 간 고도차였다. 히스기야왕은 정밀한 측량과 설계를 통해 두 지점 사이의 적정한 기울기와 거리를 계산해 암벽을 S자 형태로 꼬불꼬불하게 굴착함으로써 물의 역류를 막고 일정한 속도로 흐르게 했다.

습기와 어둠 속을 나아가자 광장처럼 넓은 공간이 홀연히 나타났다. 한쪽은 평평한 바위였고 다른 쪽에는 물웅덩이가 보였다. 횃불이 어른거릴 때마다 물기 어린 암벽 표면은 뱀 껍질처럼 번들거렸다. 마티아스는 뒤따르던 수비대원의 횃불을 낚아채 쳐들었다.

물웅덩이를 돌아가며 세 마리의 죽은 양들이 널브러져 있었다. 머리는 물속에 처박혀 있었고 하나같이 목이 그어져 있었다. 물웅덩이 건너편 어둠 속에서 희끗한 물체가 윤곽을 드러냈다. 상반신이 물속에 처박히고 하반신이 웅덩이 언저리에 걸쳐진 여인의 시체였다.

수비대원 네 명이 첨벙거리며 물속으로 뛰어들었다. 그들은 물에서 건져올린 시체를 조심스럽게 바위에 눕혔다. 번들거리는 횃불 아래 퉁퉁 부풀고 창백한 얼굴이 드러났다. 젖은 밤색 머리카락이 이마에 엉겨 붙었고 눈꺼풀에 젖은 속눈썹이 달라붙어 있었다. 목덜미의 상처는 손가락이 들어갈 정도로 벌어져 있었다. 물에 잠긴 상처를 통해 응고되지 않은 피가 밤새 흘러나온 듯했다.

마티아스는 조심스럽게 시신을 모로 뒤집었다. 옷자락의 옆구리 부분에 날카로운 칼날에 찔린 듯한 핏자국이 보였다. 등에는 예리한 칼날로 오려진 사각의 붉은 상흔이 뚜렷했다. 마티아스는 깊은 옆구리 상처와 피부가 벗겨진 등을 응시했다. 참혹한 장면이었지만 시선을 피하고 싶지 않았다. 살인자가 저지른 일을 똑똑히 기억해두고 싶었다.

"잔인한 놈이야. 양의 목을 따듯이 예리한 칼로 목을 긋고 물에 처박았어."

　조나단이 낮은 목소리로 툴툴거렸다. 마티아스는 반듯이 누운 소녀에게 횃불을 비추었다. 나이는 많이 잡아도 열여섯을 넘지 않은 것으로 보였다.

　"목을 긋고 물에 처박은 것이 아니라 물에 처박은 후에 목을 그은 듯 합니다. 소녀는 칼에 찔려 죽은 것이 아니라 익사한 것입니다. 칼에 찔려 죽은 후 물에 처박혔다면 목 뒤에 멍이 없을 테니까요. 손아귀로 소녀의 목을 감아쥐고 물에 처박을 때 생긴 자국같습니다."

　마티아스가 소녀의 고개를 모로 돌리고 머리카락을 젖혔다. 푸른 멍이 선명히 드러났다.

　"게다가 목을 그어 죽인 후 물에 담갔다면 소녀의 손바닥에 쓸린 자국이 없을 것입니다. 물에 머리를 박힌 소녀는 놈의 손아귀에서 벗어나기 위해 바닥을 밀며 안간힘을 썼던 겁니다. 그 바람에 손바닥이 바위에 쓸리고 손톱이 부러졌겠죠."

　마티아스는 소녀의 오그라진 손가락을 폈다. 하얀 손바닥은 거친 돌바닥에 쓸려 있었고 검지와 중지의 손톱이 부러져 있었다. 마티아스는 마음속으로 소녀에게 말해주고 싶었다. 눈을 떠! 이제 살인자는 여기에 없어. 그러니까 눈을 떠. 하지만 소녀는 눈을 뜨지 않았다.

　"그거나 그거나야. 칼에 찔려 물에 처박혔든 물에 처박힌 후에 칼에 찔렸든……."

조나단이 말했다. 마티아스는 기름이 말라 가물거리는 횃불을 소녀에게 비추었다.

"차이가 있습니다. 놈은 칼로 목을 따서 물에 처박는 대신 익사시켰습니다. 니카노르 문에서 죽은 소녀도 칼로 목을 따는 대신 성전 벽에 머리를 부딪쳐 절명시켰죠. 왜 쉽고 자연스런 방법 대신 어렵고 거추장스런 방법을 택했을까요?"

"놈이 바보거나 정신이 나간 탓이겠지."

"그렇지 않습니다. 지극히 정상일 뿐 아니라 머리가 뛰어난 놈입니다. 살인의 방법과 절차, 결과와 영향까지 미리 계획하고 실행한 거죠."

마티아스는 냉정한 시선으로 소녀를 내려다보며 대답했다. 조나단은 고개를 가로저었다.

"네 말은 아귀가 맞지 않아. 성전의 살인과 이 살인은 근본이 다르다고. 성전 살인은 자신의 살인을 알리려는 의도였지만 이 살인은 감추어져 있어. 성전 살인을 저지른 놈이라면 수많은 사람이 모이는 실로암 연못에 보란 듯이 시체를 드러냈겠지."

"겉으로는 다른 것처럼 보이지만 두 사건에는 공통점이 있습니다. 같은 자의 소행인지는 확실치 않지만 놈은 성전 살인사건과 공히 만인에게 잔인한 살인을 알린 겁니다."

"시체를 감춤으로써 자신의 범죄를 만천하에 알린다? 그렇게 이상한 이야기는 들어본 적이 없는데."

"놈은 아침나절에 가장 붐비는 실로암 샘을 피로 물들이기 위해 피살자의 경동맥을 끊었어요. 피가 멈추지 않게 하는 걸로 모자라 흐르는 물의 양에 맞춰 세 마리 양의 피를 더했죠. 옆구리를 찌르고 등가죽을 벗긴 수법 또한 성전 살인자와 같습니다."

"그런데 왜 시체를 사람들에게 공개하지 않고 이 음침한 지하에 숨겼지?"

"우리를 시험한 걸로 보입니다. 피로 물든 샘에서 살인을 유추하고 시체를 찾도록 말입니다. 소녀를 익사시킨 것도 그렇게 하지 않으면 안 되는 이유가 있을 겁니다."

수비대원들이 단서를 찾아 횃불을 쳐들고 부지런히 움직였다. 웅덩이와 바위가 만나는 얕은 물속에서 뭔가가 보였다. 수비대원이 반짝이는 물건을 건져 조나단에게 가져왔다.

"시카리야. 더러운 열심당 놈들 짓이군! 예루살렘 일원의 대장간과 도검 장사꾼들을 샅샅이 뒤져 이 칼 주인을 찾는 게 급선무야. 어쩌면 일이 의외로 쉽게 끝날 수도 있겠어."

조나단은 이빨 사이로 목소리를 갈아냈다. 기름 먹인 솜이 타들어가며 횃불이 가물거렸다.

"들것을 가져와 시신을 수습해. 일단 여기서 나가야겠어."

대원들이 앞다투어 조나단을 따라 터널을 빠져나갔다.

어둠과 적막 속에 혼자 남은 마티아스는 차가운 물을 얼굴에 끼얹었다. 잠시 숨을 돌린 마티아스는 횃불을 쳐들고 동굴 구석구석을 살피기 시작했다. 어둠 속에서 박쥐 떼가 요란한 날갯짓을 하며 날아올랐다. 그 서슬에 횃불의 불꽃이 흔들리며 후루룩 소리를 냈다. 기분 나쁜 인기척이 느껴졌다. 온몸의 털이 꼿꼿이 일어서고 심장이 차갑게 식었다.

마티아스는 바짝 긴장하며 후미진 동굴 구석으로 횃대를 들이밀었다. 그때 묵직하고 딱딱한 것이 눈두덩으로 날아왔다. 무슨 일이 일어났는지 알아차리기도 전에 마티아스는 물속에 나뒹굴었다. 숨 돌릴 겨를도 없이 억센 손아귀가 그의 목덜미를 움켜쥐고 물에 머리를 처박았다. 마티아스는 차가운 물속에서 버둥거렸다. 이놈이다. 살인자는 반드시 현장을 다시 찾는다. 놈을 뒤쫓으면 일은 쉽게 풀릴지도 모른다.

마티아스는 사력을 다해 들고 있던 횃대를 휘둘렀다. 어억 하는 비명 소리와 함께 짐승의 털이 타는 노린내가 풍겼다. 불붙은 횃대가 놈의 뺨을 지지며 수염이나 머리카락이 눌은 것 같았다. 목덜미를 옥죄던 손아귀가 느슨해졌다.

놈은 마티아스가 떨군 횃대를 주워들고 도망쳤다. 마티아스는 반사적으로 동굴 벽 거치대에서 횃대를 뽑아들고 수로 저편 어둠 속으로 멀어져가는 놈의 철벅거리는 발소리를 쫓았다.

수로는 미로처럼 꼬불꼬불하게 이어졌다. 발목까지 찬 물살이 발걸음마다 튀어올라 옷자락을 흠뻑 적셨다. 아래쪽으로 갈수록 물살은 점점 거세지고 수심은 깊어졌다. 철수한 수비대원이 남겨둔 횃불은 기름이 말라 사그라지고 있었다. 수로 벽에 어른거리는 놈의 횃불 그림자가 가까워지는 것으로 보아 도망자와의 거리는 점점 좁혀지고 있었다. 마티아스는 미치도록 놈의 얼굴을 확인하고 싶었다.

마침내 어둠 속에서 희미한 놈의 그림자가 보였다. 약간 굽은 등과 쭉 내민 목덜미로 보아 마흔은 넘은 듯했다. 발자국 소리의 빈도와 좁혀진 거리를 생각하면 보폭이 큰 편이었다. 최소한 보통 사람보다 머리통 하나 정도는 큰 키일 것이다. 그런데도 자신이 따라붙을 정도로 느린 것을 보면 체력이 강한 자는 아닐 것이다.

마티아스는 균형을 잃지 않고 한 걸음, 한 걸음을 내딛는 데 온 힘을 기울였다. 그러던 어느 순간 동굴 벽에 흐릿하게 일렁거리던 놈의 횃불 그림자가 사라졌다. 얼마 안 가 횃대의 기름 냄새가 코를 찔렀다. 휘어진 수로 굽이에 놈이 버린 것으로 보이는 횃대가 떠 있었다.

마티아스는 횃대를 쳐들고 주변을 살폈다. 수로를 흐르는 물소리와 울퉁불퉁한 돌벽 이외에 눈에 들어오는 것은 없었다. 돌벽 이곳저곳에 횃대를 들이대자 어느 순간 횃불은 푸륵거리는 소리를 내며 사그라졌다. 온몸의 털이 곤두

섰다. 언제 어디서 불시에 살인자의 습격을 받을지 알 수 없었다.

마티아스는 두 팔로 돌벽을 더듬거리며 앞으로 나아갔다. 어둠 속에서 발을 헛디디고 휘청거리다 수로에 넘어져 얼굴을 처박았다. 한참 후에야 실로암 연못으로 연결된 수로 출구의 희미한 빛이 보였다. 마티아스는 미친 듯이 빛을 향해 달려나갔다. 심장이 입 밖으로 튀어나올 듯 쿵쾅거렸다. 어둠이 뜨거운 호흡을 흔적 없이 빨아들였다.

동굴 밖으로 나선 순간 마티아스는 얼어붙은 듯 발걸음을 멈추었다. 어둠에 익숙한 눈이 강한 빛에 일순간 기능을 잃은 것이었다. 눈앞이 하얗게 변했고 밝은 빛 아래 도망자의 그림자는 흔적 없이 사라졌다.

한참 후에야 그는 가늘게 눈을 뜨고 미친 사람처럼 주위를 살폈다. 오전의 전경이 천천히 눈앞에 떠올랐다. 맑은 물이 다시 차오른 실로암 연못과 물가로 모여든 사람들. 마티아스는 물지게를 진 사내를 잡고 막무가내로 흔들었다.

"조금 전 이 동굴 속에서 뛰쳐나오는 사내를 보지 못했소? 무릎 아래가 젖은 옷을 입고 얼굴에 화상 자국이 있는 사내요."

물지게꾼은 어처구니없다는 표정으로 마티아스를 훑어보았다. 그때서야 마티아스는 자신이 물에 흠뻑 젖은 생쥐 꼴락서니라는 것을 깨달았다. 수로에서 넘어지며 돌바닥에

찢은 이마에서는 피가 흐르고 있었다.

"미친놈이 아니고서야 누가 실로암으로 흘러드는 수로 터널에 뛰어들겠소? 새벽부터 온 예루살렘 사람이 먹을 물이 피로 물들더니 이제 수로의 물을 흐리는 자라니……"

물지게꾼은 못마땅한 눈으로 마티아스를 흘겨보며 혀를 찼다. 마티아스는 무언가를 설명하고 싶었지만 그를 납득시킬 자신이 없었다. 차라리 미친놈으로 남는 편이 나을 것 같았다. 그는 안간힘을 다해 실로암 샘에서 이어진 계단을 뛰어 올라갔다. 막막한 눈앞에 드넓은 예루살렘 시가지가 펼쳐졌다.

살인자는 사라졌다. 하지만 희망은 남아 있었다. 놈의 얼굴에 불도장을 찍어놓았으니 언제든 알아볼 수 있을 것이다.

7

기진맥진한 마티아스는 실로암 샘가의 돌난간에 널브러졌다. 겨우 숨을 돌렸지만 목구멍이 따끔거렸고 가슴도 뻐근했다. 기력을 회복하려면 시간이 필요했지만 무언가를 해야 한다는 조급증이 났다. 그런데도 뭘 해야 할지는 뚜렷이 알 수 없었다.

축축한 옷자락이 거의 마를 즈음 성전수비대 전령이 도

착했다. 그는 조사반에서 확인한 피살자 신원 정보를 전달했다. 시내 남쪽 회당에서 사소한 전례와 잡일을 하는 늙은 랍비 야이로의 딸이라고 했다. 전령은 그에게 딸의 죽음을 전하고 수사를 시작하라는 조나단의 지령을 덧붙였다.

오전의 태양빛에 거리는 활기를 찾았고 사람들의 발걸음도 빨라졌다. 젖은 옷이 마르자 기분이 한결 나아졌다. 마티아스는 지나가는 사람들을 유심히 살피며 허리를 곧추세우고 거리를 가로질렀다.

회당 뜰은 자글거리는 햇살에 화덕 속처럼 달아올랐다. 회당 안에는 정면에 두루마리 토라를 놓는 단이 있었고 토라 상자를 보관하는 별실이 보였다. 앞쪽에는 바리새인 명망가들과 장로를 위한 안락의자가 있었다. 두루마리를 놓는 독서대가 놓인 중앙의 나무 연단을 중심으로 양쪽 벽을 따라 돌로 만든 계단식 좌석이 이어졌다.

야이로는 회당 측면 벽 아래에서 전례를 밝힐 촛대를 닦고 있었다. 성긴 머리카락에 하얀 눈썹과 수염을 기른 그는 예순을 바라보는 노인이었다. 미간에는 무언가를 골똘히 생각하는 듯한 주름이 깊게 자리잡고 있었다. 마티아스가 자신의 신분을 밝히자 노인은 그의 팔을 끌고 회당 밖으로 나왔다. 불경한 자를 회당으로 들였다고 생각한 듯했다.

"성전수비대에서 무슨 일로 이 늙은이를 찾아온 건가?"

회당에서 완전히 벗어난 후에야 노인은 마티아스를 훑

어보며 물었다. 마티아스는 잠시 숨을 고른 후 딸의 죽음을 전했다. 살인자가 소녀의 목을 베고 피를 뽑았으며 옆구리를 찌르고 등가죽을 벗겼다는 말은 하지 않았다. 차마 할 수 없었다.

노인은 말없이 회당 안으로 터덜터덜 걸어들어갔다. 그는 회당 정면의 연단으로 나아가 쓰러지듯 무릎을 꿇었다. 낮은 중얼거림으로 시작된 기도문은 점점 높아졌다. 비통한 울부짖음에 복수에 관한 레위기 구절이 섞여 들렸다.

"사람이 이웃에게 상해를 입혔으면 그가 행한 대로 상대에게 행할 것이니, 뼈를 부러뜨렸으면 상대의 뼈도 부러뜨려라. 상처에는 상처로, 눈에는 눈으로, 이에는 이로 갚으라."

신명기와 출애굽기의 구절이 그 뒤를 이었다.

"악을 행한 자를 불쌍히 여기지 마라. 목숨에는 목숨, 손에는 손, 발에는 발로 갚아야 할지라. 목숨은 목숨으로 화상은 화상으로, 상처는 상처로, 구타는 구타로!"

떨리는 노인의 목소리는 경전을 외운다기보다 울부짖는 것 같았다. 다시 잡을 수 없는 여린 손과 다시 바라볼 수 없는 얼굴을 떠올리려는 통절한 슬픔. 딸이 그에게 주었던 모든 기쁨과 즐거움이 그만한 슬픔과 고통이 되어 그를 공격했다. 그는 한참 후에야 울음인지 기도인지 모를 통곡을 그쳤다.

"따님을 죽인 놈을 잡고 싶습니다."

마티아스는 냉담한 눈으로 노인을 바라보았다. 목숨을 담보로 살인자를 쫓는 그의 심정은 딸을 잃은 노인 못지않게 절박했다.

"딸을 잃은 건 나야. 자네가 나설 이유는 없네. 난 할 얘기가 없어. 다만 지금부터 나는 나 자신을 위해 기도하지 않을 거야. 내 남은 평생 그놈을 지옥에 보내달라고 기도할 거야."

노인이 입속의 말을 씹었다. 몇 가닥 남지 않은 정수리의 가는 머리카락이 무력하게 날렸다.

"일단 놈을 잡아야 지옥으로 보내든 말든 하죠. 혹……어젯밤 따님에게 무언가 이상한 점은 없었나요?"

노인의 얼굴이 붉게 달아올랐다. 눈물과 땀으로 엉겨 붙은 수염, 마구 헝클어진 몇 올의 머리카락, 세상 모든 분노와 증오를 담은 눈.

"내 딸에게 이상한 점이 없었냐고? 자네 참 잔인하군."

노인의 힐난에 마티아스는 곤혹스러웠다. 하지만 질문은 그가 가진 유일한 수단이었다. 묻지 않으면 알아낼 것이 없고 알아내지 못하면 죽음을 피할 길이 없었다.

"따님을 죽인 놈은 지난밤 성전 안에서도 어린 소녀를 무참하게 살해했어요. 그놈을 그냥 두면 또 누가 죽을지 몰라요."

"나와는 상관없는 일이야. 그건 자네에게도 마찬가지지."

"알아요. 전 이런 일을 할 자격조차 없는 밀정에 불과하니까요. 하지만 따님을 죽인 놈을 못 잡으면 전 죽을 수밖에 없어요. 전 알아야 해요. 쓸모가 있든 없든, 관련이 있든 없든, 중요하든 그렇지 않든 알아야 해요. 당신이 말하지 않으면 전 예루살렘 곳곳을 돌아다니며 따님에 대해 물을 거예요. 그래도 안 되면 죽은 따님을 깨워서라도 물어야겠어요."

마티아스의 목소리가 갈라졌다.

"그럴 필요는 없네. 그럴 수도 없을 테고……."

망설이던 노인이 벗겨진 정수리를 문지르며 말했다.

"이런 말 하고 싶지는 않았어. 내 딸을 살려준 그분을 곤경에 빠뜨릴 순 없으니까. 하지만 이젠 나도 알 수가 없어. 그분을 경외해야 할지 원망해야 할지…… 그 선지자를 만나지 않았더라면 이렇게 잔인한 일은 당하지 않았을 텐데……."

마티아스는 갈릴리 지역 빈민과 여자를 상대로 불온한 예언을 퍼뜨리고 다닌다는 자에 대한 정보를 들은 적이 있다. 목격자들은 대부분 그가 마술과 기적을 행하는 권능을 보였다고 증언했다. 어떤 자는 그가 메시아를 자처했으며 하나님의 아들이라고 떠벌리고 다녔다고 주장하기도 했다.

"그자가 따님에게 무슨 짓을 했나요?"

마티아스는 노인의 야윈 어깨를 힘껏 움켜쥐었다.

"그분이 아니었다면 내 딸은 진작 죽은 목숨이었을 거야. 그분이 병으로 죽었던 아이를 살려주셨고…… 하지만 그 부활의 은총 때문에 그 아이가 다시 죽게 된 건지도 모르지."

그때 일을 떠올린 듯 노인의 눈이 맑아졌다. 마티아스는 그의 눈빛을 믿을지 말지 망설였다.

"율법을 지켜야 할 랍비가 사악한 자를 두둔하는군요. 죽은 사람이 살아나다니 있을 수 없는 일이에요. 만약 그런 일이 일어났다면 말도 안 되는 거짓말이나 사기겠죠."

노인은 대답을 미루고 문 밖으로 무거운 걸음을 옮겼다. 주위는 한결 조용해졌다. 노인은 뜰 앞의 돌난간에 힘없이 주저앉았다. 주름이 자글거리는 그의 눈꼬리에 수심과 회한, 분노와 후회의 감정들이 뒤섞였다. 마티아스는 참을성 있게 기다렸다. 이윽고 노인이 입을 열었다.

"우리 가족은 대대로 갈릴리의 가버나움에 살았어. 대를 이어 내려오는 율법사 집안이었고 나는 가버나움 시내의 한 회당에서 회당장을 맡고 있었어. 유일한 걱정이라면 아내와의 사이에 아이가 없다는 것이었는데 나이 마흔에 딸아이를 얻은 거야. 그 아이는 하나님의 축복이자 나의 모든 것이었지. 하루하루가 기쁨이었어."

"그런데 죽은 아이가 살아났다는 건 무슨 말이죠?"

"나 또한 보기 전까지는 믿지 못했어. 내 눈으로 보고서도 쉽게 믿을 수 없었지. 그러니 내가 본 건 기적이라고 할 수밖에 없을 거야."

마티아스가 다가들자 노인은 말을 이었다.

"2년 전 아이가 갑자기 몹쓸 병에 걸렸어. 먼저 웃음을 잃더니 다음에는 말을 잃고 생기를 잃더군. 많은 의사들이 다녀가고 온갖 약을 썼지만 소용없었어. 그때 물을 포도주로 바꾸고, 앞 못보는 사람을 보게 하는 기적을 일으킨다는 나사렛의 선지자에 관한 소문이 들렸어."

마티아스의 얼굴이 차갑게 굳어갔다. 그자였다. 거짓말을 일삼는 나사렛의 떠돌이 선지자. 노인은 담담하게 말을 이었다.

"내 발걸음은 당장 그분께 달려가고 싶었지만 내 머리는 완강하게 거부할 수밖에 없었네. 율법을 지켜야 할 회당장이 어떻게 가짜 선지자에게 딸을 살려달라고 부탁할 수 있었겠나. 그러는 동안에도 딸아이의 상태는 나날이 악화되었지. 마침내 나는 결심했어. 회당장 자리를 빼앗기고 광야를 헤매다 죽어도 아이를 살릴 수만 있다면 그렇게 할 거라고. 그분을 찾는 건 쉬운 일이었어. 나는 그분을 몇 겹씩 둘러싸고 있는 사람들을 헤집고 나아갔지. 내 입에서 나도 모르게 선생님이란 말이 튀어나오더군."

"회당장의 신분으로 군중 앞에서 가짜 마법사를 '선생님'이라 불렀다는 겁니까? 그게 어떤 의미인지 알기나 해요?"

"내겐 딸을 살려야겠다는 생각밖에 없었어. 나는 그분께 내 어린 딸에게 손을 얹어 병을 고쳐달라고 애원했지. 그분은 자리에서 일어났어. 집으로 가는 길에 종들이 달려와 울먹이더군. 난 무언가가 잘못되었다는 걸 알아차렸어. 그분은 당황하는 내게 두려워하지 말고 자기를 믿으라고 말했어. 집으로 온 그분은 통곡하는 식솔들에게 왜 떠들며 우느냐고 묻고 그 아이는 죽은 것이 아니라 잠들었을 뿐이라고 말씀하셨어. 사람들은 남루한 그를 고깝게 보며 빈정거렸지. 그분은 아이의 방으로 들어갔어. 사랑스런 아이는 잠을 자듯 평안했지만 창백한 얼굴은 이미 차갑게 식어 있었어. 그 아이를 이미 잃었다는 생각에 가슴이 찢어지는 것만 같았지. 그때였어. 그분이 딸의 손을 잡고 '탈리타 쿰'이라고 말하자 믿지 못할 일이 일어났어. 창백하던 아이의 볼에 발그레한 혈색이 돌며 손가락 끝이 달싹인 거야. 그분은 자리에서 일어나 앉은 딸에게 먹을 것을 갖다주라고 하시더군. 그것이…… 내가 본 기적의 전부야."

마티아스는 헛웃음을 지었다. 그는 기적을 믿지 않았다. 기적을 바란 적이 없진 않지만 그것을 믿어서가 아니라 단지 위안을 구하고 싶었을 뿐이었다. 그에게 기적은 무모한 인간의 욕망과 게으름이 뒤섞인 허상에 불과했다. 기적을 목도하기를 원하는 인간의 욕망도 실제로 그것을 원해서가 아니라 그것이 존재한다는 사실을 확인하려는 몸부림에 지나지 않는다고 생각했다.

"좋아요. 당신이 본 것을 기적이라고 해두죠. 그런 다음에는 그자가 당신과 아이에게 무슨 짓을 했죠?"

노인은 몸을 둥글게 말고 두 팔로 자신의 배를 힘껏 감쌌다. 견딜 수 없는 복통을 참는 것 같기도 했고 극심한 오한을 견디는 것 같기도 했다.

"그때 딸아이가 정말 죽었던 것인지, 아닌지는 몰라. 하지만 늙은 우리 부부에겐 분명 기적이었지. 그 후 우리에게 닥친 현실은 녹록치 않았어. 제사장과 율법사들은 드러내 놓고 날 비난했지. 신성한 율법을 지켜야 할 회당장이 믿음을 저버렸다고 말이야. 비난은 딸에게도 쏟아졌어. 숫제 우리 가족을 사기꾼으로 몰아세우기도 했지. 우린 그분에게 감사했지만 그런 삶을 원한 건 아니었네. 더 이상 가버나움에서 버틸 수가 없었어. 나는 회당장 자리에서 물러나 가족을 데리고 도망치듯 예루살렘으로 올 수밖에 없었네. 아무 직업 없이 보내다 겨우 이 회당의 허드렛일을 구했어. 지금 생각하면 기적이 오히려 재앙으로 변한 셈이지."

"모든 것을 망가뜨린 그자가 원망스럽겠군요?"

"그래. 난 그분을 원망했는지도 몰라. 그분과 그 추종자들을 보면 괴로운 생각이 떠올랐지. 잃어버린 회당장 자리와 떠나온 고향이 그리웠고 아직 고통에서 벗어나지 못하고 있는 딸아이에 대한 걱정이 몰려왔어. 모든 것을 잃어버린 상실감과 우릴 쫓아낸 가버나움 사람들에 대한 분노도 다스릴 수 없었어."

노인이 젖은 눈을 찍어내며 말을 맺었다. 딸을 잃은 아비가 거짓 증언을 꾸며낼 이유는 없겠지만 그 말을 덜컥 믿을 수도 없었다.

"예루살렘으로 온 후에도 그자와의 교류가 이어졌나요? 그자가 따님에게 계속 접근하지는 않았나요?"

"한 달에 한 번 꼴로 그분이 보낸 젊은 남자가 집에 들렀지. 그를 만나면 딸아이는 불안한 증상이 치유되고 안정을 얻었어. 하지만 난 언제부턴가 그들이 달갑지 않았어. 그들은 잠시 딸의 불안과 괴로움을 달래주면 그만이었지만 우리가 견뎌야 할 고통은 너무 컸거든. 그들은 약을 건네주고는 괴로움의 병균까지 함께 옮기는 것 같았어. 가슴 아팠지만 딸이 그들을 다시 만나선 안 된다고 생각했어. 어떻게든 그들과 엮인 사슬을 끊어야 했으니까. 지난달 딸아이를 찾아온 그분의 제자에게 이제 오지 않아도 된다고 말했어. 그랬더니 그는 발걸음을 돌리더군."

"그자가 남긴 말은 없었나요?"

"딸을 만나지 못하는 것은 상관없으나 조심하라고 말하더군."

"무엇을 조심하라는 거죠?"

"모든 것을 조심하라더군. 딸을 혼자 내보내지 말고 낯선 사람을 조심하라고……."

그자는 살인을 예감했거나 정확히 알고 있었을까? 혹은 그자가 동굴에서 마주친 살인자일까? 마티아스는 긴장한 목소리로 물었다.

"그자 이름이 뭐죠?"

"도마! 도마라고 했어."

노인의 입에서 튀어나온 이름은 마티아스의 기대를 배반했다. 그렇다면 헬레나를 죽인 레위는? 어쩌면 도마라는 놈은 레위와 동일인물이 아닐까? 어쨌든 그 이름을 기억해야 한다. 도마! 마티아스는 그 이름을 입안에서 되씹으며 물었다.

"그자가 따님을 살해했을 가능성을 배제할 수 없겠군요?"

"그럴 리가 없어. 결과가 어찌 되었든 그 선지자와 제자들은 내 딸을 살려준 은인일세. 그들이 내 딸을 죽일 거였으면 애당초 살려줄 필요가 없었을 거야."

자신의 딸이 죽기 전 친밀하게 지냈던 남자를 의심하지 않는다는 말에 마티아스는 의구심이 들었다. 더 이상 찾아오지 말라는 말을 들은 그자가 노인 모르게 딸을 꾀어냈을 가능성 또한 다분했다. 그는 자신의 딸을 죽였을지 모르는 살인자를 비호하고 있는 것일까? 아무리 파렴치한 아비라도 그럴 수는 없을 것이다.

노인의 증언을 통해 마티아스는 소녀의 죽음에 나사렛

사기꾼이 어떤 방식으로든 얽혀 있음을 확인했다. 그자는 레위가 따라 다닌다고 코르넬리아가 언급했던 떠돌이 주술사와 관련 있는지도 몰랐다. 두 인물이 동일인인지를 확인하려면 코르넬리아를 다시 만나야 했다.

마티아스가 골목 모퉁이를 돌아설 때 한 사내가 회당 쪽으로 걸어왔다. 마티아스는 잽싸게 돌담 뒤로 몸을 숨겼다. 때가 탄 로마식 겉옷을 입은 사내는 다리가 길어 보통 사람들보다 머리통 하나 정도 키가 컸다. 근육질은 아니었지만 어깨는 탄탄하고 넓었으며 앞으로 약간 구부정했다. 회색 곱슬머리와 길고 좁은 얼굴은 냉혹한 분위기를 풍겼다.

마티아스의 가슴은 풀무처럼 펄떡거렸다. 사내가 재빨리 얼굴을 돌리는 바람에 자세히 보지는 못했지만 그의 얼굴에서 반들거리는 자국을 본 것 같았다. 지하 수로에서 격투를 벌이다 달아난 자일지도 모른다. 만약 그렇다면 자신이 죽인 소녀의 아버지를 제 발로 찾아올 정도로 대담하고 뻔뻔한 자였다. 마티아스는 회당 벽에 몸을 숨기고 그의 행동을 지켜보았다.

회당에 이른 사내는 기도조차 없이 야이로에게 성큼성큼 다가가 말을 걸었다. 사내가 워낙 침착한 태도로 나직하게 말했기 때문에 무슨 소리인지는 들리지 않았다. 놈이 무슨 요설로 슬픔에 빠진 노인을 회유하고 있는가? 잔인한 살인자가 순간적으로 노인을 습격한다면 어떤 일이 벌어질까? 마티아스는 땀이 차오른 손바닥을 허벅지에 비볐다.

잠시 이야기를 나눈 그들은 나란히 마티아스가 있는 모퉁이 쪽으로 걸어왔다. 마티아스는 속으로 하나, 둘, 셋을 세었다. 그리고 물속으로 들어가는 잠수부처럼 긴 숨을 들이쉰 후 돌벽을 박차고 몸을 날려 사내의 목을 팔로 감아 조였다. 혼비백산한 사내가 허둥댔다. 마티아스는 숨 쉴 틈을 주지 않고 사내의 정강이를 발로 걷어찼다. 사내는 믿기지 않을 정도로 힘없이 나자빠졌다. 넘어진 사내의 배를 걷어찼더니 바닥에 늘어졌다.

마티아스는 멱살을 잡아 일으켜 사내의 얼굴을 확인했다. 그의 광대뼈에 응급처치를 하느라 바른 올리브기름이 번들거리는 화상 자국이 똑똑히 보였다.

"더러운 살인자! 네놈이 소녀를 죽였지?"

마티아스가 소리쳤다. 사내는 의외로 침착한 표정으로 대꾸했다.

"성질이 급하군. 젊은이. 날 살인자라 부르는 건 상관없지만 멱살이나 놓고 얘기하지."

마티아스는 주먹으로 사내의 뺨을 갈겼다. 사내는 두어 걸음 뒤로 밀려나 돌담에 어깨를 부딪치더니 겨우 중심을 잡았다.

"발뺌해도 소용없어. 내가 네놈의 흉물스런 상판대기에

다 불로 도장을 찍어놓았으니까. 좁은 수로에서 쥐새끼처럼 도망쳤지만 날 모른다고 할 수는 없을걸. 딸을 잃은 가엾은 분에게 무슨 짓을 하려고 이곳까지 찾아왔지?"

"단지 얼굴의 상처로 살인범이 된다면 지금 예루살렘 시내에만 수십 명의 살인자가 활보하고 다닐걸세."

침착한 사내의 표정에 마티아스는 더 화가 치밀었다. 그는 흙투성이가 된 사내의 멱살을 조였다. 사내의 표정이 일그러지며 목에서 끽끽 소리가 새어나왔다. 어리둥절한 표정으로 사태를 지켜보던 노인이 뒤늦게 마티아스를 뜯어냈다. 한참 실랑이를 한 후에야 마티아스는 사내의 목덜미를 팽개쳤다. 사내는 옷자락에 묻은 흙을 툭툭 털며 화상 부위가 당기는 듯 눈살을 찌푸렸다. 마티아스는 숨을 헐떡이며 노인에게 소리쳤다.

"이자를 오늘 새벽 따님의 살인현장에서 보았습니다."

"자네 말대로 나는 오늘 새벽 실로암의 지하수로에 있었네. 하지만 살인현장에 있었다고 살인자라고 할 수는 없겠지. 자네가 지하 수로에서 날 보았다면 자네 또한 지하 수로에 있었다는 말이 되지. 그 말은 내가 살인자라면 자네 또한 살인자일 가능성이 있다는 뜻이야. 자네가 살인자가 아니라면 나 또한 살인자가 아니라고 말할 수 있지."

간결하고 명료하게 사실을 증명하는 사내의 말솜씨에 마티아스는 당황했다. 교묘하게 자신의 결백을 주장하는 그의 논리는 알렉산드리아에서 유행한다는 그리스식 궤변일까? 아니면 올가미에서 빠져나가려는 교활한 언변에 불과할까?

야이로가 팽팽한 긴장을 누그러뜨리며 말했다.

"이분은 알렉산드리아의 현인이라 불리는 테오필로스님이시네. 로마에서는 황제의 학사였고 알렉산드리아에서는 이집트 총독의 자문을 지내셨어. 빌라도 총독과도 교분이 두터워 매년 유월절마다 예루살렘에 들리곤 하시지."

마티아스는 그제야 자신이 누구를 구타했으며 누구의 목을 졸랐는지 알 것 같았다. 야이로의 말대로라면 그는 자신보다 한 발 앞서 코르넬리아를 찾아가 사건에 대해 물었던 사내일 것이다. 마티아스의 손에서 스르르 힘이 빠졌다.

"그럼 그렇다고 진작 얘길 하시지. 그런데 그 시간에 지하 수로에는 왜 갔던 거요?"

사내는 통증을 내색하지 않고 벌겋게 부푼 목덜미를 문질렀다. 그러고는 흐트러진 옷자락을 털고 구겨진 옷깃을 정리했다. 냉혹한 범죄자로 보이던 그의 표정은 묵직한 위엄을 되찾았다.

"나 또한 자네와 같은 이유로 그곳에 갔지. 살인사건을 조사하기 위해서 말이야."

"그런데 왜 날 공격한 거요?"

"처음부터 공격하려던 건 아니었어. 자네가 성전수비대

원들과 함께 수로에서 나가기를 바랐지. 하지만 자네는 혼자 남아 현장을 살피더군. 그때 나서서 신분을 밝힐까 생각했지만 어두운 살인현장에서 맞닥뜨리면 범인으로 오해받기 딱 좋다는 생각이 들더군. 그런 상황에서는 무슨 말을 해도 믿어주지 않을 게 뻔했지. 성전수비대까지 끌려가면 골치 아파질 게 뻔하고…… 일단은 자넬 따돌리고 그 자리를 벗어나려 했던 것뿐이야. 그런데 자네가 생각보다 거칠게 나오더군. 까딱했으면 깜깜한 동굴 속에서 쥐도 새도 모르게 죽을 뻔했으니까……."

테오필로스가 잿빛 수염을 긁적이며 너스레를 떨었다. 마티아스의 어깨에서 한꺼번에 힘이 빠져나갔다. 틀림없이 범인을 잡았다고 생각했는데…… 그렇다고 맥 놓고 주저앉아 있을 수는 없었다. 처음부터 다시 시작해야 했다.

"좋아요. 그렇다 치고…… 그런데 왜 여기까지 와서 남의 일을 방해하는 거죠?"

"바꾸어서 물어보지. 그러는 자네는 왜 여기까지 와서 내 일을 방해하는 건가?"

마티아스는 대꾸할 말을 찾을 수 없었다. 테오필로스는 떨떠름한 미소를 지으며 들으라는 듯 궁시렁거렸다.

"유월절을 맞아 어렵게 예루살렘으로 왔는데 연쇄살인에다 불한당의 습격이라니 이거야 원……."

언뜻 나무라는 듯했지만 자신을 폭행한 상대에게 하는

말이라고 믿기 힘들 정도로 너그럽고 관대한 어조였다. 마티아스는 갑자기 키가 한 뼘이나 작아진 것 같았다. 싸움에 지고 꼬리를 마는 개처럼 자존심이 상했다. 그는 퉁명스럽게 대꾸했다.

"당신이 죽든 말든 나와는 상관없는 일이에요. 내 한 몸 살아남기에도 바쁘니까요."

"지하 수로에 숨어서 자네가 현장을 조사하는 걸 지켜봤어. 사건을 쫓는 실력이 제법이더군. 시체의 상태로 죽음의 과정을 정확하게 되짚고 살인자의 의도까지 파악했으니까. 빠른 판단력과 예리한 직관을 지닌 덕이겠지. 날 공격한 기세를 보면 육체적 강인함은 물론 인정사정없는 냉혹함도 지녔고. 아마 군인이었거나 검투사 출신일 수도 있겠지. 하지만 무턱대고 날뛰는 성질은 최악이야. 자넨 정말이지 맨손으로 날 거의 죽일 뻔했거든."

테오필로스는 새삼 고통스러운 듯 목덜미를 쓰다듬었다. 그는 허리춤에서 작은 병을 꺼내 한 모금 마시고 내밀었다. 마티아스는 주춤했다. 그 안에 무엇이 들어 있을지 몰랐다. 테오필로스는 의구심을 풀어주겠다는 듯 다시 한 모금을 들이켠 후 권했다. 한바탕 먹살잡이를 한 탓인지 목이 탔다. 마티아스는 내키지 않는 손길로 병을 받아 목을 축였다. 쿰쿰한 로마식 포도주였다. 테오필로스는 거의 비어버린 병을 받아들고 말했다.

"짐작하겠지만 이 사건은 자네 혼자 풀 수 없어. 그건 나도 마찬가지지. 그런데도 우린 같은 사건을 쫓아야 해. 원하든 원하지 않든 우린 보이지 않는 올무로 엮여 있는 거야. 그러니 어떤가? 따로 헤맬 게 아니라 함께 사건을 조사하는 게 말이야."

"반갑지 않은 얘긴데요. 난 심각한 체하는 학자양반과는 엮이고 싶지 않거든요."

마티아스는 떨떠름한 표정으로 대꾸를 이어갔다.

"당신은 로마인이고 난 유대인이에요. 당신은 평생 학문을 팠지만 난 몸뚱이 하나로 삶과 죽음에 맞서왔어요. 무슨 얘긴지 알아요? 우린 어울리는 사람들이 아니란 얘기예요."

"하지만 이 살인사건에 관한 한 우리에게 공통점이 없지는 않아. 이미 알겠지만 자네가 찾아간 기혼 샘 현장을 나도 찾아갔거든. 자넨 인적 없는 기드론 계곡의 무덤으로 접근했지만 난 실로암 수로를 거슬러 찾아갔지. 야이로는 자네가 먼저 만났지만 코르넬리아는 내가 한 발 앞섰어. 다른 경로를 택했지만 우린 결국 같은 목적지를 찾아간 거야. 만약 정보를 공유하며 함께 움직였다면 우린 훨씬 쉽게 사건에 접근할 수 있었겠지."

"그래봐야 당신은 빌라도를 위해 일하고 난 성전을 위해 일하는 처지예요. 당신을 어떻게 믿고 정보를 교환하자는 거죠?"

"그럼 자넨 조나단은 어떻게 믿지?"

"모르겠어요. 하지만 그를 믿는 것 말고는 내게 다른 방법이 없어요."

"다른 방법이 없다는 점에서는 나 또한 마찬가지야. 날 믿지 않으면 자네 혼자서는 이 수수께끼를 풀 수 없거든. 나 역시 예루살렘 구석구석을 잘 알고 밑바닥 정보를 꿰고 있는 자네가 꼭 필요해."

무시하고 싶었지만 묘한 설득력을 지닌 말이었다. 정보의 가장 원초적인 속성은 그것이 해석되어야 한다는 것이었다. 분석하고 가공하지 못한 정보는 쓰레기에 지나지 않았다. 그런데 이자에게는 해석의 도구가 있었다. 황제의 학사에다 총독의 자문역을 지낸 현인이라면 수사학을 비롯한 다방면의 학문을 익혔을 테고 수많은 책들을 읽었을 것이다. 그가 지닌 논쟁법과 변론술, 궤변론 지식은 진실을 쫓는 유용한 수단이 될 것이다.

그러나 눈앞에 고깃덩이가 있다고 덥석 물 수는 없었다. 이자에게 넘어간 정보는 빌라도를 위해 쓰일 것이고 성전 수비대의 뒤통수를 칠 수도 있었다.

"생각을 좀 해봐야겠어요."

"자네에겐 생각할 시간이 많지 않은 것 같은데."

"왜 이렇게 집요하게 나를 끌어들이려는 거죠?"

"조나단과 같은 이유 때문이야."

"그게 뭔데요?"

"살인자를 잡아야 한다는 거야. 그리고 자네에게 쓸 만한 구석이 있다는 거지."

마티아스는 대답하지 않았다. 테오필로스는 옷자락으로 뜰에 먼지를 일으키며 멀어졌다. 마티아스의 침묵을 승낙으로 받아들인 듯했다.

8

빌라도는 황금 장식 안장 위에서 햇살에 빛나는 예루살렘 가도를 바라보았다. 넓고 곧은 로마 가도는 제국의 혈관이었다. 제국이 넓어짐에 따라 가도는 뻗어나갔고 가도가 뻗어나갈수록 제국은 확장되었다. 알렉산드리아에 비하면 초라하게 보이는 항구 가이사리아에 도착한 지 4년. 빌라도는 이 볼품없는 변방의 땅이 자신을 권력의 정점으로 떠밀어줄 거란 희망을 버리지 않았다.

매해 유월절이면 빌라도는 검색과 치안 유지 목적으로 각지에서 집결한 지역군을 지휘하기 위해 예루살렘으로 향했다. 특히 유월절 재판에서 죄인 한 명을 방면하는 대사면은 유대 총독의 오랜 통치 관행이자 행정절차였다. 수많은 군중 앞에서 행해지는 중죄인과 반역자에 대한 재판은 제국의 권위를 세울 중요한 행사였다. 죄인들에게 베푸는 총독의 아량은 속주민의 저항을 누그러뜨리고 사회 안정을 유지하는 방편이기도 했다.

총독의 기마행렬이 흙먼지를 일으키자 순례자들이 길을 텄다. 평소의 10배에 이르는 뱃삯을 치르고 지중해를 건너 가이사리아 항구에 내린 그들은 수레와 마차를 빌려 속죄양과 예물을 싣고 예루살렘 가도를 가득 메웠다.

그들은 이 모래먼지 속에 구원이 있다고 믿는 것일까? 성전으로 달려가 희생양을 잡고 누룩 없는 빵을 씹으면 모래 속 사금처럼 작고 반짝이는 그것을 걸러낼 수 있는 것일까?

코르비우스가 기마행렬을 빠져나와 안토니 요새에서 날아온 전갈 내용을 전했다. 피로 물든 실로암 샘, 어두운 지하 수로의 시신, 등가죽이 벗겨진 소녀의 죽음……

성전 살인에 이은 실로암 살인사건은 올가미처럼 빌라도의 목을 조였다.

"죽은 아이가 누구인지 밝혀졌느냐?"

말끔하게 면도한 빌라도의 입가가 가늘게 떨렸다. 그는 이틀 동안 잇따라 일어난 두 사건 사이에 모종의 관계가 있고 살인자가 어린 소녀를 죽인 데에도 분명 이유가 있다고 확신했다.

"야이로란 자의 딸이라 합니다. 원래 갈릴리의 가버나움 회당장을 지냈는데 1년 전 예루살렘으로 옮겨왔다고 합니다."

코르비우스가 대답했다. 빌라도는 머리가 지끈거렸다. 살인자는 도대체 누구를 겨냥하고 있는 것일까? 빌라도는 예루살렘, 더 정확히는 유월절의 예루살렘에 진저리가 났다. 그 지긋지긋한 도시의 인간들은 같은 민족이면서도 뿔뿔이 나뉘어 아귀다툼을 했다. 수많은 지파와 종교 파벌, 친로마파와 민족주의자가 충돌하고 뒤엉겼다. 그들의 신전에 로마인은 발을 들일 수 없고 그들의 율법을 총독은 거부할 수 없었다.

로마를 다스리는 자가 황제라면 예루살렘을 다스리는 존재는 신이었다. 그 신의 이름은 여호와였다. 인간이 다스리는 로마가 그토록 정연하고 이성적인데 신이 다스리는 땅은 어찌 이토록 시끄럽고 혼란하단 말인가? 만약 신이 전지전능한 존재라면 어떻게 자신의 땅을 저토록 불모지로 팽개치고 자신을 아버지라 부르는 백성을 혼란 속에 내버려둔단 말인가? 빌라도는 그들이 떠받드는 신을 도저히 이해할 수 없었다.

"예루살렘! 난 그 도시가 맘에 안 들어. 죽은 율법이 무거운 쇠사슬처럼 살아 있는 사람의 목을 조인단 말이야."

빌라도는 도착하지도 않은 목적지를 벌써 혐오했고 막나선 여행을 이미 후회하고 있었다. 제국의 최정예인 가이사리아 주둔 1군단도 빌라도의 불안을 덜어주지는 못했다. 그의 아내 프로쿨라는 어린아이처럼 성마른 남편을 어떻게 달래는지 알고 있었다. 그녀는 말고삐를 다잡으며 빌라도에게 바짝 다가와 말했다.

"율법은 수천 년 동안 유대인들의 삶을 지탱해왔어요. 그들은 그것을 억압으로 받아들이지 않구요."

빌라도는 아내의 옆모습을 살폈다. 마흔 가까운 나이에도 그녀는 기품을 더해갔다. 황실의 피가 흐르는 그녀는 존재 자체만으로도 빌라도의 열등감을 자극했다. 빌라도는 내키지 않는 말투로 쏘아붙였다.

"그들은 안하무인이야. 총독이 뭐하는 사람인지도 모르는 건 물론이고 알려고 하지도 않는다고. 자기들을 위해 선행을 베풀 수 있지만 로마 병단을 출병시켜 한나절 만에 쑥대밭으로 만들 수도 있다는 걸 말이야."

"유월절은 최고의 명절이지만 가장 불안한 시기이기도 해요. 군중들과 충돌이라도 일어나면 현장에 없었던 과오를 본국에서 어떻게 받아들일까요?"

그녀의 말은 물음으로 끝났다. 자신보다 신분이 낮은 빌라도의 자존심을 건드리지 않으려는 완곡한 조언이었다. 그러나 빌라도의 열등감은 어김없이 폭발했다.

"지금 내게 로마의 정치와 유대의 율법을 가르치려는 게요?"

버럭 소리를 질렀지만 빌라도는 곧 후회했다. 권력을 향한 디딤돌이자 신분 보증인인 그녀에게 화를 내서 어쩌자는 것인가.

그녀가 없었다면 빌라도는 아무것도 아니라고 할 만큼 변변찮은 인물이었다. 그의 집안은 그저 몇 척의 상선으로 알렉산드리아를 비롯한 지중해 항구를 오가며 그럭저럭 중개무역을 영위하는 소상인 계층이었다. 한 시대를 풍미한 대부호 크라수스와 같은 엄청난 자산이나 거래규모는 상상할 수조차 없었다. 그러나 번성하는 제국의 정복사업은 별 볼 일 없는 장사치에게도 기회를 주었다.

그저 그런 상인이었던 빌라도의 아버지는 아우구스투스 시절 정복사업에 물자를 댔다. 그 결과 새로 개척한 속주의 광산 채굴권이나 비옥한 농지의 영농권을 보상으로 받았다. 새로 편입된 동맹국과의 교역에도 우선권이 주어졌다. 군납사업을 계기로 빌라도의 집안은 비약적 부를 이루었다.

이재에 밝은 상인의 피를 타고난 빌라도는 자신에게 있는 것과 없는 것이 무엇인지를 정확하게 알았다. 그에게는 금력이 있었지만 권력이 필요했다. 제대로 가져본 적은 없지만 그는 권력의 속성을 잘 알았다. 그것이 공허하고 위험하며 달콤하면서도 헛되다는 것을, 모두가 가지려 하지만 아무나 갖지 못한다는 것을, 합당한 자보다 그렇지 않은 자가 가지기 쉽다는 것을, 그럴 경우 권력은 주인의 목덜미를 무는 맹견이 될 수 있다는 것을.

그럼에도 그는 권력을 원했다. 그는 자신이 권력을 가질 자격이 있다고 믿었다. 어린 시절부터 원로원 의원이 되고 호민관이 되겠다고, 황제라고 못 될 이유가 뭐냐고 떠들고 다녔다. 어떻게 그렇게 될 거냐고 물으면 그는 시시콜콜한 것에 매달리면 큰 것을 잃게 된다며 지켜보라고 큰소리쳤다. 그러면 친구들은 허황된 거짓말이나 대단한 허풍으로 받아넘기곤 했다.

빌라도는 권력을 가진 자들이 그것의 속성을 이해하지 못한다는 사실을 받아들이기 어려웠다. 그들은 그것을 모를뿐더러 다룰 줄도, 즐길 줄도 몰랐다. 빌라도는 권력을 좇고, 몰고, 포획하고, 다루고, 이용할 자신이 있었다. 문제는 그에게 권력이 없다는 사실이었다. 그는 먼저 권력에 다가가야 했다.

로마의 권력은 피로부터 왔다. 상인의 피를 지닌 그에게는 귀족의 피가 필요했다. 황족과의 결혼은 파격적인 승진이나 일확천금처럼 그를 앞으로 나아가게 하는 힘이 될 터였다. 그러기 위해서는 전쟁에 나가 공을 세울 필요가 있었다. 로마를 이끌어가는 자들은 군인이었다.

로마군 장교로 종군한 그는 곳곳의 막사와 진지를 전전하며 거친 변방의 삶을 체감했다. 험한 지형과 혹독한 기후는 나태하고 편협한 로마 상류층의 생활 방식을 버리고 타문화와 풍토를 받아들일 포용력을 길러주었다. 크고 작은 몇몇 전투에서는 뛰어난 창술로 귀족들에게 눈도장을 찍기도 했다.

로마로 개선한 그는 곧 자신의 결점을 채워주고 약점을 가려줄 대상을 찾아냈다. 황녀 프로쿨라, 아우구스투스 카이사르의 손녀. 그녀는 그를 원로원 계단의 높은 곳으로 밀어 올려줄 것이다.

빌라도는 거침없이 돌진했다. 그녀와 혼례를 올린 그는 마침내 단순히 부유한 상인이나 유능한 로마군 장교가 아닌 황족의 일원이 될 수 있었다. 고귀한 황실 혈통이나 원로원과 거리가 멀던 그가 권력을 향한 디딤돌이 되어줄 든든한 신분 보증인을 확보한 셈이었다.

그러나 상류층 인사들은 하루아침에 귀족사회에 편입된 젊은 야심가에 대한 냉소를 거두지 않았다. 원로원은 황녀를 꼬드겨 귀족 신분을 얻은 장사치를 못마땅해했다. 의원들은 의도적으로 그를 무시하거나 모멸감을 주었다. 그러나 어떤 경멸도 달아오른 그의 열망을 잠재울 수는 없었다. 진정한 신분상승을 위해서는 제국에 더 큰 기여를 해야 했다.

빌라도의 야망에 더없이 알맞은 곳이 있었다. 대부분의 행정관들에게 임지로서의 유대 지역은 삼키기엔 껄끄럽고 뱉기엔 아까운 뜨거운 감자였다. 모두가 총독 자리를 원했지만 그곳이 유대라면 발을 뺐다. 호민관들, 장군들, 귀족들에게 그 땅은 유배지와 다름없었다. 비옥한 땅이나 풍요로운 물산은커녕 로마에 대한 적개심으로 뭉친 주민들이 봉기를 일삼는 그곳에서 성공적인 치적을 쌓고 귀환하는 총독은 드물었다. 대개는 영원히 로마로 복귀하지 못하거나 돌아오더라도 별 볼 일 없이 사라졌다.

빌라도는 모두가 망설이는 유대 총독을 자임했다. 그를 아끼는 사람들은 놀라거나 두려워하며 그를 뜯어말렸다. 바보짓이라고 화를 내는 친구도 있었다. 제 발로 걸어서 예루살렘으로 가겠다고? 그 지옥 같은 진창엘 왜 가려는 거지?

빌라도는 바보가 아니었다. 먼지와 재의 땅이 간직한 생명력을 알아보았을 뿐이었다. 유대가 지닌 힘의 원천은 예루살렘 성전이었다. 지중해 연안의 모든 도시와 군영은 물론 이집트와 시리아를 비롯한 동방지역에서 사람과 돈과 재물이 몰려드는 그곳이 권력의 시작점이었다.

장사꾼의 아들인 그는 많은 이익을 취하려면 많이 걸어야 하며 큰 기회는 큰 위기에서 온다는 사실을 알았다. 그는 기꺼이 위험 속에서 기회를 잡고자 했다. 예루살렘은 그를 권력의 핵심부로, 정점으로 떠밀어 올릴 것이다.

황족과 원로원 의원들은 빌라도의 요청을 앓던 이를 뽑는 것처럼 받아들였다. 그들은 서둘러 빌라도의 총독직을 승인했다. 가이사리아 항구에 도착한 후에야 빌라도는 그 땅이 생각만큼 녹록치 않다는 사실을 깨달았다.

서부 해안의 로마 총독과 예루살렘의 대제사장과 유대 전역의 세 분봉왕이 분점한 이 땅은 건드리면 터져버릴 것처럼 위태로웠다. 이합집산과 배신은 각자의 영역을 넓히고 지배권을 강화하는 일차적 수단이었다. 빌라도는 열심당의 본거지인 갈릴리를 장악하기 위해 분봉왕 헤롯 안티파스와 손을 잡았지만 안티파스는 자신의 영역에 대한 집착을 드러내며 은근히 빌라도를 배척했다. 빌라도는 빌라도대로 예루살렘의 성전 세력을 감시하고 압박했다.

밀약은 때로 금이 갔고 한쪽의 배신으로 깨지기도 했지만 한 가지는 확고했다. 누구도 판이 통째로 날아가기를 원하지는 않는다는 사실이었다. 그들은 불안했지만 그 불안이 해소되기를 원하지 않았다. 무언가가 변화한다면 지금 가진 것조차 빼앗길 것이기 때문이었다.

그들의 유일한 공동목표는 더 이상의 혼란을 막는 일이었다. 종교적으로 역사적으로 행정적으로 다른 배경과 이익이 충돌하는 살얼음판 같은 공존이었다. 그중에서도 유월절은 유대에 약간의 지분이라도 가진 자라면 마땅히 두려워해야 할 절기였다.

행렬 뒤쪽에서 다급한 말발굽 소리가 다가왔다. 가이사리아 총독관저에서 달려온 전령대장이 탄 말이 뜨거운 김을 내뿜으며 멈추어 섰다. 빌라도는 심상치 않은 기분으로 건네받은 두루마리 전갈을 펼쳤다.

'알렉산드리아의 현인이 예루살렘에서 총독을 기다린다.'

빌라도는 득의만만한 미소를 지으며 오래전부터 알았던 현인의 얼굴을 떠올렸다. 생각보다 빨리 움직이고 계산보다 일찍 답을 도출해내는 그는 예루살렘에 도착하자마자 살인사건의 소문을 듣고 벌써 조사를 시작했을 것이다.

빌라도는 테오필로스가 해결한 굵직하고 난해한 사건들을 하나하나 떠올렸다. 젊은 시절 그는 로마에서 결투를 가장한 검투사 살해사건을 밝혀냈을 뿐 아니라 미궁에 빠졌던 보석상 연쇄살인사건을 해결했다. 알렉산드리아에서는 독살당한 부유한 향료 상인의 아내와 그 정부를 형틀로 보내기도 했다.

빌라도에게 로마인이란 말은 현실적이고 합리적이며 진취적이라는 말과 동의어였다. 조화와 균형을 중시하는 합리적 정신과 실용적 사고로 세상을 바꾸는 사람들. 테오필로스라면 방대한 지성과 빈틈없는 논리로 이 난감한 상황을 타개할 수 있을 것이었다.

그러나 예루살렘의 거대한 성전 돌벽을 떠올리자 그는 다시 가슴이 답답했다. 그 돌벽 안에 은거한 사제들의 강고한 믿음이 두려웠고 그곳에서 풍기는 냄새가 미심쩍었다. 그는 자신의 판결을 기다리는 예루살렘의 재판을 떠올리며 중얼거렸다.

"올 유월절에는 또 어떤 간악한 자를 십자가에 매달아야 할까."

빌라도는 흔들리는 안장 위에서 낭패감으로 고개를 가로 저었다.

9

코르넬리아의 집은 어둠과 함께 하루가 시작되지만 때가 때인지라 대낮부터 술렁였다. 이곳 여인들에게도 유월절은 축복받은 명절이었고 1년 중 가장 바쁜 대목이었다. 순례자 들과 뒤섞여 각지에서 모여든 장사꾼과 행상들은 성전보다 먼저 화려한 밤의 거리로 찾아들었다. 지중해를 건너, 홍해 를 가로질러, 시리아 황야를 넘어온 먼지투성이 남자들은 그곳에서 몸을 씻을 물과 쾌락을 구했다.

코르넬리아의 하얀 돌집 문설주를 들어서자 시큼한 땀냄 새가 풍겼다. 빛나는 판석으로 바닥을 깐 홀에는 수염을 기 른 남자들이 느긋하게 앉아 있었고 갖가지 빛깔의 보석으 로 단장한 여자들이 지나갔다. 여자들이 고개를 돌릴 때마 다 밝은 색으로 염색한 구불구불한 머리카락이 출렁거렸다.

홀을 가로질러 안뜰로 들어서자 왁자하던 소음은 사라졌

다. 돌로 지어진 2층 발코니 난간에는 장미 넝쿨이 늘어져 있고 4각 회랑이 잘 손질된 백합과 무화과 나무가 늘어선 정원을 둘러싸고 있었다. 붉게 익은 석류 알갱이가 햇살에 보석처럼 투명한 빛을 뿜었다. 정원 중앙에서 솟는 샘물은 작은 우물에 고였다가 좁은 물길을 따라 흘렀다.

코르넬리아의 방은 연못을 가로지른 작은 구름다리 너머에 있었다. 문밖에서 기웃대는 마티아스를 알아본 코르넬리아가 여종을 시켜 발을 걷었다.

"또 무얼 알고 싶은 거야? 마티아스. 억지로 나를 엮으려들지 마!"

코르넬리아가 고운 눈매로 마티아스를 흘겼다. 그녀에게서 익을 대로 익어 자신의 무게를 견디지 못하고 바닥에 떨어진 과일의 달착지근한 향기가 났다. 무화과와 올리브 나무가 심어진 정원의 분수에서 낮은 물소리가 들렸다.

"제게 말하지 않은 게 있는 거 같아서요."

"이봐. 마티아스. 내가 뭘 숨긴다는 거야? 이곳은 성전의 허가를 받은 곳이야. 네가 찾아오는 건 말리지 않겠지만 나도 장사는 해야지."

코르넬리아는 적당하게 살집이 오른 볼이 미어지게 웃었다. 마티아스는 조언을 구한다기보다는 추궁하는 태도로 돌변했다.

"헬레나를 홀렸다는 놈씨가 예수라는 떠돌이였죠? 그녀

가 이곳을 떠나겠다고 한 게 그 사기꾼 때문 아닌가요?"

코르넬리아는 심문을 당하는 불쾌감을 느낀 듯했다. 그녀는 쌀쌀하게 코웃음을 치며 손거울에 얼굴을 비추어 보았다. 자신의 표정을 감추고 상대를 머쓱하게 하는 동시에 거울에 비친 상대를 시시각각 관찰하는 그녀만의 협상방식이었다. 그녀는 입술을 오므리고 거울 속의 자신을 뜯어먹을 듯 바라보며 말했다.

"맞아. 그 떠돌이 주술사가 이곳에서 제일 비싼 아이를 단단히 홀려버렸어."

방문에 걸린 이집트산 갈대발이 바람에 살랑거렸다. 코르넬리아의 곱슬머리가 바람에 하늘하늘 날렸다. 코르넬리아는 손거울을 품에 넣고 말을 이었다.

"1년 전 한 서기관이 사람을 보냈어. 으레 있는 일이었지. 품위 때문에 이 골목을 찾지 못하는 고위층 인사들은 종에게 돈을 들려 보내곤 하니까. 밀고 당긴 끝에 묵직한 돈뭉치를 건네기에 그자가 정한 집으로 아이를 보냈어. 거기서 사단이 난 거야. 서기관과 바리새인들이 그 주술사를 옭아맬 미끼로 헬레나를 택했던 거야. 그들은 다짜고짜 아이를 성전으로 끌고 가서 팽개치고 간음한 여인으로 공소했어. 군중이 몰려와 욕을 하며 침을 뱉고 돌을 던지기 시작했지. 그때 그가 다가왔어. 바리새인들이 그에게 물었지. 모세 율법에 간음하다 잡힌 여인은 돌로 쳐 죽여야 하는데 어떻게 하면 좋으냐고 말이야."

코르넬리아는 잠시 말을 멈추었다. 방금 전까지 자신이 무슨 말을 했는지 곰곰히 생각하는 것 같았다. 마티아스는 뒷골이 당겼다. 역시 그자였다. 무모한 젊은이와 무지한 여인들을 현혹하고 율법을 내팽개친 거짓 선지자. 마티아스는 자신이 그 질문을 받은 것처럼 마른침을 삼켰다.

"그자가 뭐라고 대답했죠?"

코르넬리아는 마치 그 장면을 지켜보기나 한 듯 생생하게 감정을 실어 말했다.

"너희 중 죄 없는 자 저 여인을 돌로 쳐라!"

그 말은 상대를 무장해제시키는 궤변이었다. 인간이 죄 지을 수밖에 없는 존재라는 점을 전제로 할 때 그녀에게 돌을 던진다면 거짓말을 하는 꼴이고 죄 있음을 인정한다면 돌을 던지지 못할 터였다. 그자의 요구는 불가능할 뿐 아니라 부도덕하기까지 했다. 죄 없는 자만이 죄인을 칠 수 있다면 누가 기꺼이 돌을 집어들 것인가? 세상에 죄 없는 자가 없을진대 누가 악인을 정죄하고 죄인을 벌하며 흉포한 자들과 대적할 것인가? 그자는 죄를 심판하지도 못하고 창궐하는 악을 막지도 못한 채 죄인만 득실거리는 세상을 만들겠다는 것인가?

"돌을 던지던 사내들이 비실비실 물러났어."

코르넬리아는 통쾌한 표정으로 말을 이었다.

"서기관과 바리새인들 또한 물러갔어. 젊은 주술사가 혼자 남은 헬레나에게 다가와 말했다더군. 여자여 너를 정죄하지 아니하니 가서 다시는 죄를 범치 말라."

"결과적으로 그자가 헬레나를 살린 셈이군요."

"그 아이가 이상해진 것이 그날부터였어."

"이상하다니 뭐가요?"

"그가 말한 대로 다시는 죄를 짓지 않겠다더군. 그 떠돌이가 하나님의 아들이라나 뭐라나."

검은 화장을 한 그녀의 커다란 눈이 불안하게 흔들렸다. 마티아스는 분노를 넘어 실소를 참을 수 없었다. 근본조차 모르는 떠돌이가 어찌 거룩한 여호와를 망령되이 일컫는가? 문제는 그자의 말이 아니라 말하는 방식이었다. 그녀에게 죄가 없었다면 거리에서 '죄 없는 자'를 운운할 게 아니라 법정에서 무죄를 주장해야 했다.

그자는 수천 년 동안 지켜온 율법과 성전의 권위를 송두리째 무너뜨릴 위험인물이었다. 근거 없는 마술로 사람을 속이고 율법을 마음대로 해석하는 자. 얄팍한 눈속임으로 기적을 일으켰다며 백성을 유인하는 자. 자신을 하나님의 아들이라며 여호와를 능욕하는 자. 논쟁을 일으키고, 화제를 독점하고, 소문의 중심에 서는 자. 제도에 역행하며, 관습을 무너뜨리는 자. 대안 없는 말장난으로 군중의 얇은 귀에 호소하는 자.

마티아스는 문득 배가 고팠다. 생각해보니 아침부터 먹은 것이 없었다. 찢어진 이마의 상처가 따끔거렸다. 코르넬리아는 가슴 섶에서 손수건을 꺼내 말라붙은 피딱지를 닦아주었다. 마티아스는 은근한 동작으로 코르넬리아의 손길을 뿌리쳤다.

"아무것도 아니에요. 그러니까 이럴 필요 없어요."

코르넬리아는 손길을 거두지 않고 철없는 아이를 타이르는 어머니처럼 마티아스를 나무랐다. 그녀는 목숨을 담보로 내기를 벌이고 있는 이 살인자의 운명을 알았다. 그녀는 가능하면 청년이 죽음을 상대로 이기기를 원했다.

"가만히 있어. 넌 필요 없을지 모르지만 난 필요해. 내가 필요하다고."

코르넬리아는 마티아스에게 필요한 것을 알고 있었다. 밝은 불이 켜져 있고 따뜻한 음식이 있는 곳, 친밀한 사람이 있고 대화가 있는 자리, 잘못을 나무라지 않고 상처를 보살펴주는 누군가의 손길, 네 잘못이 아니라고 말해주는 한 마디. 코르넬리아는 마티아스가 그런 것을 받을 자격이 있다고 생각했다. 비록 그가 살인자라 해도.

그녀는 상처를 닦아낸 손수건을 그의 손에 건넸다. 가져! 마티아스는 손수건에 묻은 자신의 핏자국을 힐끗 내려다보고 옷섶에 구겨넣었다. 그녀는 탁자 위의 포도주를 잔에 따라 홀짝이며 중얼거렸다.

"세상이 어찌 되려는지…… 요즘은 기적을 행했느니 어쩌느니 하는 눈속임으로 돈을 뜯어내는 사기꾼들이 한둘이 아냐."

10

소문을 통제하겠다는 조나단의 의도는 실패했다. 그것은 애초에 가능하지 않은 목표였다. 군중들은 다가오는 유월절에 열광하면서도 연쇄살인의 그림자에 불안해했다.

불온한 소문은 또 있었다. 기드론 골짜기에서 남쪽으로 이어진 힌놈 골짜기에 밤마다 정체모를 악령이 출몰한다는 소문이었다. 검은 옷을 입은 검은 얼굴의 악령들이 검은 말을 타고 예루살렘 일원을 돌아다닌다는 것이었다. 그들이 탄 말은 바람처럼 빠르고 발굽 소리조차 나지 않는다고 했다.

악령에 대한 괴소문은 살인사건의 소문과 결합해 예루살렘 거리를 어수선하게 했다. 지난밤에도 골짜기 아래쪽까지 내려온 힌놈의 악령을 보았다는 자가 있었다. 소문에 따르면 악령이 실로암 연못을 피로 물들였다는 것이었다. 소문은 때론 음침한 목소리로 때론 가벼운 농담처럼 번졌다.

마티아스는 모든 소문이 시국을 불안에 빠뜨리려는 열심당이 퍼뜨린 괴담이라고 확신했다. 열심당은 해마다 순례자와 군중이 모여드는 유월절에 일을 꾸몄다. 그들은 광야와 사막에 숨어 지내며 예루살렘과 도시들을 위협했다. 시가지로 숨어들어 로마인을 공격하고 순진한 주민들을 선동했다.

햇살이 눈부신 중앙광장에는 나귀와 말이 푸르거렸고 짐을 가득 실은 수레의 바퀴 소리가 찌걱거렸다. 나귀의 발목에는 튀어오른 돌에 맞은 상처가 보였고 허벅지에는 채 아물지 않은 빗금 모양의 채찍 자국이 나 있었다. 말과 나귀가 내갈긴 오물로 도로는 질척했다. 살인자는 이순간도 지난밤의 끔찍한 죄를 용서받으려 속죄양을 들쳐 메고 천진한 순례자 사이를 활보할지도 모른다.

굳세고 힘이 넘치는 나팔 소리와 함께 총독의 기마행렬이 멀리서 다가왔다. 거리를 메운 사람들은 홍해가 갈라지듯 뒤로 물러섰다. 위풍당당한 기병대 후미에는 대오를 맞춘 보병 행렬이 끝없이 따라왔다. 샌들 바닥의 금속 징들이 돌바닥을 딛는 요란한 소리가 광장의 순례자들을 압도했다.

가이사리아에서 100킬로미터가 넘는 로마 가도를 달려왔지만 로마 군단은 지친 기색 하나 없었다. 깃털투구와 갑옷으로 무장한 병사들의 정연한 대오는 강한 자부심을 드러냈다. 제국의 권위와 풍요, 아름다움과 지성, 균형과 조화, 합리적 효율성 같은 것들. 세상 모든 땅을 속주로 만들고, 세상 모든 사람을 신민으로 삼고 지중해를 제국의 호수로 변화시킨 로마의 힘.

바로 그때 로마 군단을 우러러보던 군중들이 일제히 시선을 거두었다. 광장 반대편에서 수상한 행렬이 다가오고 있었다. 호기심 어린 군중들의 눈에 선두에 선 어린 나귀 한 마리가 들어왔다. 나귀 등에는 흰 겉옷을 입은 사내가 타고 있었다. 햇살이 사내의 얼굴을 환하게 비췄다. 오래된 토라 속 선지자가 양피지에서 걸어 나온 듯한 모습이었다. 구레나룻을 기른 사내 하나가 옆사람의 귓가에 대고 수군거렸다.

"예수라는 자요. 유대를 혼란에서 구할 선지자라나 뭐라나. 비루먹은 나귀 새끼나 타는 주제에 무슨 수로 유대를 구한다는 건지……."

마티아스는 바짝 긴장한 채 사내가 탄 초라한 나귀 행렬을 노려보았다. 갈릴리 사람들을 현혹하던 사기꾼이 결국 예루살렘으로 왔다는 말인가. 도대체 무엇 때문에?

나귀가 다가오자 그의 얼굴이 뚜렷이 보였다. 초라하고 수수께끼를 담은 행색이었다. 갸름한 듯 날카로운 얼굴, 보일 듯 말 듯한 미소, 햇빛에 반짝이는 갈색 머리카락, 맑지만 반항적인 눈동자와 유순하면서도 강고한 시선. 검고 억센 수염을 기른 사내 하나가 외쳤다.

"호산나! 복되시다! 주님의 이름으로 오시는 분! 복되시다! 다가오는 우리 조상 다윗의 나라여!"

군중들은 기다렸다는 듯 여기저기서 찬양가를 불렀다. 젊은 남자들은 겉옷을 벗어 나귀가 지나갈 길 위에 깔았다. 변변한 겉옷이 없는 사내들은 길가의 대추야자와 올리브 가지를 꺾어 바닥에 깔았다. 거리는 순식간에 웃고 떠들며 나귀 행렬을 쫓는 군중으로 북적였다.

마티아스는 의미심장한 표정으로 왕이 아닌 거짓말쟁이를, 메시아를 사칭하는 사기꾼을 노려보았다. 생각보다 간이 큰 자였다.

중앙광장 한가운데에 이른 코르비우스는 오른손을 번쩍 들었다. 광장을 울리던 말발굽 소리와 정연한 보병 발자국 소리가 일시에 멎었다. 보병들이 창을 겨누며 다가섰지만 나귀는 걸음을 늦추지 않았다. 나귀를 탄 사내는 감람산 쪽 하늘을 응시하며 침묵으로 존재감을 발현했다. 느릿한 나귀의 발자국 소리가 정적에 휩싸인 광장을 권태롭게 지나 갔다. 코르비우스가 말을 몰아 사내에게 다가가 소리쳤다.

"무엇하는 놈인데 로마 군단의 행군을 방해하느냐?"

사내는 코르비우스를 올려다보았다. 햇살이 코르비우스의 갑옷 어깨 위에서 번득였다. 사내는 눈이 부신 듯 미간을 찌푸렸다. 코르비우스는 높은 말안장 위에서 연약한 새끼 나귀 등 위의 사내를 내려다보았다. 거만하고 고압적이고 경멸을 담은 그 눈빛은 변방 속주를 바라보는 거대 제국의 시선이었다.

"지금은 유월절 전이야. 예루살렘 한가운데서 소란을 피우고 다녀선 곤란하지."

두툼하게 살이 오른 코르비우스의 목덜미는 분노를 감추느라 붉게 달아올랐다. 그는 고개를 젖히며 위엄을 과장했다. 생각해보면 이 초라한 사내가 소란을 피운 것은 아니었다. 그는 어떤 말을 한 적조차 없었으니까. 소란을 피운 건 군중들이었다.

그렇다 하더라도 그는 자신을 따르는 자들에게 너무 떠들고 다니지 말라고 주의를 주는 게 좋을 것이다. 그렇지 않으면 자칫 우매한 군중을 선동한다는 혐의를 받을 테니까.

사내의 갈색 수염이 정오의 햇살에 반짝였다. 너른 광장 한가운데에서 끝없는 로마 군단 행렬과 마주선 그는 너무 연약하고 초라해 사내라기보다 수줍은 소년 같아 보였다. 그의 눈은 수많은 군중 앞에서 채찍으로 등짝을 얻어맞기를 갈구하는 듯했다. 코르비우스는 그것을 명백한 도발로 받아들였다. 하지만 의도적인 도발에 흥분을 드러내면 그에게 말려드는 셈이다. 그것이 단신으로, 연약한 나귀 새끼를 타고 로마군단에 돌진해온 그자가 노리는 점일 것이다.

코르비우스는 고삐를 잡아챘다. 윤기가 흐르는 말은 앞발을 쳐들며 경중거렸다. 편자가 돌바닥을 찍는 소리가 위협적으로 들렸다. 사내는 조용히 나귀를 몰아 행렬 후미로 향했다. 행렬 중심을 지나온 코르비우스는 빌라도의 백마 옆으로 다가갔다. 빌라도는 은근한 눈으로 멀어지는 사내의 뒷모습을 바라보았다.

"무슨 일인가?"

"아무 일도 아닙니다."

"저 자는 누구인가?"

"아무도 아닙니다."

"아무도 아닌 자가 아무것도 아닌 일로 행군하는 로마 병단을 멈추었다는 건가?"

빌라도는 다시 물었다. 코르비우스가 마지못해 대답했다.

"자기가 신의 아들이라고 떠들고 다니는 사기꾼입니다. 이 도시는 거짓 선지자와 자칭 메시아와 비적과 미치광이들로 가득하죠."

빌라도는 오래전부터 메시아를 자처하다 십자가에 매달린 반역자들의 이름을 떠올렸다. 40년 전 비적 떼를 이끌고 메시아 운동을 벌이다 헤롯왕에게 잡혀 목이 베인 헤제키아, 세포리스의 왕실 병기고를 습격했던 그의 아들 유다, 코흐바의 아들 시몬과 기오라의 아들 시몬……

그들은 로마 병영을 습격했고 매복으로 로마군을 괴롭혔고 몇몇 전투에서 로마군을 패퇴시켰지만 하나같이 비극적인 최후를 맞았다. 로마군은 그들 모두를 사로잡아 십자가에 매달았고 반란의 도시를 흔적도 없이 불태웠다. 그 결과 나라는 질서를 되찾고 예루살렘에는 평화가 왔다. 주민들은 이교도인 로마군을 증오하면서도 로마가 지닌 힘을 경외했다. 로마가 없으면 그나마 유지되던 평화는 깨지고 이 모래와 먼지의 도시는 다시 혼돈 속으로 곤두박질 칠 것이기 때문이었다.

"선지자든 여호와의 아들이든 제국의 안녕을 해치는 불온한 짓은 용서하지 못해!"

빌라도는 메시아를 흉내내는 미치광이를 본 척 만 척하며 고삐를 챘다. 코르비우스는 말머리를 돌려 대오를 향해 오른손을 들고 서두르라는 신호를 보냈다. 기병대 선두가 안토니 요새를 향해 속도를 냈다. 코르비우스가 멀리 이어진 순례자와 기마대 행렬을 바라보며 말했다.

"예루살렘에 입성하신 것을 환영합니다. 총독각하!"

무언가 일이 터지기를 고대하던 군중들은 맥 빠진 발걸음을 옮겼다. 양들은 다시 울고 사람들은 고함을 질렀다. 나귀 행렬은 저만치 광장 모퉁이를 빠져나가고 있었다. 제자들과 검은 머리포를 쓴 여인이 그의 뒤를 따랐고 희뿌연 모래먼지가 일었다.

11

이틀 사이에 마티아스의 몰골은 엉망이 되었다. 머리카락 사이엔 먼지와 모래가 버석거렸다. 찢기고 부어올라 제대로 뜰 수 없는 눈꺼풀에 힘을 주어야 했다. 터진 입술은 말을 할 때마다 쓰라렸다.

성전 뜰에는 조나단이 이끄는 기마대원 열아홉 명이 대기 중이었다. 마티아스는 급한 대로 야이로를 만난 일과 도마라는 인물에 대해 간단히 보고했다. 조나단은 그의 보고에 별 관심을 보이지 않고 마구와 안장을 점검했다. 말 위에 오른 조나단은 마티아스에게 후미의 등자 없는 말을 타라고 명령했다. 마티아스가 안장에 채 엉덩이를 붙이기도 전에 기마대는 성전 문을 빠져나가 북으로 달렸다. 조나단이 말을 늦추어 마티아스에게 다가왔다.

"베다니에 있는 나사로란 놈의 집에 살인자 무리가 숨어 있다는 보고가 들어왔어. 놈들이 숨어들기 전부터 그 집을 주시하라는 지령을 내려두었거든."

베다니 마을은 예루살렘에서 걸어서 40여 분 거리에 있었다. 북쪽 베레아에서 대량 재배된 올리브를 가져다 기름을 짜는 공장들이 있는 부유한 마을이었다. 순례자들은 성도에 입성하기 전에 이 풍요롭고 평화로운 마을에서 여행에 지친 몸을 추스르고 마음의 안정을 회복했다. 사람과 정보가 모이는 요지인 베다니를 주시해온 마티아스는 나사로라는 자에 대해 들은 적이 있었다.

"베다니에서도 명망 있는 젊은 부자의 집에 살인자 무리가 숨어들었단 말입니까?"

"나사로는 오래전부터 문제가 많은 자였어. 급기야 그자가 부활했다는 소문이 베다니뿐 아니라 예루살렘 시내까지 퍼지고 있어. 죽은 지 며칠이나 지난 놈이 무덤에서 걸어나왔다는 거야. 갈릴리를 어지럽힌 거짓 선지자와 짜고 헛소문을 퍼뜨리더니 이제는 살인자를 숨기고 있는 거야."

조나단은 예수의 사기 수법을 익히 듣고 보아왔다. 놈은 갈릴리에서 물로 포도주를 만들고, 병자를 고치는가 하면 눈 먼 자의 눈을 뜨게 했다는 속임수로 사람들을 끌어모았다. 막연하게 시작된 군중의 호기심은 어느 순간 기대와 갈채로 바뀌고 있었다. 그놈은 제사장과 사두개인과 바리새인을 어떻게 공격하는 것이 효과적인지 아는 것 같았다.

"소문을 막아야 해! 소문은 스스로 살아 움직이거든. 한 번 들을 때는 근거 없는 말이라도 두 번 들으면 그럴싸하고 세 번 들으면 믿게 되는 거야. 핵심은 그자가 무슨 짓을 했느냐가 아니라 무슨 짓을 했다고 사람들이 믿느냐는 거야."

조나단은 헛소문을 지껄이는 자뿐 아니라 듣는 자 또한

채찍형을 피할 수 없다는 경고문을 곳곳에 붙이도록 지시했다. 베다니의 기적은 속임수라는 사실을 전파할 평복 차림의 성전수비대 밀정도 시내 전역에 풀었다. 그들은 진실을 퍼뜨릴 것이다. 부활의 기적은 교활한 나사렛 놈과 나사로가 짜고 그럴듯하게 꾸민 연극일 뿐임을. 나사로는 죽은 척하고 있었으며 무덤 속에는 처음부터 나사로가 사흘간 먹고 마실 음식과 물이 충분히 준비되어 있었음을.

선지자를 자처하는 자들이 나타날 때마다 조나단은 정탐을 게을리하지 않았다. 그들 대부분은 신경쓸 만한 인물이 아니었고 눈에 띄는 특별한 일이 일어난 적도 거의 없었다. 간단한 눈속임으로 사람들을 꾀어내거나 엉터리 치료법으로 돈을 뜯거나 그럴듯한 언변으로 처녀들을 후리는 허접 쓰레기들이었다.

그러나 갈릴리 호숫가의 떠돌이 사기꾼은 달랐다. 먼저 여인들과 아이들이 그를 따르기 시작했다. 뒤를 이어 바리새인과 사두개인이, 심지어 로마군 장교와 회당장들까지 몰려들었다. 믿지 못할 소문이 현실로 번지는 데는 오래 걸리지 않았다. 그자는 삽시간에 위험할 뿐 아니라 두려워할 만한 인물이 되었다. 율법을 헌신짝처럼 패대기치는 놈을 칭송할 정도로 군중이 어리석다는 사실을 조나단은 믿기 힘들었다.

예수 일행의 중앙광장 입성에 대한 보고는 조나단을 적

잖이 당황시켰다. 초라한 나귀 새끼를 탄 그자에게 옷을 벗고 올리브 가지를 던지며 열광하는 군중들. 그자가 로마 총독 행렬 앞에서 저지른 무례한 행동을 생각하자 조나단의 조바심은 극에 달했다.

"열왕기 하편에 예후가 왕으로 선포되었을 때 사람들이 옷을 벗어 그의 발밑에 깔았단 기록이 있어. 2백 년 전 마카베오 형제가 외세의 압제에서 이스라엘을 해방시켰을 때는 종려나무 가지를 흔들어댔고 이방 족속을 무찌른 다윗이 돌아왔을 때 예루살렘 시민들은 옷과 올리브 가지를 깔아 환영했어. 로마 놈들의 압제에 지친 군중들이 그자를 왕과 해방자로 받아들이고 있다는 뜻이지."

그들은 기드론 골짜기를 지나고 있었다. 감람산 기슭의 오르막을 올라갈 때 말의 속도가 느려졌다. 조나단은 이방인을 물리치고 돌아오는 메시아를 환영하는 스가랴서 9장 9절의 예언을 읊었다.

"시온의 딸아 크게 기뻐하라. 예루살렘의 딸아 환성을 올려라. 보아라. 네 임금이 너를 찾아오신다. 그는 공의로우시며 겸손하여서 나귀를 타시나니 나귀의 작은 것 곧 나귀 새끼니라. 그 예언은 유대를 구할 왕이 크고 힘센 말을 탄 오만한 정복왕이 아니라 천하고 연약한 새끼 나귀를 타고 오는 겸손한 왕이라는 뜻이었어."

"그럼 그자가 스가랴 선지자의 예언을 이용해 자신이 전쟁과 정복 대신 사랑과 화평을 전하는 왕이라고 군중을 속인 건가요?"

"그자의 율법 지식은 뛰어날 뿐 아니라 치밀해. 자기 입으로 직접 말하진 않았지만 성경의 암시와 상징을 교묘히 적용해 공공연히 자신을 메시아로 여기게 만들었어."

"율법을 그렇게 잘 아는 놈이 율법의 권위를 헌신짝처럼 짓밟는단 말입니까?"

"율법 조항을 세세히 알기 때문에 철저한 계산으로 토라의 예언을 실현한 거야. 토라를 잘 알 뿐 아니라 그것을 이용해 사람들을 속이는 거지."

조나단은 두터운 입술을 씰룩거렸다. 마티아스는 중앙광장에서의 일을 떠올렸다. 끝도 없는 로마군단의 행군을 멈추던 그자의 담대함. 정녕 초라한 떠돌이 하나 때문에 제국과 성전의 권위가 녹아내린다는 말인가? 아니다. 그런 사이비에게 허물어질 율법이었으면 수십, 수백 번 무너졌을 것이다. 그자가 율법을 무너뜨리려 하면 할수록 율법은 더욱 굳건한 권위를 얻을 것이다.

기마대가 마을로 접어들자 돌로 지은 화려한 민가가 이어졌다. 알싸한 올리브 향기가 코끝에 감돌았다. 평화로운 마을에 들이닥친 기마대의 소음과 체취에 본능적으로 위협을 느낀 개들이 짖어댔다. 집집마다 작은 창 너머로 수심 어린 눈동자들이 나타났다가 사라졌다.

나사로의 집은 쉽게 찾을 수 있었다. 마을을 가로지르는 중앙 가도에서 보이는 화려하고 규모가 큰 집이었다. 저물어 가는 햇살에 나사로의 저택 기둥들은 어렴풋한 갈색 그림자에 잠겨 있었다. 2층 테라스에는 흰 침대보와 빨래가 바람에 나부끼고 있었다. 조나단은 그가 베다니 최고의 젊은 부자지만 교활하고 반항적인 자라는 사실을 상기하며 오른손을 들어 기마대를 멈추었다.

"저 집 다락방에 악랄한 범죄자들이 숨어 있어. 떨거지 열심당원과 불온분자, 창녀에다 네놈이 놓친 세리 마태까지."

"세리 마태요?"

"가버나움에서 세리를 지낸 레위라는 자 말이야. 정보에 의하면 놈은 살인자일 뿐 아니라 밀정이었어. 이름을 마태로 바꾸고 예루살렘 구석구석을 정탐하는가 하면 이 사람 저 사람을 찾아다니며 정보를 수집했거든. 거짓 선지자에 관한 소문이나 목격담, 이를테면 기적이라든가, 그자에게 감화받은 이야기라든가…… 아니면 그자에 대한 군중의 생각이나 태도라든가…… 예수에 관한 정보라면 빠짐없이 주워 모았다는 거야."

레위라는 자와 마태가 동일인물이라는 사실에 마티아스는 씁쓸함을 느꼈다. 레위의 신분 위장용 가명에 대해 말해 주지 않은 코르넬리아에 대한 배신감 때문이었다. 그녀는 자신도 몰랐다고 발뺌할 것이다. 어쩌면 헬레나가 그자를 감싸고 돌았는지도 모른다. 아니면 그자 스스로가 자신의 신분과 행방을 감추었는지도 모르고.

마티아스는 조나단이 자신을 이곳까지 끌고 온 이유를 알 것 같았다. 눈앞에서 그자를 체포함으로써 자신의 실책을 추궁하려는 의도일 것이다.

"허약해빠진 세리 한 놈을 잡겠다고 정예 기병대가 출동했단 말입니까?"

"저 집에는 그자만 숨어 있는 게 아냐. 네가 조사한 대로 야이로의 딸이 죽기 전에 자주 만났다는 도마란 놈도 함께 있어. 게다가 열심당 졸개 시몬이란 놈도 있지. 놈의 칼솜씨는 예루살렘 난폭자 사이에도 알려져 있어."

"그자들이 희생자들과 만난 정황은 사실이지만 명확한 증거도 없이 그들을 체포할 수는 없잖습니까?"

"증거가 있어서 체포하는 게 아니라 체포해서 족치면 혐의가 나오게 되어 있어."

기마대는 조나단의 지시에 따라 세 개의 조로 나뉘었다. 조나단은 각 조장에게 반드시 생포해야 한다는 지침을 거듭 하달했다. 대원들은 미리 정한 작전대로 세 갈래 골목으로 갈라져 이동했다. 잠시 후 뒤쪽 골목에서 도주로 차단이 끝났다는 날카로운 휘파람 소리가 들렸다.

먼저 현관문이 부서져나갔다. 몽둥이를 뽑아든 수비대원

들은 닭장 속에 뛰어든 여우처럼 날래고도 야멸차게 움직였다. 쿵쾅거리는 발자국 소리로 집 안은 난상판이 되었다. 세 명의 체포조 대원들이 날듯이 다락방으로 통하는 계단을 뛰어올랐다. 대원들은 한 무더기가 되어 좁은 다락방으로 밀어닥쳤다.

마티아스가 그들을 쫓아 다락방에 들어섰을 때 상황은 종결되어 있었다. 그들은 질긴 삼나무 끈으로 한 사내의 손목을 등 뒤로 묶고 있었다. 삽시간에 들이닥친 대원들에게 제압당한 레위 마태는 두려움에 질려 있었다. 터진 이마에서는 피가 흐르고 있었다.

잠시 후 조나단이 다락방으로 들어섰다. 큰 키 때문에 문설주에 이마를 들이받지 않기 위해 그는 허리를 수그려야 했다. 체포조장이 작전 경과를 보고했다. 몸이 재빠른 시몬은 혼란을 틈타 퇴창을 빠져나가 지붕 위로 도망갔고 도마는 애초에 그곳에 없었다는 내용이었다. 조나단은 허탈한 표정으로 시몬이 달아난 창을 바라보았다.

그때 한 사내가 수비대원들을 헤치고 다락방으로 뛰어들었다. 검은 곱슬머리에 용모가 반듯한 청년이었다. 올이 가늘어 고급스러워 보이는 겉옷으로 보아 누가 말해주지 않아도 이 부유한 집의 주인인 나사로임을 알 수 있었다. 거친 숨을 몰아쉬는 동안에도 그의 눈빛은 평온함을 유지하고 있었다.

"나사로! 네가 죽었다가 살아났다는 헛소문을 퍼뜨리고 다닌 놈이지?"

조나단은 마른 가지를 부러뜨리듯 말마디를 끊어서 말했다. 청년은 침착함을 잃지 않았다.

"내가 살아난 건 주님의 축복일 뿐 당신이 믿고 안 믿고는 상관없소."

"헛소리야. 헛소리가 아니라면 네놈은 사람이 아니라 유령일 테니까."

"마태가 무슨 죄를 지었기에 성전수비대가 들이닥치는 거요?"

"이 놈은 살인자야. 도마와 시몬이란 놈은 달아나거나 몸을 피했어. 무슨 말인지 알아? 네가 버젓이 살인 용의자들을 집 안에 숨겼다는 얘기야!"

"베다니의 모든 집은 순례자에게 방을 내주고 있습니다. 범죄자와 살인자를 가려내는 눈이 제게 없는데 먼 길을 걸어온 먼지투성이 순례자를 어찌 내쫓겠습니까? 이 사람 또한 제게는 살인자가 아니라 귀중한 손님일 뿐입니다."

결백을 호소하는 청년의 목소리는 나직했지만 설득력 있었다. 낡고 헐거워진 경첩에 매달린 덧창이 바람에 흔들리며 삐거덕거리는 소리를 냈다.

"이 자들이 네 집에 숨어든 것 또한 바로 그 이유 때문이겠지. 범행을 들켜도 구실을 대며 미꾸라지처럼 빠져나갈

144

수 있을 테니까……."

정적이 두 사람 사이의 긴장감을 팽팽하게 했다. 집 안은 지나치게 서늘하고 조용하고 어둑했다. 대기하고 있던 여섯 명의 대원이 레위 마태를 끌고 우르르 계단을 몰려 내려갔다. 발걸음을 디디고 뗄 때마다 나무 계단은 비명처럼 삐걱이는 소리를 질러댔다.

체포 작전은 모두 끝났다. 하지만 정말 끝난 것일까? 레위 마태가 체포되었다는 사실은 마티아스의 일이 사라졌다는 의미였고 더이상 그를 살려둘 이유가 없다는 말이기도 했다. 마티아스는 절망적인 기분에 사로잡혔다. 혼란을 틈타 도망쳐야 한다는 생각이 순간적으로 머릿속을 비집고 들어왔다. 그러나 지금처럼 지친 몸으론 얼마 못 가 기마추격대에 잡힐 것이 뻔했다.

수비대원이 몽둥이로 마티아스의 어깻죽지를 후려치며 계단참으로 몰아세웠다. 마티아스는 후들거리는 무릎에 힘을 주었지만 버티지 못하고 발을 헛디뎠다. 그의 몸은 허공으로 떠올랐다가 가파른 나무 계단을 굴러 내려갔다. 천장과 벽이 몇 바퀴 뒤집어진 후에야 그는 아래층 바닥에 널브러졌다. 그는 안간힘을 다해 고개를 쳐들어 주변을 살폈다. 하얀 돌벽을 따라 긴 복도가 이어졌고 일곱 가지 촛대에는 방금 점등한 불빛이 가물거렸다. 몽둥이에 맞은 어깨가 불이 붙은 것처럼 화끈거렸다. 거칠게 달려드는 수비대원을 가로막으며 누군가가 다가섰다.

"괜찮아요?"

윙윙 울리는 귓가로 단단한 목소리가 들려왔다. 마치 촛불을 붙인 듯 어두운 머릿속 한구석이 밝아왔다. 어둑한 불빛 아래 한 여인의 단정한 얼굴이 드러났다. 검은 머리카락과 대조를 이룬 흰 이마. 견고한 비밀을 간직한 듯 다문 입술. 얼음 조각처럼 차가운 눈빛.

그녀는 망설이지 않고 촛대를 마티아스에게 들이댔다. 그러고는 계단 모서리에 부딪혀 찢어진 마티아스의 이마에서 피를 닦아냈다. 마티아스는 그 손길을 뿌리치고 싶었다. 그러나 그럴 수가 없었다. 수비대원이 그녀를 제지했다. 그녀가 뒤로 물러서며 다시 물었다.

"괜찮아요? 다른 다친 데는 없어요?"

마티아스는 대답 대신 아무렇지 않다는 뜻으로 빙긋 웃었다. 거짓말이었다. 온몸이 멍투성이였다. 윗층에서 누군가가 빨리 서두르라고 외치는 소리가 들렸다. 바쁜 발자국 소리와 시끄러운 고함 소리가 뜰에서 와글거렸다. 수비대원이 방패로 그의 어깨를 떠밀었다. 한 걸음, 두 걸음……. 그때 패거리 중 하나인 듯한 사내의 굵직한 목소리가 들렸다.

"마리아!"

그녀가 자신을 부른 사내를 돌아보았다. 마티아스는 결코 알아서는 안 될 비밀을 알아버렸다는 당혹감에 휩싸였다. 조나단은 나사로의 집이 열심당과 부랑자, 창녀의 소굴이라고 말했다. 그의 말대로 이 집에 창녀가 있다면 다른 누구도 아닌 그녀일 것이다. 그녀는 이 집에서 마티아스가 본 유일한 여자였으니까. 예수의 무리에서 유일한 여자인 그녀는 사람들의 호기심을 자극했다. 누군가는 부모나 남편을 떠나 다른 남자들과 떠도는 그녀의 행실을 탓했고 누군가는 그녀가 과거에 창녀였다고 비난했다. 한때 일곱 귀신에 들렸으나 예수가 치유해주었다는 말도 있었고 예수와 그의 무리가 빨래나 허드렛일을 시키려고 데리고 다닌다고도 했다.

하지만 그것이 그녀의 전부일까? 그 여자의 진짜 정체를 마티아스는 미치도록 알고 싶었다. 그녀는 가짜 선지자를 따라다니며 요염한 자태로 남자들을 유인하는 바람잡이일까? 교묘한 거짓 증언으로 그의 사기 행각을 돕는 끄나풀일까? 아니면 도적 떼와 어울려 음탕한 짓을 일삼는 꽃뱀일까? 아니면 그녀 또한 자신도 모르게 거짓 선지자에게 이용당하고 있는 것일까?

마티아스는 겉으로 보이는 그녀의 모습에 속아서는 안 된다고 몇 번씩이나 다짐했다. 비록 그녀가 거짓 선지자에게 속았다 하더라도 그녀의 어리석음은 비난받아 마땅하니까.

젊고 건장한 수비대원이 그의 팔을 뒤로 꺾고 포승줄로

손목을 묶었다. 마티아스는 마른 입술을 깨물며 어두운 뜰로 나섰다. 뜰 한가운데에 포박당한 레위 마태가 꿇어앉아 있었다. 복귀 준비 중인 대원들의 고함 소리와 구령 소리, 무기가 부딪치는 소리와 등자가 절겅거리는 소리가 어지럽게 뒤섞였다.

12

수비대장실의 한쪽 벽은 토라 주석서와 병법, 제례 절차가 적힌 두루마리 문서로 가득한 서가로 둘러싸여 있었다. 반대쪽 벽면은 성전수비대의 상징인 창과 방패로 장식되어 있었다.

마티아스는 지하 수로에서 자신을 습격한 괴한을 야이로의 집에서 다시 만났는데 테오필로스란 자였다고 보고했다. 조나단은 그의 보고를 듣는 둥 마는 둥 하며 웃옷을 벗어젖힌 몸에 올리브 오일을 발랐다. 한참 후에야 그는 속옷 단추를 꿰다 느닷없이 생각난듯 물었다.

"테오필로스! 테오필로스라고 했나?"

"그렇습니다. 안토니 요새 측에서 사건을 조사하고 있다고 들었습니다."

조나단은 갓 짜낸 염소젖을 들이켜고 말했다.

"빌라도가 더러운 주둥이를 갖다댔군. 그자는 빌라도의 둘도 없는 측근으로 오래전부터 성전수비대의 요시찰 인물이야. 난 그자가 예루살렘을 드나들 때마다 밀착 감시하는 것은 물론 알렉산드리아와 로마까지 밀정을 보내 정보를 수집해왔어."

밀정 정보 보고와 성전수비대 조사를 종합한 그자의 면면은 흥미로웠다. 쓸데없이 큰 키와 추레한 겉모습이지만 예사롭지 않은 지력을 지녔다는 것이다. 보지 않았으니 믿을 길은 없지만 여섯 개의 언어를 막힘없이 말하고 쓴다는 보고도 있었다. 그리스어와 로마어, 아람어와 히브리어, 이집트어와 동방의 파르티아어까지…… 거기다 그리스 철학과 수사학, 논리학은 물론 자연과학에 정통하다고 했다. 동시에 이집트의 오시리스나 이시스, 아몬 신과 조로아스터교인가 하는 이방종교까지 공부했다는 것이었다. 토라 지식 또한 만만치 않다는 정보도 있었다.

그의 태생과 성장 배경은 의문에 쌓여 있었다. 로마인으로 알려져 있지만 출신지역조차 분명치 않았다. 뛰어난 철학 지식과 학문으로 보아 알렉산드리아 태생이라는 정보도 있었고 아버지가 그리스인이라는 소문도 있었다. 외모로만 보면 쉰을 훌쩍 넘긴 나이로 보였지만 실제로는 마흔을 갓넘겼다는 보고도 있었다.

로마에 머물던 그가 알렉산드리아로 이주한 것이 20대

중반이라는 밀정들의 보고는 대부분 일치했다. 알렉산드리아 도서관을 드나들며 책과 씨름하고 학자들과 토론하는 사이에 그의 이름은 빠르게 학계에 떠올랐다. 그의 혜안에 매료된 역대 총독과 주둔군 장군 사이에서 그는 '알렉산드리아의 현인'이라는 이름으로 알려졌다. 그의 탁월한 조언은 속주를 장악하고 관리하는 총독을 비롯한 행정관들의 정무적 의사결정에 큰 도움을 주었다.

빌라도 또한 그의 조언에 귀 기울인 알렉산드리아의 유력인사 중 한 명이었다. 빌라도가 유대 총독으로 부임한 후에도 그는 유월절마다 예루살렘을 방문해 교분을 이어왔다. 잊을 만하면 한 번씩 예루살렘에 나타나는 그자의 존재가 조나단은 내심 껄끄러웠다.

"그자가 똑똑한 건 사실이지만 빌라도의 똥개일 뿐이야. 그래봤자 이젠 늦었지. 성전 살인은 깨끗이 해결되었고 지하 수로 살인도 시간문제일 뿐이니까. 네가 허둥거리는 동안 성전수비대가 살인자의 동기와 범행과정, 도피경로까지 모든 것을 파악했단 말이다."

마티아스는 양미간을 찌푸렸다. 자신이 아무 실마리도 잡지 못하고 있는 사이에 성전수비대가 결정적 단서들을 확보했다는 것이다. 유대 전역에 물샐 틈 없는 감시망을 가진 성전수비대의 정보력에 그는 무력감을 느꼈다.

"마태가 자백을 했습니까?"

마티아스가 조심스럽게 물었다. 조나단은 양가죽 의자에 풀썩 몸을 던지며 대답했다.

"자백은 중요하지 않아. 중요한 건 놈이 살인자라는 사실 이지. 이틀만 굶기고 잠을 재우지 않으면 다 털어놓겠지."

마태의 자백을 받아내면 사건은 완전히 해결되는 셈이 다. 그는 죄를 사면받을 수도 있고 사형을 집행당할 수도 있다. 좋은 쪽으로 생각해야 했다. 조나단은 너그러운 사람 이었다. 적어도 얼마 전까지는 그랬다. 그렇지 않더라도 그 렇다고 믿어야 했다. 조나단은 마티아스를 지그시 내려다 보며 남아 있는 염소젖을 들이켰다.

"놈은 사건이 일어나기 전날 밤 어린 창녀를 만났어. 세 리 출신이었으니 가진 돈은 넉넉했을 것이고…… 하지만 무슨 이유 때문인지 계집은 놈을 피해 나왔어. 어쩌면 화대 가 맞지 않았던 건지도 몰라. 마태란 놈을 족쳐보면 뭔가 나오겠지. 놈은 전날 밤 여자를 샀고 다음날 새벽에 그녀가 죽었어. 죽은 계집 옆에 뒹굴던 안티파스의 동전을 너도 기 억하겠지? 레위 마태는 갈릴리에서 동족의 피를 빨아먹던 세리야. 동전은 놈이 건넨 화대가 분명해."

마티아스는 미심쩍은 생각이 들었지만 논리적으로 반박 하기는 마땅치 않았다. 테이블 귀퉁이 등잔의 삼나무 심지 가 바지직거리는 소리를 내며 타올랐다.

"마태가…… 범인일지도 모르지만……."

마티아스가 조심스럽게 말을 이었다.

"아직 단정하기 어렵지만 제 생각에는……."

조나단은 털투성이 다리에 오일을 바르던 손길을 멈추었다. 그의 잿빛 눈에 굵은 핏발이 섰다.

"네 생각 따위는 중요하지 않아. 마티아스! 백인대장 크라수스 도미니쿠스를 죽인 살인자! 지금 당장 형을 집행하기 전에 움직여. 도마란 놈을 잡아 대령시켜. 대가리만 굴리며 나불대기만 하지 말고 발로 뛰란 말이야."

조나단은 정교하게 꿰맨 두터운 양가죽 깔개에 발을 구르며 말을 이었다.

"네가 똑똑해서 이 일을 맡긴 줄 아느냐? 아니면 네가 용맹해서? 싸움질에 능해서? 천만에! 넌 독사 같은 놈이고 난 네 독이 필요할 뿐이야. 네가 스스로를 구할 방도가 뭔지 아직 모르겠나?"

마티아스는 그제야 자신에게 의견을 제시할 자격이 없음을 깨달았다. 그는 당장 형을 집행당해도 항변할 수 없는 살인자에 불과했다.

"알다마다요. 제가 살 유일한 방법은 살인자를 잡는 것이고 반드시 그렇게 할 겁니다."

"아냐. 넌 지금껏 한 게 없어. 부산 떨며 냄새나 맡고 여기저기 찔러댔지만 결국 마태를 잡은 건 성전수비대였어."

조나단은 겁먹은 마티아스의 표정을 살피며 말했다.

"마태가 살인자로 드러났고 또 다른 살인도 그 패거리들이 저지른 것으로 의심돼. 그들을 사주하고 이용하는 배후가 있을 거야. 이 살인사건으로 어떤 이득을 얻는 자겠지. 그놈을 찾아야 해."

그것은 마티아스가 할 수 있는 일이었고 지금껏 해온 일이기도 했다. 그에겐 어떤 정황이나 대상을 의도대로 규정하고 국면을 전환하는 자질이 있었다. 보고를 할 때엔 불리한 부분을 잘라내고 미심쩍은 부분은 덧붙여 그럴듯하게 다듬었다. 때에 따라 단어의 의미를 바꾸고 문장의 순서를 비틀어 새로운 맥락을 만들어냈다. 필요하다면 거짓말과 기만, 협박 같은 수단을 동원하기도 했다.

"하겠습니다! 유월절이 오기 전에 반드시 사건을 해결하고 죄를 씻겠습니다."

"그래. 희망이란 좋은 거야. 언제 어떤 상황에서든……."

조나단은 흡족한 표정으로 말을 이었다.

"총독 빌라도가 예루살렘으로 온단 걸 알겠지? 유월절마다 사형수 한 명을 살려주는 것으로 주민들의 마음을 얻고 있다는 것도? 이번 유월절에 그 은사를 입을 자가 누구일지는 네가 하기에 달렸어."

마티아스의 갈비뼈 부근이 뻐근하게 부풀었다. 그것이 그에게 주어진 마지막 기회였다. 그 결과가 파멸이든 죽음이든 끝을 보아야 했다.

"유월절이 얼마 남지 않았다는 사실을 잊지 마라."

터질 것 같은 긴장이 밴 예루살렘의 어둠을 내다보며 조나단이 말을 맺었다.

13

마티아스는 흙 감방에서 버석해진 얼굴을 쓰다듬었다. 축축한 진흙 냄새가 났다. 긴 하루였다. 어둠과 악취 속에서 그는 하나의 이름을 소리 내어 불러보았다. 마리아, 마리아, 마리아…… 정적이 부드러운 외투처럼 그를 감쌌다.

두어 시간 전에 만났지만 그는 마리아란 여인이 낯설지 않았다. 한 번도 만난 적이 없지만 언젠가 만난 적이 있고 오랫동안 많은 얘기를 나눈 사람 같았다.

조나단의 말대로라면 그녀는 비천하고 천박한 여자에 불과했다. 그런데도 그녀에게는 우아한 기품과 근원을 알 수 없는 고결함이 깃들어 있었다. 그 고결함은 어쩌면 그녀의 비천함에서 비롯되었는지 몰랐다. 그녀의 천박함이 그녀의 아름다움을 완전하게 만들어준 것 같았다.

그녀의 얼굴과 표정과 몸짓 하나하나가 눈동자에 낙인처럼 깊이 박혀 사라지지 않았다. 생각해보면 그녀는 몇 시간 전까지 그와 다른 세계의 사람이었고 잠시 스쳐지나갔을 뿐 아무 사이도 아니었다. 그러자 그녀가 자신에게 보여 준 친절이 심술궂은 장난일지 모른다는 생각이 들었다. 그는 그녀를 만나기 전의 자신으로 돌아가고 싶었다. 그러나 그렇게 할 수 없었다.

그 짧은 순간에 무슨 일이 일어난 것일까? 과연 어떤 일이 일어나기나 했을까? 두 사람 사이에는 어떤 일도 일어날 수 없었다. 그럼에도 거기에는 뭔가가 있었다. 아무것도 아닐지 모르지만 그것이 모든 것을 바꿔 놓았다.

의문은 그 여인이 왜 잔인한 살인자의 은신처이자 반역자의 소굴이자 사기꾼의 본거지에 있는가 하는 것이었다. 무언가가, 누군가가 그녀를 그렇게 하지 않으면 안 되게 만들었을 것이다. 어쩌면 그녀는 납치되었을지 모른다. 아니면 몸값에 얽매어 억류되었거나 거짓 선지자의 그럴듯한 사기에 속았을 수도 있었다.

마티아스는 자기가 무슨 권리로 그런 생각을 하는지 궁금했다. 죽음을 앞둔 절박감이 불러온 덧없는 미혹일까? 만약 그렇다면 그 짧은 마주침의 무엇에 이토록 끌리는 것일까? 그녀의 육체? 그녀의 고결함? 그녀의 냉혹?

그것이 무엇이든 마티아스는 그것을 감당하고 싶었다. 그는 정신을 집중하고 이틀 동안 일어난 두 건의 살인사건을 정리했다.

첫 번째 살인 ;

피해자 – 창녀(열일곱 살).

장소 – 여인의 뜰 니카노르의 문 앞.

살해 방법 – 돌에 머리를 으깸.

범인 – 전직 세리 마태 예수의 패거리

두 번째 살인 ;

피해자 – 가버나움 회당장 야이로의 딸(열여섯 살가량).

장소 – 실로암 샘으로 이어지는 에제키엘 지하 수로.

살해 방법 – 익사.

범인 – 도마(예수의 졸개), 혹은 열심당원 시몬?(예수의 호위 역할)

　살인자가 잡혔지만 명확해진 것은 없었다. 레위 마태는 자신이 범인이 아니라고 항변했다. 그럴 수도 있다. 교활한 세리가 사람을 죽였다고 순순히 자백할 리는 없으니까. 그런데도 마음 한편으로는 그의 항변을 완전히 뿌리칠 수 없었다. 나사로의 집에서 마주친 마리아의 눈빛이 마음 구석에 남아 있기 때문이었다.

　마티아스는 마태의 결백을 증명할 수 없었지만 그녀의 눈빛을 믿고 싶었다. 스스로 생각해도 어처구니없는 믿음이 아닐 수 없었다. 누군가를 믿으려면 그를 알아야 하고 알아야 믿을 수 있었다. 그러나 마티아스는 그녀에 대해 아는 것이 거의 없었다.

지금껏 드러난 사실로 볼 때 마태가 살인자라는 조나단의 정보에는 근거가 있었다. 마태는 죽은 헬레나를 마지막으로 만났고 야이로의 딸을 마지막으로 만난 도마 역시 그 무리 중 한 명이었다. 왜 그 패거리는 기괴한 살인사건에 동시에 연루된 것일까? 소녀들을 잔인하게 살해해서 그들이 얻는 것이 무엇일까?

그들이 살인자가 아닐 가능성 또한 존재했다. 만에 하나 그들이 살인자가 아니라면 무고한 자를 죽이는 셈이었다. 그렇다 해도 그것이 무슨 문제인가? 설사 살인자가 아니라도 그들은 파렴치한 사기꾼에다 율법을 어긴 신성모독자 패거리에 불과한데.

마티아스는 두 사건의 공통점과 차이점을 다시 머릿속에 정리했다.

공통점 ; 피해자 특징 – 열일곱 살 전후의 소녀.

　　　　　시체의 상태 – 날카로운 흉기로 옆구리를 찌름,

　　　　　등가죽 훼손. 경동맥을 그어 다량의 출혈 유도.

차이점 ; 살해 장소 – 니카노르 문 – 에제키엘 지하 수로.

　　　　　살해 방법 – 성전 벽에 두부 충격 – 수로에 익사.

열일곱 전후의 소녀들이 신체 일부를 훼손당했다는 공통점은 살인자가 어린 여자를 밝히는 변태일지도 모른다는 의구심을 갖기에 충분했다. 그러나 변사체에서 성적 학대나 훼손의 흔적은 찾을 수 없었다. 살인자는 수사 방향을 다른 곳으로 돌리려고 일부러 어린 소녀들을 택했는지도 몰랐다.

두 사건의 차이점은 더욱 모호했다. 범행 장소가 왜 성전 한복판이어야 했으며 깜깜한 암굴이어야 했는지, 왜 돌벽에 머리를 부딪치고 물에 머리를 담가 죽였는지, 마태가 범인이라면 왜 범죄를 그렇게 강하게 부인하는지. 답을 찾을 수 없는 질문이 머릿속을 들쑤셨다. 마태와 도마, 혹은 시몬을 범인으로 볼 것인가? 만약 그들이 아니라면 진짜 살인자는 어디에 있는가?

마티아스는 테오필로스란 자에 대해 생각했다. 빌라도가 사람을 붙였으니 어쩔 수 없이 그와 경쟁을 해야 할 것이다. 누가 먼저 사건의 실체를 밝히고 범인을 잡느냐에 따라 총독이나 대제사장은 자신에게 유리한 방식으로 사건을 처리할 수 있을 것이다. 그리고 그 결과에 따라 예루살렘의 상황도 뒤바뀔 것이다. 나쁠 것은 없었다. 총독과의 경쟁에 이기기 위해서라도 조나단은 자신에게 더 의지하게 될 테니까.

　고요와 어둠, 그리고 언제 다가올지 모르는 죽음에 대한
두려움으로 마티아스는 오래 잠들지 못했다. 마침내 잠이
들었을 때 그는 꿈을 꾸었다. 그러나 무슨 꿈인지는 기억나
지 않았다.

제3일
세 번째 살인
월요일 ─ 유월절 나흘 전

바리새인과 사두개인들이 와서 예수를 시험하여 하늘로서 오는 표적 보이기를 청하니

예수께서 대답하여 가라사대 너희가 저녁에 하늘이 붉으면 날이 좋겠다 하고

아침에 하늘이 붉고 흐리면 오늘은 날이 궂겠다 하나니 너희가 천기는 분별할 줄 알면서 시대의 표적은 분별할 수 없느냐

—마태복음 16: 1~3

　요란한 말발굽 소리가 새벽의 적막을 깨뜨렸다. 아홉 마리의 기마행렬이 성전 내리막길을 구르듯 달려 내려갔다. 초라한 순례자들이 인적이 드문 거리를 간간이 유령처럼 스쳐갔다. 기마병단은 먼지를 일으키며 낮은 지붕과 피에 젖은 문설주와 상점과 대장간을 지나 텅 빈 중앙광장을 가로질렀다.

　성전 반대편 남쪽 시가지에는 빵공장들이 밀집되어 있었다. 집집마다 빵을 굽는 연기와 그을음을 뿜어내면 신성한 성전이 더럽혀질 것을 우려한 조치였다. 밀려드는 순례자에게 효모 없는 빵을 공급해야 하는 유월절 무렵에는 공장마다 일거리가 폭발적으로 늘었다.

　기마대는 빵공장 거리의 한 공장 앞에서 멈추었다. 아직 해가 뜨지 않은 땅에서 차갑고 축축한 한기가 배어나왔다. 마티아스는 눈앞에 우뚝 선 굴뚝을 보았다. 유월절 사흘 전에 예루살렘에서 가장 크고 오래된 빵공장 굴뚝에 연기가 끊겼으니 무슨 일이 일어난 것이 분명했다.

　두꺼운 나무 문짝을 밀치자 밀가루 냄새가 코를 찔렀다. 밀가루를 찧는 방아틀과 반죽 판이 어질러져 있었고 밀가루를 뒤집어쓴 일꾼들이 창백한 얼굴로 일행을 바라보았다. 1년 중 가장 바쁘고 떠들썩해야 할 공장에 음산한 공기가 감돌았다.

밀가루 먼지 사이로 조리장이 급히 달려나왔다. 서른 대여섯쯤 되어 보이는 남자는 아래로 처진 눈매를 지니고 있었다. 살집 오른 팔뚝의 털 한 올 한 올마다 반죽이 엉겨 있었다. 잔뜩 주눅 든 조리장은 눈길을 내리깔고 조나단 일행을 안내했다. 화덕실 앞에 이른 그는 앞치마로 손등의 밀가루를 닦고 문을 열었다.

조나단은 차게 식은 화덕으로 성큼성큼 다가갔다. 화덕 문짝을 열어젖힌 수비대원 두 명이 누가 먼저랄 것 없이 뒤로 나자빠졌다. 미적지근하게 식은 화덕 안에 사람의 형상이 보였다. 고약한 냄새가 코를 찔렀다. 조나단은 손바닥으로 코를 막았다.

"누가 현장을 맨 처음 발견했나?"

조나단이 물었다. 조리장이 손짓하자 문밖에서 흰 머리 노인이 다가왔다. 새우처럼 오그라진 작은 몸을 이끌고 다가오는 그 순간에도 그는 조금씩 줄어드는 것처럼 보였다. 조리장은 그가 이 공장에서 30년을 일해온 화덕 불 조절 장인이라고 소개했다.

"효모 넣지 않은 빵의 감촉과 풍미를 높이려면 섬세한 불 조절이 필수적이죠. 밀가루 종류와 굽는 시간에 따라 각각 다른 화덕 온도를 유지하려면 불을 넣고 빼는 시간을 정확히 조절해야 합니다. 매일 열두 개의 아궁이 불을 관리하는 영감님은 화덕 표면에 손바닥만 대봐도 정확한 온도와 시간을 알아내는 장인이지요."

조리장이 사건과 관련 없는 장황한 너스레를 늘어놓았다. 조나단은 기분 나쁜 꿈에서 깨어난 것처럼 짜증을 냈다.

"저 숯덩이에 대해 말해보시오. 영감."

노인은 공손한 태도로 새벽에 있었던 일을 설명했다. 그들은 유월절 빵을 굽기 위해 한밤중에 일어나 아궁이에 불을 지폈다. 잠시 후 그는 화덕 온도를 확인하기 위해 위층 화덕실로 올라왔다. 그런데 열두 개의 화덕 중 맨 구석에 있는 화덕 문짝에 자물쇠가 채워져 있었다. 그는 뭔가 잘못된 것 같아 황급히 아래층 아궁이실로 내려가 불을 뺐다. 잠시 후 화덕쟁이 두 명이 달려와 자물쇠를 자르고 화덕을 열었다.

거기까지 말한 노인이 표정을 일그러뜨렸다.

"저 화덕 속에 있는 자가 누구요?"

조나단은 흉측하게 그을린 시체를 가리키며 노인을 다그쳤다.

"성전에 빵을 배달하는 배달꾼 벤자민입니다. 손목에 찬 은팔찌를 보면 알 수 있습니다요."

마티아스는 화덕 안을 들여다보았다. 시신의 왼쪽 손목에 검게 그을린 은팔찌가 채워져 있었다. 화덕에 배어 있는 매캐한 냄새에 속이 울렁거렸다. 노인은 벤자민이 새벽 일찍 성전에서 쓸 빵이 나오기를 기다리느라 공장에서 지난 밤을 새웠다고 말했다. 싸늘한 밤공기를 견디느라 따뜻한 화덕 주위에서 잠든 것 같다는 추측도 덧붙였다.

"어린 빵 배달꾼 주제에 값비싼 은팔찌라니 이 녀석이 무슨 재주를 부린 거요?"

조나단이 미심쩍은 표정으로 물었다.

"성전에 갔는데 한 제사장께서 녀석을 예쁘게 보셨는지 선물로 주셨다 합니다."

노인의 대답에 조나단이 되물었다.

"그 사제가 누구요?"

"그것까지는 모릅니다. 다만 많은 사제들께서 녀석을 예쁘게 보시고 챙겨주셨죠. 사실 성전 빵 배달 일을 맡긴 것도 그 때문입니다. 사제들께서 워낙 녀석을 귀여워했으니까요."

마티아스는 한 손으로 코를 막고 화덕 안으로 들어섰다. 머리카락이 타버린 두피는 흉측하게 쪼그라져 있었다. 그는 미간에 깊은 세로 주름을 짓고 불에 그슬린 팔찌를 살폈다. 범인이 팔찌를 벗겨가지 않은 이유는 무엇일까? 아마도 희생자의 정체를 분명히 하기 위해서였을 것이다. 마티아스는 자신이 살인자가 유도한 생각하고 있는 것이 아닌가 하는 깨달음에 정신이 번쩍 들었다.

그슬린 시체의 등은 예상대로 가죽이 벗겨져 있었다. 예리한 흉기로 오려낸 등 중앙의 넓적한 사각형 윤곽이 짙은 검정색을 띤 나머지 부위와 확연히 구분되었다. 기름기가 없는 피부 조직이 불에 그슬리며 옅은 회색을 띠게 된 것이었다. 칼에 찔린 옆구리 상처로 비어져나온 내장 조직들은 불에 그슬린 채 서로 엉겨 붙어 있었다.

"또 그놈이야?"

조나단은 잔열이 남은 화덕에 손을 짚고 몸을 기댔다. 두 건의 살인으로 그의 신경은 극도로 날카로워졌다. 지난 이틀 동안 그는 예루살렘 전역의 경비를 강화했으며 소문을 차단하느라 안간힘을 썼고 마티아스의 수사와 별도로 성전수비대 차원의 대규모 검거작전을 전개했다. 그러나 살인자는 검색을 강화하고 수사망을 좁히는 그를 비웃기라도 하듯 버젓이 다시 살인을 저지른 것이다.

살인 수법은 동일했지만 이번 피살자는 소녀가 아닌 소년이었다. 세 사건이 동일인의 소행이라면 여성에 대한 성적 욕망이라는 잠정적 살인동기는 재검토되어야 했다. 그것이 아니라면 두 명 이상의 살인자들이 저지른 범행일 수도 있었다.

조나단이 무슨 말을 하려 했지만 마티아스는 성큼성큼 문밖으로 사라졌다. 수비대원 하나가 마티아스를 뒤쫓아 달려나갔다. 조나단은 오른손을 들어 그를 제지했다.

"그냥 둬! 승냥이는 혼자 사냥할 때 먹이를 제대로 잡을 수 있으니까."

조나단은 마티아스가 성전으로 도망쳐 오던 날을 기억했다. 성전수비대의 젊은 간부였던 그가 정보조직을 강화하는 새 업무로 정신이 없을 때였다. 어느 날 그는 성전 행랑에서 어른들을 상대로 구걸을 하는 초라한 사내아이를 발견했다.

그 아이는 너무 작아서 나이를 짐작하기 어려웠지만 구걸에 임하는 수완은 눈에 띄었다. 그 아이는 대부분의 구걸하는 아이들처럼 아무에게나 손을 내미는 대신 세심하게 사람들을 관찰하는 데 많은 시간을 보냈다. 목표가 정해지면 나름대로 정교하게 짜낸 상황을 연출해 상대의 주머니에서 돈을 긁어냈다. 심부름을 자청하기도 했고 인파 때문에 잃어버린 일행을 함께 찾아주기도 했다.

행랑 기둥과 사람들 사이를 다람쥐처럼 오가며 사람을 찾고 물건을 배달하고 돈을 챙기는 소년의 모습에서 그는 유능한 밀정의 가능성을 보았다. 조나단은 희생양 도살장을 관리하는 레위인을 불러 그에게 일거리를 주라고 지시했다. 아직 어린 티를 벗지 못한 아이를 도살장 잡역부로 내몬 건 가혹한 처사였다.

조나단이 마티아스를 진창 속으로 던져넣은 표면적 이유는 가여운 아이를 거두어 마땅한 일거리를 준다는 것이었다. 그러나 진짜 의도는 다른 곳에 있었다. 그 아이는 어렸고 연약했고 초라했고 눈에 띄지 않았고 아무짝에도 쓸모가 없었지만 싹수가 있었다. 그 아이에게 세상을 가르쳐야 했다. 그 아이가 얼마나 힘들고 비참하고 고통스럽게 살아왔는지 모르지만 그것이 바닥이 아니라는 것을 알려주어야 했다. 세상이 얼마나 더 비정할 수 있는지, 삶이 얼마나 더 잔혹할 수 있는지 깨닫게 해주어야 했다.

단순하지만 명확한 그 사실을 가르치는 데 양들의 울음소리가 그치지 않는 미끌미끌한 도살장 바닥보다 나은 곳은 없었다. 죽고, 죽이고, 피가 튀는 그곳보다 세상은 조금도 나을 것이 없으니까.

마티아스는 훌륭히 적응했다. 고기 냄새는 역겨웠고 가죽처리용 약품 냄새에 머리가 어질어질했지만 배를 곯는 것보다는 나았다. 썩 질이 좋지는 않았지만 허드레 고기와 내장을 섭취한 덕에 장작개비에 더러운 천을 걸쳐놓은 것 같던 그의 왜소한 몸은 놀랄 만큼 건장한 체격으로 변모했다.

조나단이 마티아스를 다시 눈여겨본 계기는 마티아스가 열아홉 살 되던 해 일어난 희생양 밀반출 사건 때였다. 감찰업무를 맡고 있던 조나단의 정보망에 성전에서 밀반출된 것으로 보이는 정육이 시중에 유통되고 있다는 정보가 포착되었다. 즉시 조사에 나선 조나단은 관련자들을 소환해 심문했다. 몇몇 하급 도살꾼들을 불러다 족쳤지만 그들은 하나같이 혐의를 강력히 부인했다.

사건의 단초를 제공한 증언은 어린 도살꾼 마티아스의 입에서 나왔다. 자신이 희생제물의 내장을 비롯한 잡고기 일부를 상습적으로 성전 밖으로 반출해온 사실을 실토한 것이었다. 조나단은 혐의를 부인했던 도살꾼들을 다시 불러들였다. 취조 과정에서 조직적인 대규모 반출이 벌어진 단서가 포착되었다.

조나단은 다시 한번 마티아스의 입에 희망을 걸기로 했다. 상급자들이 정육을 반출했다면 녀석을 크고 작은 일에 심부름꾼이나 연락책으로 썼을 것이다. 마티아스를 불러들인 조나단은 정육의 반출 경로와 관련자들을 발고하라고 추궁했다.

"희생제물을 빼돌린 행위는 용서받을 수 없지만 난 네가 나쁜 놈이 아니란 걸 알아. 잡고기 몇 줌을 집으로 가져간 게 형을 받거나 처형당할 죄는 아닐 거야. 그냥 배를 채워야 했을 테니까. 하지만 하나님께 바친 제물을 대량으로 도둑질한 자들은 성전을 농락했어. 그자들이 누군지, 바깥의 어떤 자들과 연계되어 있는지 말해. 제물 도둑들에 대해 증언한다면 하나님께서 네 작은 과오를 덮어주실 거야."

마티아스는 자신의 혐의가 아닌 일체의 추궁에 대해서는 입을 열지 않았다. 조나단은 심문 대상을 확대했고 강도도 높였다. 회유와 매질이 이어졌다. 결국 장부를 허위기재하고 도살된 정육을 빼돌려 시중에 유통시켰다는 몇몇 가담

자들의 발고와 자백이 이어졌다. 조직적인 반출을 통해 얻은 수익금 일부가 윗선에 정기적으로 상납되었다는 사실도 드러났다.

순결한 희생제물이 장물로 변해 밀거래된 사실을 어설프게 다룰 경우 어떤 일이 일어날지는 뻔했다. 조나단은 교활한 범죄자들을 응징하기보다는 사건을 무마하는 데 집중했다. 성전 장부에 흠결이 있을 수는 없었다. 성전 제물을 관리하는 레위인들도 마찬가지였다. 희생양이 필요했다.

조나단은 마티아스를 자신의 집무실로 다시 불렀다. 작은 회색 방 안으로 들어선 마티아스는 두려움을 물리치기 위해 가슴을 한껏 부풀렸지만 가냘픈 소년티를 벗지 못했다.

"전 동료와 상관들의 일에 대해 아는 게 없습니다. 그러니 물으셔도 들을 건 없을 겁니다."

소년이 눈을 피한 채 말했다. 조나단은 목소리를 가다듬고 소리쳤다.

"날 봐!"

소년이 고개를 들었다.

"난 너에게 뭘 묻는 게 아냐. 지시를 할 거야."

"무슨 지시입니까?"

"성전 장부가 비었고 희생제물이 반출되었으니 누군가는 책임을 져야 해. 장부의 숫자는 다시 맞추고 도둑질한 자들은 응당한 벌을 받아야겠지. 만천하에 까발릴 순 없지만 사건이 발생했으니 공식적으로 마무리할 사람이 필요해. 네가 그 일을 맡았으면 해. 다시 말하지만 난 이 일을 크게 벌이고 싶지 않아. 그러니 네가 극형을 받거나 할 일은 없을 거야."

"왜 제가 그 일을 해야 하죠?"

부모가 없기 때문에? 어머니가 사마리아인이어서? 가진 것이 없기 때문에? 나이가 어려서? 아니면 그 모든 이유 때문에? 조나단이 대답했다.

"넌 배신을 떡 먹듯 하는 요즘 세상에 보기 드문 녀석이야. 성전수비대 심문관의 매질에도 입을 다물었잖아? 나이는 어리지만 동료들을 배신하지 않았어. 널 못 잡아먹어 안달인 상급자들의 도둑질을 눈감아줄 수 있다면 하나님의 영광을 위해 입을 못 다물 이유가 뭐지?"

과장되긴 했지만 틀린 말은 아니었다. 마티아스는 거래를 청하는 상인처럼 조나단에게 다가섰다.

"그렇게 하면 뭐가 달라지는데요?"

"많은 것이 달라지겠지. 일단 넌 성전에서 쫓겨날 거야. 그 다음에는? 어디로 가든, 어떻게 되든 지금보다야 낫겠지. 하루 종일 피비린내 속에서 죽은 양의 내장을 걷어내고 고기를 발라내는 것 같기야 하겠어?"

"제가 무슨 일을 하면 되는 거죠?"

"무슨 일을 하고 싶은데?"

마티아스는 대답을 찾지 못했다. 지금껏 그가 해온 일들은 하고 싶지 않거나 하기 싫은 일들뿐이었다. 굶주림을 참는 일, 매 맞는 일, 따돌림 당하고, 놀림 받고, 굽신거리고, 혼자 울음을 참는 일…… 하고 싶은 일을 할 수 있다는 생각은 해본 적이 없었다. 자신이 무슨 일을 하고 싶은지도 알지 못했다. 조나단이 그를 대신해 대답했다.

"검투사는 어때? 가이사리아에 검투장이 있어. 넌 싸움질이라면 타고난 놈이니까 거기서 잘 버티면 쏠쏠하게 돈을 벌 수 있을 거야. 잘만 하면 로마 놈들의 영웅이 될 수도 있겠지."

"만약 제가 그렇게 할 수 없다면요?"

"그러면 넌 냄새 나는 도살장에서 평생을 보내겠지. 그때 왜 조나단의 말을 거역했을까? 그게 내 인생에 온 딱 한 번의 기회였는데. 그게 처음이자 마지막 행운이었는데…… 그런 소리를 중얼거리며 양의 뼈를 추리고 있겠지."

마티아스는 조나단의 거래조건을 받아들였다. 가이사리아의 검투장이 그의 새 일터가 될 것이다. 그는 이제 죽음을 배우게 될 것이다. 죽음에 맞서 살아남는 법도 동시에 배울 것이다. 살아남지 못한다면 안된 일이지만 만약 살아남는다면 그는 최고의 밀정이 될 것이다.

조나단은 사람을 보는 자신의 눈을 믿었다. 그 아이의 기억력은 놀라울 정도였다. 날카로운 판단력과 진지한 탐구

심도 있었다. 두려움을 제어하고 상황의 본질을 꿰뚫어보는 직관을 발휘하기도 했다. 사회를 움직이는 결정자의 관점, 충돌하는 여러 힘의 구조를 이해하는 능력도 있었다.

또한 그 아이는 불합리한 결정이나 불공정한 상황에 대해 회의했지만 겉으로 드러내지는 않았다. 그 아이의 천성은 앞에서 행동하기보다 보이지 않는 곳에서 상황을 조정하고 문제를 해결하는 식으로 발현되었다. 남의 눈에 쉽게 띄지 않고 남의 경계심을 불러일으키지 않는 것이야말로 밀정에게 가장 필요한 자질이었다.

조나단은 다시 한번 기다리기로 했다. 시간이 걸릴지 모르지만 놈은 무언가를 건져올 것이다.

15

빵공장 뒤쪽도 골목에는 양들의 마른 똥이 검은 진주처럼 반짝였다. 헐벗은 아이들이 숨바꼭질을 하느라 소리를 죽이고 지나갔다. 골목 끝에 이르자 빵공장 일꾼들이 기거하는 낡은 돌집이 보였다.

마티아스는 조심스럽게 공동 주택 문을 열고 안으로 들어섰다. 붉은 녹이 슨 경첩에서 기분 나쁜 소리가 났다. 날카로운 그의 눈빛에 어린 일꾼 하나가 그자리에 얼어붙었다. 공장이 바쁘게 가동 중인 늦은 아침나절에 숙소에 남은 것을 보면 어젯밤 공장에서 지새운 것이 분명했다. 마티아스는 엉거주춤하게 서 있는 소년에게 다가갔다.

"벤자민을 알지?"

소년은 말없이 땅바닥만 바라보았다. 마치 그자리에서 땅속으로 꺼지고 싶은 것처럼 보였다.

"그…… 악령이 벤자민을 데리고 갔어요. 검은 말을 타고 검은 옷을 입고 가면을 쓴 악령이었어요."

소년은 목소리를 심하게 떨었다. 마티아스는 소년의 어깨를 움켜쥐고 흔들었다.

"그들을 어디서 보았지?"

"새벽까지 반죽을 빚고 숙소로 돌아오는 길이었어요. 너무 졸려 반쯤 눈을 감고 골목을 걷는데 휙 바람 소리가 나서 눈을 떴어요. 검은 말들이 제 옆을 스쳐 어둠 속으로 사라졌어요. 발자국 소리도 없이 말이에요. 꿈인가 하고 별 생각 없이 돌아와 잠들었어요. 그런데 조금 전 잠에서 깨어보니 벤자민이 죽었다더군요. 그 악령들이 벤자민을 지옥으로 데려간 걸까요?"

소년은 거의 울음을 터뜨릴 것 같았다. 마티아스는 소년의 어깨를 토닥이며 벤자민의 방이 어디인지 물었다. 소년은 안쪽 숙사의 끝 방이라고 내뱉고 공장 쪽으로 줄행랑쳤다.

좁고 볼품없는 뜰을 둘러싼 숙사는 작은 방이 다닥다닥

붙어 있는 단층 건물이었다. 맨 오른쪽 방 앞에 다다른 마티아스는 문고리를 잡으려던 동작을 멈추었다.

빛이 제대로 들지 않는 방 안에 누군가가 있었다. 그는 낮은 천장에 닿을 듯한 머리를 수그리고 방 구석구석을 꼼꼼히 살피고 있었다. 마치 지난밤 벤자민에게서 탈취하려던 무언가를 골똘히 찾는 것 같았다. 마티아스는 문을 벌컥 열었다. 예상치 못한 요란한 소리에 방 안의 사내가 흠칫 놀라 뒤를 돌아보았다.

"쥐새끼처럼 화들짝 놀라는 게 도둑질이라도 하고 있었던 것 같군요."

마티아스가 방 안으로 들어서자 회색 머리카락에 토가 차림의 테오필로스는 흰 이를 드러내어 웃었다. 살짝 열린 차양 사이로 햇살이 면도날처럼 가늘게 비쳤다. 작은 방 안에는 변변한 집기조차 없었다. 벽은 흙으로 발랐고 가구라곤 구석에 놓인 나무 궤짝 하나가 전부였다. 한쪽 벽에는 곰팡이가 슬어 있었고 바닥에는 먹다 남은 빵조각이 뒹굴었다.

"탐문이야 너희 밀정들이 더 잘하는 짓 아니더냐?"

테오필로스는 구석에 놓인 궤짝으로 다가서더니 이리저리 살피며 미소를 흘렸다. 그러더니 잠금장치 대신 뚜껑을 묶은 끈을 풀고 물건들을 하나씩 꺼내 바닥에 늘어놓았다. 잘 빨아둔 앞치마 몇 장과 머리띠, 반죽 젓는 막대기, 빵이

익었는지 찔러보는 쇠꼬챙이…… 일상적인 생활용품과 개인용 작업도구 보관 상자였고 눈에 띄는 물건은 없었다.

테오필로스는 물건들을 도로 궤짝 안에 주섬주섬 넣었다. 가늘고 긴 쇠꼬챙이를 던져넣는 순간 그들은 누가 먼저랄 것도 없이 눈을 마주쳤다. 상자 바닥에서 낮고 공허한 공명음이 들렸던 것이다.

그들은 와락 달려들어 궤짝을 들어냈다. 궤짝이 놓였던 바닥에 얇은 나무판이 보였다. 손등으로 나무판을 두드리자 속이 비어 울리는 소리가 났다. 쇠꼬챙이로 나무판 모서리를 젖히자 가로세로가 팔꿈치 길이만 하고 깊이가 한 뼘쯤 되는 공간이 드러났다.

거기에는 초라한 방에 전혀 어울리지 않는 물건들이 보관되어 있었다. 작은 은 접시, 은도금 촛대, 파르티아 청옥석과 로마 금화…… 한눈에도 귀한 물건임을 알아볼 수 있는 것들이었다. 한쪽 옆에는 파란 기름종이에 무언가가 싸여 있었다. 금으로 도금한 로마군 갑옷 단추와 깃털 장식이었다.

"이 귀한 물건들이 어떤 경로로 이 초라한 비밀금고에 모여 있는 거지?"

테오필로스는 방 안을 오락가락하며 물었다. 마티아스는 보석 상자를 열고 빛나는 물건을 내려다보는 벤자민을 상상할 수 있었다.

"디아스포라 순례자들이 성전에 바친 예물 같아요. 성전이 아니고서는 이런 귀한 물건을 구할 곳이 흔치 않아요. 빵을 배달하러 성전에 들어갔다가 훔쳐 나온 사제들의 물건을 이 은밀한 공간에 숨겨왔겠죠."

"보지 못한 일을 단정적으로 이야기하는 건 논리학에서 금기시되는 오류야."

테오필로스는 단단하고 매끄럽게 반짝이는 보석을 다시 기름종이에 싸며 대꾸했다. 마티아스는 능란한 수사학의 달인에게 말려들지 않기 위해 화제를 돌렸다.

"어쨌든 첫 번째 살인범은 잡혔어요."

마티아스는 성전수비대가 헬레나를 마지막으로 만난 자를 체포했다는 정보를 흘렸다.

"세리 마태 말인가? 우습군. 그런 약골 샌님이? 그자의 손을 보기나 했나? 평생 장부만 들추던 가냘픈 손으로 사람을 죽인다고? 정말 그럴 수 있다고 생각하나?"

테오필로스는 두 눈을 지그시 감은 채 대꾸했다. 마티아스는 수긍할 수밖에 없었다. 조나단이 마태를 잡아들였을 때부터 마티아스는 그가 살인을 할 위인이 못 된다는 예감을 외면해왔다. 마티아스에게 그는 살인자여야 했다. 만약 그가 사람을 죽이지 않았다고 해도 살인자여야 했다. 그래야 자신이 살 확률이 조금이라도 커진다고 마티아스는 생각했다.

물론 조나단은 마태를 체포한 공이 성전수비대에 돌아가야 한다고 주장할 것이다. 그럼에도 수사 초기단계에서 마태를 범인으로 특정하고 그를 추적해 보고한 건 마티아스 자신이었다. 조나단도 그 엄연한 사실은 무시하지 못할 것이다. 그는 약속을 지켜야 할 것이다. 살인자를 밝혀내면 목숨을 살려주겠다는 약속을.

　"욕정에 들끓는 젊은 놈처럼 여자에게 위험한 존재는 없어요."

　마티아스는 자기변호를 하는 죄수처럼 절박하게 말했다. 테오필로스가 냉정하게 반박했다.

　"이봐. 단순한 욕정 때문에 여자의 목을 따고 피를 뽑아 성전 문설주를 더럽혔겠나?"

　마티아스는 그가 적인지 자기편인지, 그의 말을 들어야 할지 말아야 할지 아직 알 수 없었다. 다만 한 가지는 분명했다. 자신의 목적은 살인범을 잡는 것도, 친구를 만드는 것도 아니었다. 단지 살아남고 싶을 뿐이었다.

　"그놈의 것으로 보이는 갈릴리 동전이 현장에서 발견되었어요. 화대 문제로 다툼을 하다 일을 저지른 게 분명해요."

　"만약 세 사건의 범인이 동일인물이라면 더더욱 마태는 범인이 아니야. 그가 잡혔다면 어젯밤 살인은 논리적으로도 실제적으로도 일어나면 안 되고 일어날 수도 없어. 그 시간에 그는 감옥에 있었을 테니……."

테오필로스의 말에는 모순이 없었다. 마태가 아무리 뛰어난 재주를 지녔어도 성전 지하 감옥을 감쪽같이 빠져나가 살인을 저지르고 돌아오지는 못할 테니까. 그렇다면 그 자가 범인이 아니란 말인가? 분명한 사실은 어젯밤 마태가 살인현장에 있지 않았다는 사실뿐이었다.

"마태가 아니라면 그 패거리의 짓일 수도 있겠죠. 소녀를 마지막으로 만난 도마나 열심당원 시몬 같은 자들요. 지하수로에 열심당 무기인 시카리가 떨어져 있었거든요."

"가능성은 가정일 뿐이야. 증명하지 못하는 가정은 진실이 될 수 없어. 설사 그 칼이 시몬의 것이라해도 그가 살인자라는 가정이 사실로 성립되는 건 아냐."

논리, 가정, 증명, 진실…… 그런 낯선 용어들에 마티아스는 현기증을 느꼈다. 그런 것들은 그가 삶을 대적하는 방식이 아니었다. 가정과 증명은 도살과 검투에 소용없었고 논리와 진실은 정탐에 도움이 되지 않았으니까. 본능적 직관과 기민한 선제공격, 억센 완력만이 그가 가진 전부였으니까.

16

성전과 안토니 요새 맞은편 언덕에 자리잡은 헤롯궁은 헤롯이 자신을 위해 지은 화려하고 웅장한 건축물이었다.

화려한 대리석 열주와 헤아릴 수 없이 많은 방들, 금박으로 치장된 천장과 신비로운 모자이크 바닥, 잘 가꾸어진 정원은 섬세함과 규모에서 성전과 견줄 만했다. 로마의 위세를 업고 권좌에 오른 그가 죽고 아들들이 분봉지로 떠난 후 그곳은 예루살렘에 진주하는 총독의 임시 관저로 쓰이고 있었다.

테오필로스는 안내하는 수비대원을 따라 길고 어둑한 복도를 지났다. 빌라도의 집무실은 햇살이 잘 드는 남쪽 복도 끝에 있었다. 문을 두드리자 묵직한 소리가 나고 두꺼운 자단 통나무 문이 안쪽으로 열렸다.

"테오필로스! 살인자에 대한 단서는 잡혔소?"

두 손으로 턱을 받치고 생각에 잠겼던 빌라도가 반색하며 그를 맞았다.

"아직은 드릴 말씀이 없습니다."

테오필로스의 답변에 빌라도는 면도 자국이 매끈한 턱을 문지르며 성급하게 질문을 이어갔다.

"열심당 짓이오? 아니면 뒷골목 부랑자가 연관된 사건이오?"

테오필로스는 사람들이 왜 하나같이 그토록 신중치 못한지 이해할 수 없었다. 그들은 사소한 생각을 대단한 것처럼 부풀리고 누구나 아는 사실을 중요한 것처럼 떠벌리며 모든 문제를 해결한 것처럼 여유를 부리다가 일이 더 커지면 안달했다. 일개 병정이 아닌 총독도 단순하고 신중치 못한 것은 마찬가지였다. 테오필로스는 정치가나 권력자의 위선과 교만을 누구보다 잘 알았다. 그들의 비위를 건드려서는 안 된다는 것도.

"열심당, 부랑자들, 아이들에게 욕망을 느끼는 도착자들…… 여러 각도로 검토하고 있습니다."

"이 양반, 뭔가 알아낸 모양이군. 좋소. 하지만 좀 더 윤곽이 드러날 때까지 기다려보지."

창밖에는 누런 먼지바람이 불어댔다. 빌라도는 떠나온 로마, 언젠가 다시 돌아가야 할 빛의 도시를 상상했다. 여전히 화창할 로마의 하늘과 군중의 환호성이 가득할 검투장을. 활기찬 시민들이 넘칠 거리와, 썩어빠진 귀족들이 밥그릇을 챙기느라 악다구니를 해댈 원로원을. 햇살에 빛나는 아름다운 석조 건축물들과 원형극장에서 매일 공연될 소포클레스와 에우리피데스의 비극을. 그리고 거대한 갤리선을 타고 그곳으로 돌아갈 자신을.

그는 또 로마가 아닌 도시를 생각했다. 야망으로 들끓던 안토니우스를 삼켜버린 도시, 알렉산더의 영광을 간직한 풍요의 도시, 우기가 되면 나일강의 붉은 물이 흘러넘치는 범람의 도시를.

"알렉산드리아 시절이 기억나시오? 마치 화려한 불꽃놀이 같았지. 아쉬움이 있다면 그 시간이 너무 짧았다는 것뿐.

벌써 6년이 지난 일이 되었소."

빌라도는 고급스런 광택이 나는 삼나무 테이블 위 등잔에 불을 붙였다. 잘 정제된 이집트산 향유가 세월을 거슬러 그를 알렉산드리아로 데려갔다.

그해, 프로쿨라와 결혼한 빌라도는 긴 신혼여행을 떠났다. 여러 지중해 항구를 거친 여행의 종착지는 알렉산드리아였다. 옥타비아누스가 안토니우스와 클레오파트라 연합군을 악티움에서 물리친 이래 알렉산더 대왕의 이름을 딴 이 도시는 제국의 논밭이자, 대장간이자, 노예시장이었다.

그 도시에서는 모든 것이 충돌하면서도 조화롭게 어우러졌다. 고색창연한 분위기와 첨단 지식이, 온갖 인종과 언어들이 뒤섞이며 맹렬한 생명력을 뿜었다. 지배자와 속주민이, 부자와 가난한 자가, 장사꾼과 광대와 학자가 낙타 똥과 오물이 질퍽한 거리에서 눈인사를 나누며 지나갔다. 풍부한 물산과 항구시설을 갖춘 이 거대도시는 로마 황실은 물론 명문가나 무역상에게 엄청난 기회의 도시였다.

빌라도 가문 또한 알렉산드리아를 중요한 사업 거점으로 확보하고 있었다. 그의 조부가 항구 근처에 작은 집무실을 열고 본국으로 곡물과 식료품을 실어 보내는 소규모 무역을 한 것이 시작이었다. 몇 차례의 대규모 위기와 불경기를 겪기도 했지만 타고난 장사꾼 가문은 그마저 기회로 이용했다. 빌라도의 부친은 매점매석은 물론 새 품목으로 눈을 돌려 본국 수요를 대지 못할 정도로 번창하며 더 큰 이윤을 창출하고 부를 축적했다. 마침내 아우구스투스 치세에 이르러서는 현지 땅과 노예를 대규모로 사들이고 로마를 오가는 선단까지 보유한 대상인 반열에 오르게 되었다.

알렉산드리아에 도착한 빌라도는 현지 사업을 관리했다. 농장을 감독하고 본국행 갤리선에 물자를 실어 보냈다. 그는 곡물이나 식료품처럼 단위 무게와 부피에 비해 이윤이 박한 물자보다는 상아, 표범 가죽, 타조 깃털, 흑단 같은 고가의 사치품 위주로 선적했다. 현지에서는 비교적 흔한 상품이 지중해를 건너기만 하면 로마 귀족과 귀부인들이 사족을 못 쓰는 귀중품으로 변모하는 과정은 마치 마술처럼 흥미로웠다.

무엇보다 젊은 빌라도를 사로잡은 것은 도시에 넘쳐나는 지적 분위기였다. 알렉산더 대왕 휘하 프톨레마이오스 장군이 이집트에 왕조를 개창한 후 알렉산드리아는 단 한 순간도 동방 지식의 중심이 아닌 적이 없었다. 수십만 권의 파피루스 두루마리를 소장한 알렉산드리아 도서관은 높은 급여와 세금 면제, 뛰어난 연구 환경으로 그리스, 로마는 물론 터키를 비롯한 동방 지식인들을 불러들였다. 철학자와 과학자, 천문학자를 비롯한 지식인과 동방 예언가, 점성술사들이 알렉산드리아로 모였다. 기하학의 거두 유클리드와 과학자 아르키메데스, 아리스토텔레스의 제자이자 뤼케이

온 원장 테오프라스투스도 예외는 아니었다.

빌라도는 머리 회전이 빠르고 이재에 밝았지만 지식과는 거리가 멀었다. 오랜 종군과 장사꾼 생활로 제대로 된 교양을 갖출 기회도 없었다. 기껏해야 위대한 그리스 철학자와 자연과학자의 이름을 얼버무리며 대화에 낄 정도였다. 그 때문에 프로쿨라와 결혼해 상류사회에 편입된 후에도 귀족들의 빈축을 사기 일쑤였다.

빌라도는 마른 솜처럼 도시의 지성을, 역사와 문학, 과학 지식을 게걸스럽게 빨아들였다. 풍요로운 대기 속에서 철학자와 현인들이 벌이는 열띤 토론을 참관했고 알렉산드리아 도서관의 광대한 회랑에서 다양한 예언가와 천문학자의 신비한 예지에 귀 기울였으며 장밋빛 석양이 드리우는 저녁이면 자신의 빌라로 학자들을 초대했다.

테오필로스는 젊은 부자인데다 황족이었던 그의 파티에 초대된 지식인들 중 한 명이었다. 빌라도는 테오필로스의 면면을 한눈에 알아보았다. 그는 정치와 법률, 철학과 윤리학에 정통했고 열린 자세로 학문을 대했으며 그것을 현실에 적용하는 데 뛰어났다. 하나의 전문분야가 아니라 방대한 지식의 정수를 파악하는 것은 물론 그것들이 각각의 위치에서 가지는 가치와 연관성도 엄밀하게 파악했다.

장삿속과 권력만 좇을 뿐 학문에 무지했던 빌라도가 테오필로스와 교유한 건 드문 행운이었다. 그는 빌라도의 행정참모였고 법률고문이었고 철학교사였다. 그의 점성술사였고 동방 지식 전수자였으며 무엇보다 신실하고 믿을 만한 친구였다. 테오필로스는 끈기를 가지고 짓궂은 어린아이 같은 그의 오만과 무지를 일깨워주었다. 쉽지는 않았지만 태생적 장사꾼이었던 빌라도는 그와의 교유를 통해 그럴듯한 지식인의 면모를 갖추게 되었다.

테오필로스의 과묵함 탓에 대부분의 대화는 빌라도가 주도했다. 그는 자신이 가진 힘과 자신의 꿈에 대해, 그리고 자신의 열망과 두려움에 대해 끊임없이 말했고 그것들을 이루거나 회피할 방법을 물었다. 때로는 아무것도 아닌 우스개로 테오필로스의 내심을 떠보기도 했고 재치 있는 질문으로 정곡을 찌르기도 했다.

"그때 저택 연회 때마다 회자되던 토라 구절을 기억하고 있소? 민수기 24장 17절에 나오는 선지자 발람의 예언 말이오. 알렉산드리아 철학자와 행정관 사이에서 그 구절의 의미를 해석하는 것이 유행처럼 번졌었지."

빌라도가 눈가에 작은 경련을 일으키며 말했다. 테오필로스는 고개를 끄덕인 후 문제의 토라 구절을 읊었다.

"'내가 그를 보아도 가까운 일이 아니로다. 한 별이 야곱에게서 나오며 한 홀이 이스라엘에서 일어난다.'"

"알렉산드리아 총독과 대상인 뿐 아니라 철학자와 점성술사까지 그 이야기만 나오면 흥분하던 것이 기억나오?"

빌라도가 다시 물었다. 테오필로스가 대답했다.

"그들뿐 아니라 수많은 역사가와 지식인이 그 별과 홀의 상징을 언급하며 로마의 권력 향방을 예언했죠. 오래전부터 동방 지역에 광범위하게 퍼져 있는 예언, 그러니까 온세상을 다스릴 왕이 바로 유대에서 나올 것이라는 확고한 믿음 말입니다."

빌라도는 토론을 마무리하지 못한 채 로마로 돌아갔다. 그리고 얼마 지나지 않아 유대 총독이 되어 가이사리아에 부임했다. 황실 가문 출신이라는 프로쿨라의 영향력에 빌라도의 집요한 수완이 제대로 먹힌 결과였다.

그가 선택한 권력의 줄은 카프리 섬의 빌라에 은둔하며 향락에 빠진 황제 티베리우스 대신 10년이 넘도록 로마를 다스리던 세야누스였다. 빌라도는 황제를 능가하는 최고권력자이자 집정관인 그에게 유대 총독을 자임했다. 물론 알렉산드리아산 보석을 비롯한 고가의 사치품 공세와 충성맹세도 빼놓지 않았다.

"이 메마른 변방으로 온 건 내게 천운이었어. 그 덕에 로마를 휩쓴 권력의 피바람을 피할 수 있었으니까……."

세야누스의 몰락이 불러온 피바람은 2년 전 가을 갑작스럽게 찾아왔다. 모든 것은 카프리에 머물던 황제가 경호대장 마크로스를 통해 세야누스에게 보낸 한 통의 밀서로 시작되고 끝났다. 마크로스는 세야누스에게 그것이 승진명령서라고 귀띔했다. 세야누스는 기쁨에 들떠 편지를 원로원으로 전달했다. 하지만 편지는 승진명령서가 아니었다. 세야누스의 반역죄에 대한 고발로 시작된 편지는 그의 체포명령으로 끝났다. 그는 현장에서 바로 체포되어 목이 매달렸다.

갑작스런 세야누스의 실각과 처형은 숙청으로 이어졌다. 충성스럽던 그의 근위대는 이제 그의 추종자들을 색출하기 바빴다. 죽은 세야누스가 살아 있는 시민의 목을 조르는 형국이었다. 두려움 때문에 사람들은 서로를 의심했고 고소했다. 로마는 누구도 믿을 수 없고 누구도 친구가 될 수 없는 불신의 도시, 용감한 자나 비겁한 자, 죄 있는 자나 죄 없는 자 모두가 적이 될 수밖에 없는 도시가 되었다.

가이사리아의 빌라도는 한껏 몸을 낮추고 업무에 집중했다. 적절한 포고령을 작성하고 보고서에 서명하고 예산을 적절히 분배하고 지출 내역을 꼼꼼히 점검하고 도시 설비를 확충하고 군사 배치와 증원을 추진했다. 다행히 투쟁과 숙청, 밀고와 기소, 처형만으로도 바쁜 로마의 권력자들은 먼 속주까지 살필 겨를이 없었다. 그 사이에 그는 절박한 위기를 결정적 호기로 전환시켰다. 지난해 초 로마를 강타한 금융위기가 그것이었다.

문제가 된 조치는 모든 금융업자들이 18개월 안에 법이 정한 자산을 보유해야 한다는 카이사르 법이었다. 황제가 공포한 자산보유법에 따라 채권업자들은 무리하게 채권을 회수했다. 심각한 화폐 부족은 황제에게 우호적이던 소상공인들과 토지 소유자들에게 심각한 타격을 주었다.

놀란 황제는 원로원과 귀족들에게 대규모 무이자 자금을 풀게 하는 조치로 급한 불을 껐다. 빌라도는 황제의 명에 따라 모든 자산을 동원해 무이자 자금을 대출했다. 공포정치로 위축되고 자산보유법으로 멍든 로마 경제는 겨우 한시름 돌렸지만 위기는 끝나지 않았다.

그 해 가을 로마 전역에 심각한 빵 부족 사태가 벌어졌다. 황제와 집정관은 다급하게 각지의 속주에서 곡물을 사들이는 한편 시민들에게 아우구스투스 황제 때보다 더 많은 곡물을 비축하고 있다는 민심수습책을 공포했다. 빌라도는 자신의 알렉산드리아 농장에서 대규모 곡물을 로마로 실어 날랐다. 마침내 그는 세야누스의 망령을 떨치고 황제의 신임을 다시 얻게 되었다.

그럼에도 불구하고 제국의 앞날을 생각하면 빌라도는 우려를 떨칠 수 없었다. 황제는 여전히 로마로 귀환하지 않았고 새 집정관 갈바가 이끌기에 제국은 너무 크고 복잡했다. 제국은 풍요가 아니라 불안 위에 서 있었고 하루하루 영위되고 있었다. 속주에서 물자와 재화가 끊임없이 흘러들었지만 풍요에는 독버섯이 함께 딸려왔다. 사치와 향락, 사기꾼과 고리대금업자, 타락한 원로원 의원, 탐욕스런 노예상인들…… 시민들은 하루하루 그것들을 즐기기에만 바빴다. 모두가 보이지 않는 곳에서 제국의 기둥을 갉아먹고 있었다.

안정된 일자리가 필요했고 범죄자를 몰아내야 했고 극빈자를 구제해야 했지만 황제 자리는 비어 있었고 원로원은 손을 놓았고 시민들은 무신경했다. 이 시대에는 주인이 없었다. 군인들만이 먼 속주와 전쟁터에서 분투하고 있었다. 제국의 영토는 나날이 넓어졌지만 빌라도의 눈에는 잡아먹히기 위해 폭식하는 돼지와 같았다. 그는 때가 가까웠다고 생각했다. 비어 있는 자리는 채워져야 마땅했다.

"이 모래바람뿐인 도시에 숨어 나는 목숨을 건졌어. 내가 그토록 경멸하는 예루살렘의 혼돈과 강팍함이 나를 지키는 피난처이자 요새가 되었지. 이 메마른 광야에는 로마와 다른 무엇이 있는 것 같아. 그것이 무엇인지는 모르겠지만……."

빌라도는 골똘한 표정으로 강건한 턱을 매만지며 말했다.

"그렇습니다. 이 도시의 군중은 영혼의 힘을 보여줍니다. 끈질긴 생명력과 신에 대한 흔들림 없는 믿음이 그것이죠. 그에 비하면 로마인은 사고하고 계산할 뿐이죠."

테오필로스는 유대인의 내면을 구성하는 일관된 신앙과 숭고한 선민의식, 그리고 신성한 제의에 경이감을 느꼈다. 어떤 시련도 그들을 무너뜨리지 못하고 어떤 압제도 그들을 굴복시키지 못할 것처럼 보였다. 테오필로스는 로마가 인간의 법으로 유대를 다스린 것처럼 유대는 언젠가 영혼의 힘으로 로마를 압도할 거라고 생각했다.

"신은 로마에도 있소. 유대에는 단 하나밖에 없지만 로마에는 수많은 신들이 있지. 주피터, 아폴로, 헤라클레스에다 아름다운 여신들까지……."

빌라도는 창 너머로 우중충한 하늘을 올려다보며 말했다.

"로마 신을 모두 모아도 여호와에 견줄 수 없을 것입니다. 로마에는 신으로 불리는 황제가 있지만 예루살렘에는 신이 곧 왕이니까요."

"이거나 그거나 같은 거 아닌가?"

"유일신앙은 현실적인 인간 욕망을 반영한 로마 신과 다릅니다. 엄격한 교리에 도덕적 정의, 조화로운 사회 규범과 나은 삶에 대한 염원을 포괄하고 있습니다. 종교와 정치, 도덕과 조화, 정의와 희망, 영원과 미래가 모두 집대성된 정신의 구조물이죠."

"믿음이란 헛된 것이오. 한때 난 세상을 버텨내는 힘이 운명을 향해, 혹은 그것에 저항해 발버둥치는 데서 온다고 생각했소. 그 운명이란 게 신의 뜻이고 그 과정이 신의 섭리라고 믿었지. 그런데 나이가 들면서 생각이 바뀌었소."

"어떻게 말입니까?"

"믿을 것은 아무것도 없다고 말이오. 죽고 죽이고, 뺏고 빼앗기는 투쟁만 있을 뿐 신은 애초에 인간의 일에 관심도 없고 있다 해도 할 수 있는 것이 없소. 결국 세상을 바꾸는 건 서로 욕하고 싸우고 굶고 병들고 죽어가며 발버둥치는 인간들이오. 무언가가 바뀐다면 그것은 신의 뜻이 아니라 인간의 의지, 개개인의 욕망 때문이지. 그렇게 본다면 신의 말이라는 토라도 모호하기 짝이 없고 해석자의 필요에 따라 얼마든지 달라질 수 있는 거요."

"그럼에도 불구하고 이 시대에 위안을 줄 수 있는 건 믿음이 아닐까요? 인간이 선하며 세상이 더 나아진다는 믿음 말입니다. 유일신 여호와는 그런 인간의 의지가 집대성된 인식체계죠. 사실 여부와 상관없이 믿음 속에 실재하며 그들의 행위와 삶을 주관하고 있습니다."

누구도 그렇게 진지한 태도로 자기 말꼬리를 잡고 반박하는 사람은 없었다. 빌라도는 조롱당했다는 생각에 기분이 상했지만 내색하지는 않았다. 이 차갑고도 건방진 자를 자기편에 묶어둘 필요가 있었다.

"그럴지도 모르지. 하지만 단 하나뿐인 전능한 신이 있다 하더라도 난 그 존재를 달리 부를 거요. 그 신의 이름은 여호와가 아니라 인간의 의지이며 신의 섭리란 것도 우연이나 행운일 뿐이라고 말이오."

테오필로스는 고개를 끄덕였다. 알렉산드리아에서 만난

빌라도는 그저 거만하고 조급한 인물이었다. 그러나 오늘의 그는 뚜렷한 주관을 정제된 언어로 전달하는 능력과 상황을 자신에게 유리하게 관리하는 자신감으로 충만했다. 용광로를 방불케 하는 이 땅의 복잡한 정치, 경제, 종교적 상황이 그에게 유능한 행정관의 자질을 길러주었을 것이다. 희뿌연 모래바람이 광야로부터 몰려왔다.

"비라도 내렸으면 좋겠군. 이 열기를 식혀주고 소란을 가라앉혀 줄 테니까 말이야."

빌라도는 불룩하게 늘어진 잿빛 구름을 바라보며 중얼거렸다. 우기가 되면 붉게 범람하는 나일강과 화창한 로마의 햇살이 그는 못 견디게 그리웠다.

17

벤자민의 비통한 죽음에도 빵공장에는 유월절을 앞둔 설렘이 여전했다. 반죽공은 땀으로 번들거리며 부지런히 반죽을 치댔고 짐꾼들은 개미 떼처럼 바삐 포대를 져 날랐다. 팔뚝에 검은 털이 부숭부숭한 건장한 일꾼이 장작을 가득 실은 수레를 끌고 지나갔다. 중노동이 그들의 삶을 활력 있고 강건하게 고양시키는 것 같았다.

아궁이실에서는 흰 머리카락에 흰 수염을 지닌 노인이

불을 넣고 있었다. 아침나절에 본 가마실 장인이었다. 마티아스는 마른침을 삼키며 노인에게 다가섰다. 노인의 몸에서 장작이 타는 냄새가 났다.

"아직 무슨 할 말이 남았나?"

노인이 탐탁잖은 표정으로 돌아보며 물었다. 마티아스는 벤자민의 죽음에서 무엇을 놓치고 지나쳤는지 골똘히 생각했다. 벤자민 역시 앞서 일어난 두 사건의 피해자와 같이 예수의 패거리와 어떤 식으로든 관련이 있다는 생각을 떨칠 수 없었다.

"아이가 죽기 전에 기억나는 일을 말해줘요. 낯선 자가 찾아왔다거나 수상한 자가 얼쩡거렸다거나……."

건장한 일꾼 하나가 마른 장작을 한아름 안고 와 와르르 부렸다. 노인은 아궁이 안을 쑤석거리며 넋두리처럼 내뱉었다.

"특별한 일이라면 그 아이가 죽기 전이 아니라 3년 전이라 해야겠지. 나도 직접 본 건 아니지만 그 녀석을 두고 하는 말이 있었네. 믿을 수도 안 믿을 수도 없었지."

노인은 연신 장작더미를 아궁이에 쟁여넣으며 말을 이었다.

"1년 전 쯤, 녀석이 빵 만드는 일을 하고 싶다며 찾아왔네. 갈릴리의 티베리아스에서 어미와 살았다더군. 호수에서 고기 잡던 아비는 풍랑으로 죽은 모양이야. 왜 빵공장 일을 하고 싶냐고 물었지. 그랬더니 갈릴리 호반에서 있었던 이야기를 하며 예루살렘의 모든 백성을 먹이는 빵공장 장인이 되고 싶다더군."

"갈릴리 호반요? 거기서 무슨 일이 있었는데요?"

"아마도 갈릴리를 떠돌던 선지자를 만났던 것 같아. 예수라는 선지자가 티베리아스 호수 기슭에서 설교를 했는데 구름 같은 군중이 모였다더군. 풀밭에 앉은 군중은 장정만도 오천이 넘었다지. 지금은 거짓 선지자로 몰렸으나 녀석은 그가 정말 기적을 일으켰다고 확신했어."

뭔가 건졌다는 쾌감이 마티아스의 전신을 훑고 지나갔다. 노인은 자신의 이야기에 빠져들어 이야기를 이어갔다.

"벤자민은 기적을 행하는 마술사라는 구경거리를 쫓아 군중을 헤집고 앞으로 나갔어. 마침 해가 저물고 군중은 배가 고파왔던 모양이야. 그 많은 군중의 허기를 달래려면 이백 데나리온 어치를 사도 부족했을 텐데 말이야. 제자 중 하나가 '음식을 갖고 있는 사람이 있느냐'고 소리쳤어. 그때 벤자민이 마른 보리빵 다섯 개와 물고기 두 마리가 담긴 광주리를 열어 보였어. 제자 안드레가 '보리빵 다섯 개와 물고기 두 마리를 가진 아이가 있지만, 저렇게 많은 사람에게 무슨 소용이 있겠습니까?'라고 스승에게 하소연했어. 그분은 제자들에게 빵과 물고기를 나누어주라고 했다네. 그랬더니 광주리에서 보리빵과 물고기가 끝없이 나와 그자리의 모든 사람이 배불리 먹고 남은 조각이 열두 개의 바구니에 가득 찼다는 거야."

앞니가 빠진 노인의 이 사이로 바람이 휫휫 새어나왔다. 마티아스는 입을 삐죽거렸다.

"거짓말…… 엉터리 사기꾼의 새빨간 거짓말이에요."

"나도 처음엔 믿지 않았어. 하지만 온 예루살렘을 배부르게 먹일 빵을 만들겠다는 녀석의 청을 물리칠 순 없었어. 어쩌면 그 거짓말 같은 이야기에 흥미가 생겼는지도 모르지. 영악한 어린놈이 꾸며낸 거짓말일지도 몰랐지만 그 이야기가 은혜롭게 들렸거든."

"도대체 뭐가 은혜롭다는 거죠?"

"소금에 절인 작은 생선과 마른 보리빵은 가난하고 천한 사람이 먹는 값싼 음식이 아닌가? 가장 가난한 자의 양식을 5천 명이 나누어 먹었다는 거야. 자그만치 5천 명이라네. 그 아이는 자신의 보잘 것 없는 음식이 특별한 기적에 쓰였다는 사실에 자부심을 가지고 있었어. 틈이 날 때마다 몇 번이나 그 이야기를 했다네. 들을 때마다 거짓말이라고 생각하면서도 믿고 싶어지는 마음을 어쩔 수 없더군."

"그만둬요. 영감님은 그자의 거짓말을 진짜 믿기라도 하는 거예요?"

"그 이야기가 사실인지 아닌지 난 모르겠어. 하지만 진위와 상관없이 그분은 자신의 뜻을 큰돈을 가진 부자가 아니라 가난한 소년을 통해 보이신 게 아니겠나."

"그자의 속임수에 빠지지 않았으면 그 아이는 지금도 갈릴리 호반에서 잘살고 있을 거예요. 예루살렘에 올 일도 없었고 그럼 이렇게 참혹하게 죽지도 않았겠죠. 그런데도 그렇게 쉽게 말할 수 있을까요?"

"난 묻는 대로 대답했을 뿐이네. 그 아이가 겪었던 특별한 일에 대해서……."

노인이 변명처럼 말했다. 마티아스의 심정은 조급해졌다. 갓 캐낸 진실의 조각이 빛을 잃기 전에 다음 조각을 찾아야 했다.

18

가마실을 나온 마티아스는 다급한 걸음으로 거리를 가로질렀다. 길바닥은 수레가 지나간 바퀴 자국을 따라 가라앉아 있었다. 이동식 천막이 세워진 빈터를 지나자 남쪽 시가지가 이어졌다. 오물과 흙탕물이 악취를 뿜는 골목 안에 낮은 집과 초라한 가게들이 늘어서 있었다. 흙벽들은 안에 채워 넣어둔 갈대 뼈대가 드러날 정도로 마모되어 있었다.

마티아스는 담벽에 기대어 골목 끝 푸른 대문집을 노려보았다. 첫 번째 살인이 일어나던 날 성전수비대 본부에 잡혀왔던 장물아비 사울이 운영하는 전당포였다. 곧 한바탕 뒹굴어야 할 터라 마티아스는 바짝 긴장했다. 몽둥이에 뒤통수가 깨지거나 칼을 맞을지도 몰랐다. 이럴 줄 알았으면 조나단에게 병사 서넛을 붙여달라고 요청하는 것이 나았을까?

푸른 대문을 밀치고 들어서자 어둑한 실내에 나른한 적막이 흘렀다. 양탄자가 깔린 중앙 홀 맞은편에는 쇠창살이 보였다. 선반에 턱을 괸 소년이 무료하게 창살 밖을 내다보고 있었다. 열예닐곱쯤 되어 보였다. 탁자에 다리를 올리고 졸던 사울이 반쯤 눈을 뜬 채로 소리쳤다.

"여! 마티아스. 아직도 살아 있다니 반갑네. 자네처럼 명줄이 질긴 친구는 처음이야."

붉은 얼굴을 쥐어짜 웃으며 다가오는 사울에게서 시큼한 술냄새가 풍겼다. 반쯤 벗겨진 그의 커다란 머리는 우둘투둘했고 목은 두툼했다. 큰 곰을 연상케 하는 그는 엄청난 덩치만으로도 위압감을 주었다. 그러나 좁고 아래로 처진 어깨뼈를 보면 싸움꾼이 아니라 영락없는 장사꾼이었다. 그런 음험한 밀거래자들을 다루는 데는 조금 거친 방식이 필요했다.

"그래. 나도 반가워. 그럼 일단 좀 맞고 시작할까?"

마티아스는 그 자리에서 뛰어올라 몸무게를 실어 사울의 턱을 갈겼다. 그리고 휘청하는 사울의 두둑룩한 배를 걷어 찼다. 장물 밀거래업자가 벌렁 나자빠지며 나무 의자가 우지끈 부러졌다. 사울은 배를 움켜쥐고 바닥을 데굴데굴 굴렀다. 마티아스는 사울의 턱뼈에 쓸려 얼얼해진 주먹을 문질렀다.

"이봐! 마티아스! 제발 말로 하자고 말로…… 도대체 나한테 왜 이러는 거야?"

사울은 뒤룩거리는 몸통을 고슴도치처럼 웅크리고 소리쳤다. 마티아스는 대답 대신 사울의 멱살을 잡아 부서진 의자에 던졌다. 놀란 눈으로 그 모습을 지켜보던 심부름꾼 소년이 황급히 쪽문으로 달려나갔다. 마티아스는 허리춤에서 포박용 삼나무 밧줄을 꺼내들었다.

"널 벤자민 살해범으로 체포할 거야."

"벤자민이라고? 난 그런 애 몰라. 그런 이름은 들어본 적도 없어."

손목을 비틀린 사울이 하소연했다. 마티아스는 지글거리는 두 눈으로 사울을 노려보았다. 거짓말. 그에겐 사울이 벤자민을 알고 있다는 두 가지 증거가 있었다. 첫째, 벤자민을 모른다면 사울은 결코 애라는 호칭을 입 밖에 낼 수 없었을 것이다. 둘째, 예루살렘에는 벤자민이라는 이름이 부지기수였다. 마티아스만 해도 알고 지내는 벤자민 서너 명을 어렵지 않게 댈 수 있을 정도였다. 그런데 그렇게 흔한 이름을 들어본 적도 없다고?

"사울. 잘 들어. 그리고 충분히 생각한 후에 말해. 거짓말을 하면 네가 그 아이를 죽인 게 되니까."

"마티아스. 자넨 날 잘 알잖아. 나도 널 잘 알고. 난 궁지에 몰린 널 몇 번씩이나 도왔어. 네가 전쟁터에서 죽은 로마군인에게서 벗겨온 황금 귀걸이와 반지, 그리고 파르티아 놈들의 황금 머리장식을 비싼 값에 사주었잖아."

"그렇다고 사람을 죽인 걸 못 본 척할 수는 없어."

마티아스는 사울의 두 눈을 파먹을 듯 쏘아보았다. 사울은 울음 섞인 목소리로 애원했다.

"그래. 마티아스. 네가 아는 것처럼 난 악랄한 고율 환전상이고 훔친 금붙이를 사는 장물아비야. 그렇지만 살인자는 아니야. 절대 아니라고."

마티아스는 들은 척도 않고 그의 멱살을 잡아끌었다. 그리고 품에서 벤자민의 팔찌를 꺼내 사울의 눈앞에 들이댔다. 불에 그을린 팔찌는 광택이 죽었고 한쪽이 녹아 찌그러져 있었다. 사울의 얼굴에 두려움이 떠올랐다.

마티아스는 말없이 느린 걸음으로 창가로 다가섰다. 자신은 급할 것이 없고 시간이 무한히 남아 있다는 듯 여유로운 동작이었다. 사울에게 생각할 시간을 주는 것 같기도 했다. 궁지에 몰린 범죄자들은 상대의 여유로운 모습에 애가타는 법이었다. 마티아스는 천천히 사울에게 돌아왔다.

"네가 범인이 아니라면 내가 묻는 말에 똑바로 대답해. 빵공장 직공 벤자민을 알지?"

사울은 잠시 망설이며 마티아스의 눈치를 살폈다. 벤자민이란 이름조차 모른다고 한 말이 걸렸다. 이제 와서 실토를 해도 진술의 신빙성만 의심받을 것이다. 마티아스는 다 이해한다는 듯 동정 어린 눈길로 사울을 채근했다. 한결 누그러진 마티아스의 태도에 안도한 사울은 조심스레 입을 열었다.

"반 년쯤 전이었어. 녀석이 제사장 제의복의 금단추를 들고 왔더라고. 난 예루살렘에서 소문난 장물아비지만 성전 장물은 취급하지 않아. 정말이야. 이 짓도 레위인들의 묵인 아래서 하는 일인데 훔쳐낸 물건을 사들이다가 들키면 그날로 장사 끝이거든."

심부름꾼 소년이 물에 적신 수건을 들고 돌아왔다. 마티아스는 물수건을 낚아채 사울의 얼굴에 집어던지며 빽 소리를 질렀다.

"쓸데없는 소리 말고 그 아이에 대해서 아는 걸 말해!"

"성전에서 훔쳐낸 물건이겠거니 하고 손목을 비틀었더니 녀석이 절대 훔치지 않았다고 딱 잡아떼더군. 자신은 성전에 빵을 배달하는 직공인데 빵을 전해준 어떤 제사장이 선물로 주었다는 거야. 그때부터 종종 녀석이 성전 물건을 가지고 왔어. 나야 뭐 좋은 물건을 사들이는 게 일이니까 자연스럽게 단골손님이 되었지. 그게 전부야. 그 이상도 이하도 없어. 그런데 그 아이가 죽었다고 했나?"

사울은 흐르는 코피를 닦아내며 물었다. 마티아스는 고개를 끄덕이며 되물었다.

"녀석 물건이 탐낼 만한 것이었나?"

"조그만 금단추로 시작되더니 점점 선물이 커지더군. 나중에는 성전 제물들까지…… 짭짤한 물건이었어. 성전 물건은 함부로 반출이 어려워 부르는 게 값이거든."

"최근에 특별한 물건은 없었나?"

"전에는 촛대나 제기를 들고 왔는데 얼마 전부터 로마군인의 물건을 들고 왔어. 전쟁터에 나가는 군인이 지니는 부적 같은 거 말이야. 황금 반지나 금실로 짠 투구 내피 같은 건데 마누라가 살아 돌아오라고 만들어주지. 순금이니까 우리한테야 더할 나위 없는 물건이지. 녹여서 팔면 두세 배는 남겨먹을 테니까…… 아…… 근데 그 아이가 죽었단 말이지……."

사울은 심드렁한 표정으로 입맛을 쩝쩝 다셨다. 마티아스는 골똘히 생각에 잠겼다가 그에게 다가들었다.

"그 아이가 마지막으로 이곳에 온 것이 언제였지?"

"보름 정도 됐을 거야. 그렇지 않아도 은근히 그 녀석을 기다렸는데……."

마티아스는 사울의 손목에서 밧줄을 풀어주었다.

"난 살인자가 아니지? 확실하게 증명된 거지?"

사울은 비로소 안도한 듯 히죽 웃었다. 마티아스는 대답 대신 발길로 문짝을 걸어찼다. 좁은 골목에 햇살이 쏟아졌다. 바람은 먼지를 머금고 있었고 공기에는 양의 피비린내가 섞여 있었다. 등 뒤에서 사울이 퍼부어대는 푸념이 달려들었다.

"젠장. 큰 손님 놓쳤네. 어떤 새끼가 개를 죽였을까? 그런 물건 잡기 쉽지 않은데……."

마티아스는 사울에게 조금 미안했다. 체포하겠다고 겁을 준 건 거짓말이었다. 조나단은 그에게 누구를 체포하라는 지시를 내린 적이 없었고 그럴 권한도 주지 않았다. 그의 임무는 살인의 증거를 수집하고 살인자를 추적하는 일이었다. 딱 거기까지였다. 하지만 진실을 들으려면 그 방법밖에 없었다. 어쨌든 성과는 있었다. 그것이 무엇인지 아직은 확실치 않지만.

19

올리브 가지와 포도 덩굴 조각으로 장식된 솔로몬 행랑의 기둥머리가 황금빛으로 빛났다. 줄지어 선 예물 장수들의 수레 옆에서 환전상과 고리대금업자들이 빠르게 말을 내뱉었다. 어둑한 행랑 그늘은 몰려드는 순례자로 붐볐다. 그들은 멀리 갈릴리와 여리고에서 먼지바람을 헤치며 왔고, 페니키아와 로마, 그리스와 시돈에서 풍랑을 뚫고 왔다.

떠돌이 주술사는 이방인의 뜰에 모인 순례자들 사이의 가장 뜨거운 화젯거리였다. 더 정확히 말하면 사람들의 관심사는 그가 아니라 그가 일으켰다는 기적이었다. 모든 순례자가 그의 기적을 보기를 원했고 그의 축복을 받기를 원했다.

테오필로스는 평생 책상물림으로 얻은 고질병인 굽은 등과 앞으로 쭉 뻗은 거북목을 하고 주저앉아 있었다. 현장에 남은 살인의 단서들을 찾아 밤새 고문서를 뒤졌지만 해답은 없었다. 마티아스 또한 벤자민의 장신구 출처를 확인한 것 말고는 별 소득이 없었다. 서로에게서 새로운 정보를 기대했던 그들은 짧은 눈인사를 나누고는 침묵에 잠겼다.

그때 행랑 저편이 시끌시끌해지기 시작했다. 테오필로스는 굽을 등을 반듯이 펴고 소란이 일어난 쪽을 바라보았다. 행랑 반대편에서 한 무리의 사내들이 숨을 몰아쉬며 다가왔다. 나사렛 사내와 그의 추종자들이었다. 거침없는 그들의 발걸음은 곧 무슨 일이 일어날 거라는 강한 예감을 몰고 왔다.

땀에 젖은 머리를 어깨까지 늘어뜨린 예수의 눈동자는 분노로 이글거렸다. 그는 군중들을 헤치고 주저 없이 양과 비둘기를 파는 제물 상인들의 매대를 들어 엎기 시작했다. 새장 속의 비둘기들이 파닥거리고 양들이 우리 안을 몰려다니며 울어댔다. 먼지와 비둘기 깃털이 날아오르고 매캐한 새똥 냄새가 코를 찔렀다.

"뭐야? 누가 저 새끼 좀 막아!"

겁을 먹은 환전상들이 몸을 웅크리며 소리쳤다. 군중들과 제물 상인들이 휩쓸려 한쪽으로 쏠리는 바람에 소란이 일어났다. 만인이 기도하는 성결한 성전 행랑을 난장판으로 만든 그에게 군중은 경악했다.

"거룩한 성전을 모욕한 놈의 턱을 부수어놓겠어요."

마티아스는 소맷자락을 걷어붙였다. 테오필로스는 마티아스의 팔을 움켜잡았다.

"기다려! 아직 확실한 건 없어. 그가 모욕한 건 성전이 아니라 환전상들일 뿐이니까. 좀 더 지켜보자고."

예수는 당연히 해야 할 일을 하는 사람처럼 망설임 없이 새장 문을 열어젖혔다. 좁은 새장 속에서 나는 법을 잊어버린 비둘기들이 어눌한 날갯짓으로 행랑의 처마에 앉았다가 뜰을 한 바퀴 크게 돌고 기드론 골짜기 쪽으로 날아갔다.

예수는 행랑을 따라 나아가며 환전상들의 의자를 넘어뜨리고 좌대를 엎었다. 진열대 위의 금속 장식과 유리잔이 바닥에 박살났다. 돌바닥에 와르르 쏟아진 동전들이 물고기 비늘처럼 반짝였다. 빌라도의 동전과 황제의 동전, 그리고 안티파스의 동전…… 돈을 줍느라 군중들이 몰려들었다. 예수는 숨을 힐떡이며 단호하게 소리쳤다.

"이것들을 여기에서 치워라. 내 아버지 집을 장사꾼 소굴로 만들지 마라. 나의 집은 기도하는 집이다. 그런데 너희들은 그곳을 강도 소굴로 만드느냐?"

마티아스는 마른 입술을 혀로 핥았다. 내 아버지의 집? 그럼 그는 거룩한 성전을 자기 집이라고 주장하는가? 이 성전 주인이 아버지라면 자신이 여호와의 아들이라는 것인가? 그처럼 견줄 데 없는 신성모독과 위험한 도발이 어디 있단 말인가?

군중들 사이에서 예수의 도발적 언사를 향한 비난이 간간이 터져나왔다. 그러나 그들의 눈은 예수가 일으킬 기적을 간절히 원하는 것처럼 보였다. 죽은 사람을 살리거나 앞 못 보는 사람과 병자를 치유하거나 예루살렘에서 로마군을 몰아내는 놀라운 기적이 아니라도 좋았다. 무모한 갈릴리 젊은이가 무슨 일이든 저질러만 준다면 그들은 기적으로 받아들일 준비가 되어 있었다.

"놈을 신성모독으로 잡아 십자가에 매달아야 마땅해요. 그런데 성전수비대원들은 뭘 하고 있는 거죠? 왜 저자의 패악을 뻔히 보고도 체포하지 않는 거죠?"

마티아스의 말은 성전수비대에 대한 비난에 이르자 거의 고함처럼 들렸다. 테오필로스는 햇살에 거무데데하게 탄 이마를 긁적이며 말했다.

"어쩌면 그게 저자가 원하는 걸지도 몰라. 신성모독으로 돌에 맞아 죽거나 십자가에 매달리는 것 말이야. 그를 죽여서 영웅으로 만들어주고 싶어?"

그들이 대화를 나누는 동안에도 예수는 제물 상인들을 행랑에서 밀쳐내고 있었다. 마티아스는 예수만큼이나 흥분한 표정으로 소리쳤다.

"그럼 저자를 저렇게 날뛰도록 내버려두라는 건가요?"

"성전수비대는 어쩌면 그가 더 난폭해지기를, 더 큰 혼란을 일으키고 더 용서받지 못할 죄를 저지를 때를 기다리는지도 몰라."

"그건 무슨 소리죠?"

"그자는 율법의 권위를 무너뜨리고 율법사의 오류를 지적하며 자신의 정의를 펼치려 하고 있어. 그렇기 때문에 일부러 논쟁을 유발하고 격렬한 행동으로 성전에 도전하는 거야. 그러니까 성전 고위층은 절대 그의 죽음에 관여하려 들지 않을 거야. 그가 갈릴리 출신이니 갈릴리 분봉왕 안티파스에게 재판을 맡기거나 아니면 빌라도 총독에게 떠넘길수도 있겠지."

계획된 행동인지 우발적 소동인지는 확실치 않지만 그가 일으킨 소동의 이면에는 분명한 메시지가 있었다. 환전상과 제물상을 행랑에서 내쫓은 그의 행위는 사두개파와 바리새파에게 동시에 던진 경고였다. 제물 상인은 대부분 바리새인이었고 환전상은 사두개파가 다수인 산헤드린의 허가를 받은 자들이었다. 그것은 그들이 합법적으로 세금을 내고 있으며 그들이 아니면 순례자들이 당장 먹고 잠잘 돈을 바꾸지 못한다는 의미였다. 제물 판매와 환전을 막은 예수의 행위는 성전 권위에 대한 전면적 부정이었고 순례자를 불편에 빠뜨린 것은 산헤드린에 대한 정면 도전이었다. 그는 성전이 독점한 율법을 허물고 자신의 율법을 새로 세우려 하고 있었다.

테오필로스는 올 것이 왔음을 감지했다. 이 모든 소동을 미리 계획했다면 보통 치밀한 인물이 아니고 우발적으로 저질렀다면 무모하기 짝이 없는 자일 것이다. 그가 돌아올 수 없는 강을 건넜으니 이제 산헤드린도 물러설 곳이 없을 것이다.

20

마태가 체포된 후 제자들은 불안에 휩싸였다. 유월절이 시시각각 다가올수록 그들은 두려움 속에서 같은 질문을 되풀이했다. 언제까지 이 불안한 나날을 견뎌야 하나? 이 고통스런 여정 끝에는 무엇이 기다리고 있을까?

유다는 각진 턱을 매만지며 솔로몬 행랑에서 벌어졌던 소동을 되새겼다. 햇살 속에서 매대를 들어 엎던 스승의 노한 얼굴과 번득이던 두 눈. 놀란 군중들과 악의에 찬 바리새인들의 시선, 날아오르는 비둘기 떼와 양들의 울음소리, 돌바닥을 뒹굴던 동전 꾸러미들……

"아무리 생각해도 알 수가 없어. 선생님은 도대체 무엇을 계획하고 계시는 거지?"

창턱에 팔꿈치를 기대고 생각에 잠겨 있던 유다는 일행을 돌아보며 말했다. 좁은 방은 초조함과 긴장으로 터져나갈 것 같았다.

"선생님은 죽기를 작정하신 것 같아. 성전 소동은 우발적 행동이 아니라 성전 고위층을 자극하기 위한 의도적 도발이었어. 그자리에서 성전수비대에 체포되지 않은 게 다행이지."

방 안을 성큼성큼 오가던 야고보가 거칠게 대꾸했다. 그는 보통 사람을 압도하는 우람한 체격의 사내였다. 떡 벌어진 어깨에 걸걸한 목소리를 지닌 그를 사람들은 '우레의 아들'이라 불렀다.

"그뿐인가? 선생님은 중앙광장에서 빌라도 행렬을 세워 로마인까지 자극하셨어. 이 땅의 모든 파벌과 족속을 적으로 돌려서 얻는 게 뭐길래?"

도마는 곱슬곱슬한 턱수염을 쥐어뜯었다. 그는 이번 예루살렘 순례가 지금까지와는 전혀 다른 여정이 될 거라는 예감을 떨칠 수 없었다. 그들이 온 후로 예루살렘 한복판에서 소년 소녀들이 잇따라 죽어나갔다. 수사를 맡은 밀정이 의심을 품었고 급기야 마태는 성전수비대에 체포되는 지경에 이르렀다.

"얻는 게 무엇이든 성전을 모욕하고 제사장을 자극한 건 무모했어. 우리가 고작 이웃의 적이 되려고 먼지바람 속에서 발바닥이 터지며 선생님을 따른 건 아니었잖아? 그런데 선생님은 어째서 사랑하는 우리를 그런 위험에 빠뜨리려 하시는 걸까? 죽은 자를 일으키시는 메시아께서 이렇게 무모할 수는 없어. 분명 선생님께서는 무슨 생각이 있으실 거야. 그렇지 않아?"

다대오는 옷자락을 쥐어짜며 고개를 절레절레 흔들었다.

제자 중 누구도 대답하지 못했다. 그들은 이해할 수 없는 스승의 행위가 분명한 의도와 철저한 계획으로 이루어졌다고 믿고 싶었다. 그러나 그럴 거라고 확신하는 자는 아무도 없었다. 다만 그들은 스승에게 무슨 생각이 있을 거라는 막연한 기대를 접지 못했다. 하지만 도대체 스승이 어떤 일을 계획한다는 것인가? 스승의 도발이 의도적이었다면 무엇을 의도했다는 것인가? 저들의 비난을 받는 것? 살인자로 몰려 쫓기는 것?

"당장 성전으로 쳐들어가서 마태를 찾아와야겠어. 여호와께서 우릴 지켜주실 거야."

분을 가라앉히지 못한 야고보가 수염투성이 턱을 쳐들고

고함쳤다. 햇볕에 그을린 검은 얼굴이 흔들리는 촛불에 번들거렸다.

"개죽음 당하고 싶지 않거든 그만둬. 믿음은 쓸데없는 무모함과 달라. 우리 같은 자들은 제사장의 뜰에 올라서기도 전에 성전수비대 화살에 고슴도치가 될 거야."

어둑한 방구석의 좁은 계단참에 걸터앉아 있던 유다가 눈꼬리를 치켜세우며 코웃음 쳤다. 길고 가는 눈, 얇은 입술, 갸름한 유다의 얼굴은 거무튀튀하고 선 굵은 갈릴리 사내들과 달랐다. 창백한 그의 얼굴은 잔잔할 때조차도 거친 물살을 감춘 갈릴리 호수를 생각나게 했다. 그러나 지금은 출신지와 배경을 따지기보다 마태를 감옥에서 빼내는 게 급선무였다.

"야고보! 너희 형제는 성전수비대장 조나단을 잘 알지?"

수제자인 시몬 베드로가 이글거리는 눈으로 야고보를 노려보며 물었다.

"너희가 조나단을 만나서 부탁해봐. 네 집안은 성전에 많은 제물을 바쳐온 유력자니까 너희 말을 흘려듣지는 않을 거야."

베드로의 말대로 야고보와 요한 형제는 갈릴리에서 규모가 큰 어장을 경영하는 세베대 요한의 아들들이었다. 예루살렘 지도층 누구도 함부로 대할 인물은 아니었다.

"마태의 죄목은 살인죄야. 가벼운 도둑질이나 강도라면

몰라도 오히려 요한과 야고보 입장만 난처해질 거야."

도마가 의심 많은 작은 눈을 반짝이며 대꾸했다. 베드로가 그를 쏘아보며 힐난했다.

"지금은 누구라도 나서서 무엇이라도 해야 할 상황이야. 그게 두려운 겁쟁이라면 이 자리에 있을 필요도 없어! 언제까지 다락방 구석에 처박혀서 떨고 있을 거야?"

도마는 베드로의 거친 입심에 심사가 뒤틀렸지만 인정할 수밖에 없었다. 겁이 많아서 자꾸 의심하는지 의심을 거듭하다 보니 겁이 많아졌는지는 모르지만 그의 말은 사실이었으니까. 도마는 무언가를 믿을 수 있는 건 가진 자의 특권이라고 생각했다. 사람들은 믿음 안에서 안주하기를 원하지만 약한 자가 살아남을 유일한 도구는 의심이었다. 하지만 그의 의심은 동료들에게 곧잘 우유부단함이나 나약함으로 비쳤다.

"난 겁쟁이일지 모르지만 당신처럼 무모하진 않아. 사방에 감시의 눈초리가 번득이는데 무모하게 나서서 일을 그르칠 순 없어."

도마는 좁은 다락방을 뛰쳐나왔다. 미풍이 땀에 젖은 이마를 식혀주었다. 멀리 감람산 너머로 순례자 행렬이 구불구불한 띠처럼 펼쳐진 길을 따라 예루살렘 쪽으로 흘러갔다.

도마는 베어진 올리브 나무 등걸에 주저앉아 스승의 다락방을 바라보았다. 모든 사람을 사랑하라고 말했던 스승이 모든 사람의 적이 되고 만 것인가? 로마 압제에서 이 민족을 구할 메시아가 한갓 성전 권위에 반하는 무모한 자로 전락한 것인가?

그는 마태가 누명을 쓰고 잡혀갔다고 믿었다. 그러나 마음 한구석에서는 그것이 누명이 아니라 사실일지 모른다는 의심을 지울 수 없었다. 마태는 스승의 기적과 말씀, 그리고 각 제자의 과거까지 캐묻지 않았던가?

그는 항상 잉크통과 서판, 서침과 글자를 긁어 지우는 칼, 값싼 두루마리를 지니고 다녔다. 밤이 되면 무릎 위에 서판을 펼치고 깨알 같은 글씨를 양피지에 새기기도 했다. 그는 왜 그토록 쓸데없는 것들을 캐묻고 기록했을까?

일자무식인 도마는 기록을 읽을 수 없었기에 더욱 마태가 의심스러웠다. 마태가 성전수비대 밀정은 아닐까? 그렇다면 스승의 일거수일투족을 적은 양피지는 이미 성전수비대에 넘어갔을까? 마태가 성전수비대에게 체포당한 것도 밀정이라는 의심을 불식시키기 위한 눈속임이 아닐까? 생각을 거듭할수록 의심은 짙어졌다.

도마는 딱딱한 정원 난간에 이마를 대고 식혔다. 등 뒤에서 부드러운 발자국 소리가 났다. 흰옷을 입은 여인이 맞은편 난간에 기대어 있었다. 음영이 뚜렷한 콧날과 꼭 다문 입술이 단호한 인상을 주었다.

"마태는 결백하니까. 곧 돌아올 거야. 소녀들을 죽인 자는 꼭 밝혀질 거고."

결연한 마리아의 목소리에도 도마는 극도의 불안에서 헤어나오지 못했다. 마태를 옭아맨 올가미가 언제 자신을 덮칠 지 알 수 없었다.

"성전수비대가 집 안까지 들이닥쳤으니 마태뿐 아니라 모두가 위험에 노출된 것이 기정사실이야. 그런데 누가 어떻게 마태의 결백을 증명하고 진짜 살인자를 밝힌다는 거지?"

"더 이상 보고만 있을 수 없어. 그 사람을 만나야겠어."

도마의 두려움을 읽은 마리아가 말했다. 잘 가꿔진 무화과 나무 가지가 청량한 바람에 살랑거렸고 달콤한 향기가 났다.

"그 밀정 놈? 조나단의 *끄나풀* 말이야? 협잡과 배신으로 하루하루 연명하는 간악한 자를 만나서 뭘 어떡하겠다는 거지?"

"도마! 나 또한 그와 다를 것 없는 인생이었어. 우리 모두 그랬지. 손가락질 받는 세리였고, 무식한 어부였고, 시카리를 휘두르는 열심당 졸개였어. 떠돌이였고, 고집불통이었고, 천대받는 여자였지. 하지만 지금의 나는 나 자신을 믿게 되었어."

'천대받는 여자'라고 말할 때 그녀의 목소리가 떨렸는지 그렇지 않은지 도마는 알 수 없었다. '천대받는 여자'가 무엇을 뜻하는지도 확실치 않았다. 그녀가 한때 매춘부였다는 소문을 뜻하는지, 아니면 단지 여자이기 때문에 천한 인생을 자처하는 것인지.

힘들게 과거를 고백하는 기색이 아니어서 그녀가 매춘부였다는 소문을 도마는 믿을 수 없었다. 그녀의 당당함이 마치 죄를 통해 완성된 것처럼 느껴질 정도였다. 생각해보면 떳떳한 그녀의 태도는 자신의 죄를 용서받았다는 확신에서 온 것처럼 보였다. 실제로는 그렇지 않을지 몰라도 적어도 그녀 자신은 그렇게 믿는 것 같았다. 그녀는 부도덕했지만 부도덕한 자신을 증오했고 한때 방탕했지만 그 죄를 씻기를 원했다.

옳다고 강변할 수는 없었지만 도마는 그녀가 창녀의 얼굴을 가진 천사라는 생각이 들었다. 어쩌면 그 반대일 수도 있었다. 누구도 전적으로 순결하지 않은 것처럼 완전한 악한도 없을 테니까. 청빈하면서도 탐욕스럽고 겸손하면서도 오만한 것이 인간의 속성이니까.

"믿음과 현실은 달라. 믿음으로 현실을 견딜 수는 있지만 믿음이 현실을 바꿀 수는 없어."

도마의 항변에 그녀는 미소를 지었다. 마치 기억나지 않는 꿈을 떠올리는 것 같았다. 도마는 그 미소가 자신을 향한 것이기를 갈망했다.

"현실을 못 바꾼다면 우리 자신을 바꾸어야 하겠지."

그녀는 말을 남기고 발걸음을 돌렸다. 도마는 그 목소리가 차분하다 못해 냉혹하다는 생각이 들었다. 그럼에도 그 목소리는 어떤 곤혹스런 상황도 안전하게 빠져나갈 거라는 믿음을 주었다. 비록 그 믿음이 실현되지 못할 헛된 기대일 뿐이라 해도.

그녀가 정원을 가로질러 가는 동안 도마의 눈은 부드럽게 풀밭을 스적이는 그녀의 흰 옷자락을 좇았다. 마침내 그녀가 집 안으로 통하는 쪽문 너머로 사라진 후에야 그는 생각했다. 저 여인의 어디에서 이런 강단이 나오는 것일까? 선생님께서는 왜 열두 제자단에도 끼지 못한 이 여인을 그토록 아끼시는 것일까?

베드로는 뱃놈들에게 교태를 팔아먹던 그녀가 메시아를 홀리고 제자단 모두를 위험에 빠뜨릴 거라며 공공연히 분통을 터뜨렸다. 도마는 이 여인이 아름다운 육체로 스승을 유혹했다고는 믿을 수 없었다. 스승이 그녀의 유혹에 넘어갔다고 생각하기는 더더욱 어려웠다. 그렇다고 그런 일이 일어나지 말란 법은 없었다. 설사 그렇다 해도 도마는 이 여인을 미워할 수 없었다. 도마는 끊임없이 의심하면서도 의심에서 벗어나고 싶은 자기모순이 혐오스러웠다.

도마는 머리카락을 싸쥐며 다락방을 올려다보았다. 창밖을 내다보는 스승의 긴 머리카락이 바람에 날렸다. 바람 속의 스승은 외로워 보였다. 그 외로움을 자신이 위로하지 못할 것 같아 도마는 슬펐다.

21

해가 기울자 노을이 거룩한 도시를 수의처럼 감쌌다. 낮은 구릉과 흰 지붕은 황금빛으로 물들었다. 낮 동안 은빛으로 빛나던 올리브 잎들이 수만 개의 흑옥처럼 검은 빛을 발했다. 구불구불한 길과 골목 바닥이 하얗게 반짝였다. 해진 신발과 물집 잡힌 발바닥으로 절룩거리는 순례자들은 하룻밤을 묵을 방을 찾아 서성거렸다.

마티아스와 테오필로스는 어둑해지는 거리에 서서 꾸역꾸역 밀려드는 순례자들을 바라보았다. 경이로운 제전에 참례하기 위해 유월절마다 예루살렘을 찾았지만 테오필로스는 이 장려한 행렬을 이해할 길이 없었다. 돌판에 새긴 계명이 어떻게 한 민족의 생각과 행동과 말을 이토록 오래, 철저히 지배할 수 있는가?

그런 의문이 들 때마다 그는 신앙의 뿌리가 불가지성이 아닐까 하는 생각이 들었다. 인간이 신을 믿는 이유는 그 존재를 알 수 없고, 이해할 수 없기 때문이다. 충분히 이해할 수 있다면 그것은 신앙의 대상이 될 수 없으리라. 가장 믿을 수 없는 대상을 가장 믿을 수 없을 때에야 인간은 비로소 믿게 되는 것이다. 신앙의 속성이란 그토록 얼빠지고 불합리한 것이다. 그렇기 때문에 신을 믿는 행위가 더욱 숭고한 것이 아닐까?

그들은 몇 시간째 지겨울 정도로 사건을 다시 구성하며 의견을 주고받았다. 아무 의미 없는 단서, 바보 같은 추측이라도 상관없었다.

"왜 그 아이들이어야 했고 왜 그렇게 끔찍하고 기이한 방법이어야 했던 걸까? 마치 보란 듯이 징벌을 내린 것 같아. 그 아이들에게 무슨 죄가 있길래 그토록 끔찍한 징벌을 받아야 했을까? 그 아이들은 살인을 하지도 않았고 남의 물건을 강탈하거나 폭력을 휘두르지도 않았어. 그런데도 살인자는 정말 자신이 그들을 징벌한다고 생각했을까?"

테오필로스의 물음에 마티아스가 대꾸했다.

"징벌이 토라의 계율에 따른 거라면 살해 동기도 거기서 벗어나지 않을 거예요. 유대인은 먹을 때도, 잘 때도, 돈을 벌 때도 계율을 따라야 하니까요. 살인의 동기도 계율과 관계있을 거예요. 만약 그 아이들이 계율을 어겼다고 생각했다면요."

테오필로스는 고개를 끄덕였다. 토라 계율은 유대인의 삶을 규정짓는 유일하고도 절대적인 기준이었다. 토라 한 줄과 그에 대한 주석이 모든 일상을 규정했고 행동을 유도했고 삶을 통제했다.

"그렇게 어린 아이들이 계율을 어겼다고? 그런 계율이라면 누가 지킬 수 있지? 설사 계율을 어겼다 해도 그게 죽임을 당해야 할 정도로 중죄인가? 헬레나가 어긴 계율이 있나? 있다면 도대체 어떤 계율을 어긴 거지?"

테오필로스의 목소리는 격렬하게 갈라졌다. 화강암처럼 무거운 마티아스의 머릿속에 계명이 차례로 떠올랐다.

너희는 나 이외에 다른 신들을 네게 있게 말라. 너희를 위해 새긴 우상을 만들지 말라. 여호와의 이름을 망령되이 부르지 말라. 안식일을 기억하여 거룩히 지키라. 너희 부모를 공경하라. 살인하지 말라.

순간 마티아스의 두 눈에 힘이 들어갔다.

"일곱 번째 계명이에요. 너희는 간음하지 말라."

"헬레나는 죄를 지은 게 아니라 불쌍한 여자일 뿐이야. 징벌이 아닌 동정이 필요하다고. 그럼 벤자민은? 벤자민도 계명을 어겼나?"

"여덟 번째 계명, 너희는 도적질하지 말라. 그 아이는 성전 기물과 제사장들의 물품에 손을 댔고 그걸 내다팔았어요."

"그 사실을 어떻게 증명할 수 있지?"

"뒷골목 장물아비를 족쳤더니 아이가 성전 물건들을 팔아넘겼다더군요. 가마실 노인을 다시 찾아가 추궁해봤더니 그 아이가 착하고 성실했는데 손버릇이 나빴다고 실토했고

요. 일시적인 호기심이거나 순간적 실수일 수도 있겠으나 도둑질은 도둑질이죠."

"그럼 야이로의 딸은? 그 아이는 회당장의 딸인데다 계명을 어길 만큼 모난 아이가 아니었어."

"토라에는 안식일에 쉬라는 계명이 있어요. '안식일을 기억하여 거룩히 지키라. 엿새 동안은 힘써 네 모든 일을 행할 것이나 제 7일은 너희 하나님 여호와의 안식일인즉 너나 네 아들이나 네 딸이나 네 남종이나 네 여종이나 네 육축이나 네 문안에 유하는 객이라도 아무 일도 하지 말라. 이는 엿새 동안에 나 여호와가 하늘과 땅과 바다와 그 가운데 모든 것을 만들고 제 7일에 쉬었음이라.'"

테오필로스는 수염투성이 입가를 손으로 훔쳤다. 그는 마티아스가 토라에 지나치게 얽매인 나머지 사건을 말도 안 되는 쪽으로 끌고 간다고 생각했다. 이렇게 고지식한 녀석이 어디 있나? 어쩌면 이토록 순진하면서도 막무가내인가? 테오필로스는 딱한 표정으로 그를 바라보며 물었다.

"그 구절이 야이로의 딸과 무슨 관계가 있다는 거지?"

마티아스는 확신에 찬 어조로 대답했다.

"예수가 야이로의 딸을 고친 날은 안식일이었어요."

안식일은 십계명 중에서도 가장 중요한 계명이었다. 율법학자와 랍비들은 안식일의 의미와 수많은 세부사항을 두고 숱한 논쟁을 벌여왔다. 율법을 철저하게 지킬 것을 요구하는 바리새인은 안식일에 할 수 있는 일과 할 수 없는 일을 엄격하게 규정했다.

예를 들면 살림하는 여자는 안식일에 물통에 끈을 맬 수는 있지만 우물에서 물을 퍼 올릴 수는 없었다. 농사짓는 사람이 낡은 농기구를 손질할 수는 있지만 자루를 갈 수는 없었다. 빵을 먹는 것은 상관없었지만 빵을 구울 수는 없었다. 두통 때문에 식초를 먹을 수는 있었지만 토할 수는 없었다.

"율법이 아무리 중요하다지만 죽어가는 사람을 치료하는데 안식일을 따진다고? 도대체가 그게 무슨 말도 안 되는 얘기야? 일주일에 한 번씩 휴식의 범위를 규정함으로써 또 다른 의무를 강제하는 관습이라니. 그것이 신의 뜻이라니. 말도 되지 않는 얘기야."

"다른 도시라면 몰라도 예루살렘에서는 말이 돼요. 토라는 하나님과의 약속이자 반드시 지켜야 할 계율이거든요. 그리고 이곳은 알렉산드리아도 로마도 아닌 예루살렘이에요."

청년의 자긍심이 테오필로스는 부러웠다. 자신에게 없는 강력한 믿음이 그에게는 존재했다.

"나는 평생 진리를 찾아왔어. 아직도 진리가 뭔지 정확히 알진 못하지만 한 가지는 분명해. 한 사람이나 한 민족, 한 지역, 한 나라에서만 통하는 진리는 결코 진리가 아니라는 거지. 예루살렘에서 진리라면 알렉산드리아에서도 진리여야 하고 로마에서도 진리여야 해. 유대인에게 진리라면 로마인에게도 이집트인에게도 진리여야 하고."

이야기를 하면서도 테오필로스는 자신이 하고 싶은 말을 정확히 알 수 없었다. 로마인이 다른 민족보다 우월하다고 말하고 싶은 건가? 그건 아니었다. 마티아스가 단호하게 대꾸했다.

"여호와의 말씀은 유대인에게뿐만 아니라 세상 어디에서나 누구에게나 진실이에요. 다만 이방인들이 그 사실을 알지 못할 뿐이죠."

"내가 이해할 수 있도록 그걸 설명해줄 수 있겠나?"

마티아스는 침묵했다. 그럴 수 없기 때문이었다. 어떤 인간의 말로 여호와의 섭리를 설명할 수 있다는 말인가? 그럼에도 그는 분명하고 확실하게 알 수 있었다. 여호와의 존재를 느낄 수 있고 볼 수 있고 심지어 대화를 나눌 수도 있었다.

"그건 말로 설명되는 것이 아니에요. 그럴 필요도 없구요. 신실한 여호와의 아들이라면 태어날 때부터 알 수 있으니까요."

"그건 범인이 유대인이 아니라는 말과 다르지 않아. 안식일에 사람을 죽인 살인자는 가장 중요한 두 가지 계명을 동시에 어긴 셈이니 말이야. 첫째, 안식일을 기억하며 거룩히 지키라. 둘째, 살인하지 말라."

마티아스는 반박할 수 없었다. 그러나 살인자가 파렴치한 신성모독자나 그 추종자라면? 혹은 안식일 전날 늦은 밤에 아이를 죽인 후 다음날 새벽에 시체가 발견되도록 했다면?

"범인은 파라오의 재앙을 본떠 살인을 저질렀을지도 몰라요."

마티아스가 말을 이었다.

"유대인의 이집트 탈출을 막는 파라오에게 여호와는 열 가지 재앙을 내렸어요. 나일 강이 피로 변하는 첫 번째 재앙을 시작으로 개구리가 땅을 뒤덮고 가축이 전염병으로 죽어나가고 피부병이 번졌죠. 우박이 쏟아지고 사흘 동안 암흑 세상이 되고 마지막으로 이집트의 모든 맏아들이 죽는 재앙이 이어졌어요."

"그게 피살자들과 어떤 관련이 있다는 거지?"

"실로암 연못이 피로 물든 건 피로 더럽혀진 나일강이라는 첫 재앙을 모방한 것 같아요. 성전 문설주의 핏자국은 이집트의 모든 장자가 죽은 재앙을 떠올리게 해요. 니산월 10일에 어린 양의 피를 문설주에 발라 유대인의 집이라는 표식을 하면 그 집 아이는 머리털 하나도 상하지 않을 거라는 토라의 언약을 비웃은 거죠. 헬레나가 죽은 건 니산월 10일 이틀 전이었고 벤자민이 죽은 오늘은 니산월 10일이에요. 놈의 목적은 단지 살인이 아니라 토라에 의거한 징벌

같아요."

"하지만 벤자민의 피살 현장에는 파라오의 재앙과 관련된 어떤 증거도 없었어."

"사건이 일어난 시점 자체를 재앙으로 볼 수도 있지 않을까요? 가령 사흘 동안 밤마다 일어난 살인이 사흘간의 암흑을 의미한다면요?"

"그게 사실이라면 살인자는 토라를 구석구석 잘 알 뿐만 아니라 그것을 살인에 이용한 거야. 예루살렘에서 토라에 가장 정통한 사람들이 누구지? 성전 사제와 레위인, 바리새인 율법사들이야."

"율법을 수호해야 할 그들이 율법을 살인도구로 사용한다고요? 말이 안 돼요."

"그럼 뭐가 말이 되지?"

"그런 짓을 저지를 자는 하나뿐이에요."

"그게 누구지?"

"스가랴의 예언을 이용해 메시아를 자처하고 성전 행랑에서 소동을 벌인 자. 그 나사렛 사내가 율법을 이용한 교활한 책략으로 지도자들을 모함한다면요?"

"논리의 비약이라고 생각하지 않나?"

테오필로스가 이마에 깊은 주름을 지으며 되물었다.

"봐요. 피살자들은 하나같이 그 떠돌이와 관련이 있어요. 간음한 헬레나는 돌에 맞아 죽기 직전 그의 도움으로 살아났고 야이로의 딸은 그의 치유로 죽음에서 소생했죠. 벤자민은 보리빵 다섯 개와 물고기 두 마리로 5천 명을 먹인 기적의 증인이라고 알려졌고요. 문제는 그게 기적이 아니고 그들이 예수의 사기극에 동원된 자들이라는 거예요."

"그들이 왜 체험하지도 않은 기적을 증언했다고 생각하는 거지?"

"유명해지거나 부자가 되고 싶었겠죠. 그자에게서 어떤 대가를 받았거나 아니면 협박을 당했을 수도 있고요."

"그런데 이제 와서 예수가 자신의 추종자들을 차례로 죽여야 할 이유가 뭐지?"

"서로에게 약속한 반대급부가 충족되지 않아 신뢰관계가 깨졌다면요? 가령 거짓말의 대가로 약속한 돈을 주지 않았거나 유명해질 거라는 약속이 지켜지지 않자 피해자들이 비밀을 폭로하겠다고 나섰을 거예요. 할 수 없이 그들의 입을 단속해야 했겠죠."

마티아스는 바닥에 침을 뱉고 여인의 뜰로 들어섰다. 문을 지키던 수비대원이 창끝을 겨누며 뒤따르던 테오필로스를 제지했다.

"이방인의 뜰은 이곳까지요."

테오필로스는 발걸음을 멈추었다. 문을 지나면 여인의 뜰이었다. 할례 받지 않은 이방인은 결코 밟을 수 없는 신성한 구역. 마티아스의 재빠른 발걸음을 쫓느라 테오필로스의 숨은 턱에 닿아 있었다. 차갑게 식은 문설주에 기대어 헐떡이며 테오필로스는 멀어지는 청년의 뒷모습을 지켜보았다.

22

감옥으로 돌아온 마티아스는 차가운 바닥에 지친 몸을 뉘였다. 밤잠을 설친데다 온 예루살렘을 헤집고 다니느라 몸이 쇳덩이처럼 무거웠다. 이틀 동안 자지 못한 두 눈이 따끔거렸다. 잠을 청하려니 감각이 너무 날카롭고 깨어 있기에는 몸을 가누지 못할 정도로 지쳐 있었다.

그는 무겁게 내려앉는 눈꺼풀을 애써 치켜뜨고 생각을 이어갔다. 피살자들의 죽음은 하나같이 파라오에게 내린 징벌을 떠올리게 했다. 그들의 죽음이 징벌을 의미한다면 단순히 율법을 어긴 것이 그들의 죄였을까? 아니면 그들이 예수와 관계있다는 사실이 형벌의 이유였을까? 그것도 아니면 그들이 예수와 결탁해 거짓 기적을 증언한 데 대한 징벌이었을까? 그렇다면 누가 그 징벌을 내렸을까? 로마 주둔군? 미치광이 순례자? 성전수비대? 예수는 정말 연쇄살인과 연관이 없을까? 그렇다면 왜 당당히 결백을 주장하지 않을까?

어디선가 거친 숨소리가 들려왔다. 침침한 옆 감방에서 한 사내가 다가와 쇠창살을 감아쥐었다. 길고 흠 없고 마디가 가는 손가락이었다.

"살인자는 따로 있었군. 결백한 사람을 살인자로 몰아댄 잘난 밀정 말이야."

사내의 찢어진 입술에서 피가 배어나왔다. 헝클어진 머리카락, 멍든 광대뼈, 부어오른 눈두덩…… 레위 마태였다.

"그래. 우린 모두 살인자야. 우리가 이곳에 온 이유가 그것 말고 뭐가 있겠어?"

마티아스는 수긍했다. 그러나 차이가 없는 것은 아니었다. 자신의 살인이 충동적이었던 반면 마태의 살인에는 상상력이 개입되어 있었다. 그럼에도 살인은 살인이었다. 더 잔혹한 살인도 덜 비극적인 살인도 없었다. 그들은 용서받을 수 없는 짓을 했으며 용서를 구할 자격이 없었다. 마티아스는 자신의 죄로부터 도망치고 싶지 않았다. 그러나 마태는 다른 것 같았다.

"틀렸어. 난 사람을 죽이지 않았으니까. 넌 멀쩡한 사람을 살인자로 몰았어."

마티아스는 코웃음을 쳤다. 모든 범죄자는 결백을 주장하는 법이니까. 그가 감방으로 보낸 자들은 하나같이 억울하다고 하소연하며 죄를 부인했다. 그중엔 정말 억울한 자도 없지 않을 것이다. 만에 하나 마태가 결백하다 해도 마티아스의 관심사는 아니었다. 그런 건 재판정에서 판가름 날 것이다. 중요한 점은 그가 피살자들의 죽음에 관한 실마리를 쥐고 있다는 사실이었다. 마티아스는 정색하고 말했다.

"소녀는 죽기 전 널 마지막으로 만났고 현장에서 네가 화대로 건넨 갈릴리 동전이 발견되었어."

"날 토끼처럼 몰아 네놈 덫에 걸리게 하려는 모함일 뿐이야. 난 네가 꾸미고 있는 음모를 알아. 내가 아니라 우리 선생님을 노리고 있지만 그분에겐 죄가 없어."

마태는 울대를 들썩이며 소리쳤다. 마티아스가 비아냥거렸다.

"너의 선생? 물을 포도주로 바꾸었다는 거짓말로 사람을 홀리는 사기꾼? 그래. 그자가 예루살렘에 오던 날부터 살인이 일어나기 시작했지."

"그분을 욕되게 하지 마. 그분의 지혜를 나같이 하찮은 자가 옮길 수 없고 그분의 말씀을 내 짧은 혀로 설명할 길이 없으니까."

"그게 바로 속임수야. 이 순진한 작자야! 넌 철저히 이용당했어. 그자는 메시아가 아니라 신성모독자란 말이다."

자신을 자극하려는 의도를 알아차린 마태는 침착하게 대꾸했다.

"그분이 나처럼 하찮은 자를 이용하셨다면 영광이지. 그는 신성을 모독하시는 것이 아니라 모독당한 신성을 다시 세우시려는 거니까. 그는 우리 모두를 구원하실 테니까."

단조로운 마태의 목소리는 자기 말을 진실로 믿고 있음을 보여주었다. 마티아스는 마태를 사로잡은 가짜 선지자의 사기술에 소름이 돋았다. 그는 마태의 얼굴에 침을 뱉었다.

"그 일을 하실 분은 간교한 나사렛 놈이 아니라 오직 한 분인 여호와뿐이야. 그리고 여호와께서는 그런 교활한 아들을 두신 적이 없어!"

일그러진 마태의 표정은 웃는 것 같기도 했고 우는 것 같기도 했다. 그는 스승이 어떤 사람인지, 자신이 왜 그를 이토록 따르는지 생각했다. 그제야 그는 자신이 스승에 대해 아는 것이 없다는 사실을 깨달았다.

스승은 수십 개의 얼굴을 지녔지만 어느 것도 그가 아니었고 그 모두이기도 했다. 세례요한 추종자들은 스승을 살아 돌아온 세례요한으로, 열심당원은 로마를 물리칠 반군 지도자로, 여자들은 자신을 돌보아줄 보호자로, 노인과 병자는 병을 고쳐줄 치유자로 받아들였다. 반면 스승을 두려워하는 자들은 예외 없이 그를 적으로 여겼다. 젊었든 늙었든 남자든 여자든 상관없이 그들은 스승을 경멸했고 증오했다.

마태는 그 많은 기대와 적의를 짊어지기에는 스승이 연약하다는 생각이 들었다. 스승의 고결한 태도조차 위태로워 보였으며 강인한 행동 또한 불안정해 보였다. 때로 스승은 자신에게 쏟아지는 수많은 바람과 기대에 휩싸여 길을 잃은 것처럼 보이기도 했다.

"레위 마태. 이곳에서 나가고 싶나? 그럼 지금부터 내가 하는 말 잘 들어."

마티아스가 말을 맺기도 전에 마태는 창살로 다가와 매달렸다. 마티아스는 차분하게 말을 이었다.

"네 말대로 범인은 따로 있는지도 몰라. 하지만 내가 밝혀줄 건 없어. 네 결백을 증명하려면 네가 아는 걸 불면 돼."

"내 결백을 증명하기 위해 죄 없는 선생님과 동료를 팔 수는 없어."

"넌 아무도 팔 필요가 없어. 성전수비대장께 건의해 널 풀어줄 테니 스스로 네 결백을 밝히면 돼."

"내가 어떻게 하면 되지?"

"넌 제자단의 서기니까 예수가 가는 곳이라면 어디든 따라갔고 그가 하는 말은 무엇이든 받아 적었어. 그에게 감화 받은 자와 주변 인물들을 따로 만나 기록하기도 했지. 그 기록을 내게 넘겨."

마태는 이 밀정이 자신에 대해 어디까지 알고 있는지 궁금했다. 세리 출신인 그는 제자단의 회계와 서기 직책을 동시에 맡은 것이 사실이었다. 그렇다고 순순히 사실을 인정할 수는 없었다.

"그런 기록은 없어. 설사 있다 해도 네게 보여줄 이유는 없어."

마태는 냉정하게 말하고 팔짱을 꼈다.

"이유가 없다고? 네가 쓴 기록 때문에 예루살렘에서 사람들이 죽어나가는데도?"

"사람들의 죽음이 내 기록과 무슨 상관이지?"

"죽어나간 아이들은 어떤 방식으로든 예수와 관계가 있어. 그들의 행적을 기록한 네 양피지가 살인명부가 되었단 말이다. 네가 살인용의자가 된 것도 따지고 보면 그 때문이고……."

마태는 그 말을 믿어야 할지 말아야 할지 갈피를 잡지 못했다. 그의 말대로 피살자들은 스승의 기적을 체험한 자들이었다. 스승의 행적과 자신의 기록이 그대로 살인의 길잡이가 된 것이다. 겁에 질린 마태는 입술을 잘근잘근 씹었다. 마티아스는 목소리를 부드럽게 가다듬었다.

"내 말대로만 하면 네게도 기회가 있어. 네 기록이 더 많은 사람이 죽어나가는 것을 막고 살인자를 쫓을 단서가 될 거라는 얘기야. 너와 네 스승에게 죄가 없다면 그것도 당연히 기록에 남아 있겠지. 살인자를 잡지 못해도 희생자를 구하지 못해도 그 양피지가 최소한 너희의 결백을 증명해줄 수는 있을 거야."

마태는 대답하고 싶었지만 그렇게 할 수 없었다. 이 밀정의 말을 믿는다면 앞으로 발생할지 모를 희생자를 구하고 스승과 제자단의 결백을 밝힐 수 있을 것이다. 하지만 그게 아니라면 자청해서 스승과 제자단의 모든 정보를 넘기는 셈이 된다.

"어떤 기록을 넘기라는 거지?"

"뭐든 좋아. 네 스승이 행한 기적과 특이사항, 제자들 동정…… 그래. 그자가 40일 동안 광야로 사라진 적이 있다지? 그 동안의 행적에 관해선 아는 사람이 없으니까 그걸 넘겨."

마태는 명백한 수락의사를 보이진 않았지만 적극적으로 거부하지도 않았다. 의도가 먹힌 것일까?

마태를 석방시키자고 하면 조나단은 불같이 화를 낼 것이다. 그러나 그의 기록을 입수할 수 있다면 그들 무리에 밀정 하나를 심는 것과 진배없다. 조나단이 그걸 모를 리가 없었다.

이제 살인자는 풀려나고 조사는 처음부터 다시 시작될 것이다. 마티아스는 더욱 면밀하고 신중하게 사건에 집중할 것이다. 아무리 현란한 수사로 포장하더라도 예수의 행적에 숨어 있는 거짓과 속임수를 낱낱이 찾아낼 것이다. 얽혔던 실마리는 풀리고 감춰진 의도는 모습을 드러낼 것이다. 살인자는 잡힐 것이다. 그리고 그는 이번 유월절을 무사히 넘길 것이다.

23

활짝 웃는 여인들의 하얀 이가 환하게 빛났다. 어둠 속에서 꽃이 피는 것 같았다. 어두운 골목 저편에서 한 사내가 빠른 걸음으로 다가왔다. 윤기 나는 곱슬머리, 얇은 입술, 사람들의 눈을 피해 푹 눌러쓴 두건…….

회칠한 벽을 따라 걷던 유다는 어둑한 골목을 조심스레 살폈다. 그러더니 붉은 피가 칠해진 문설주 아래로 빨려들 듯 사라졌다. 골목 어귀 석류 나무와 올리브 나무의 검은 윤곽이 뚜렷하게 떠올랐다. 잠자리를 찾는 순례자 몇이 해진 신발로 절룩거리며 골목 안을 서성였다.

한참 후 다시 골목에 모습을 드러낸 유다는 잰걸음으로 시가지를 가로질러 베다니로 가는 지름길로 접어들었다. 그는 예루살렘 뒷골목부터 내내 뒤를 밟는 수상한 발자국을 의식하며 바짝 긴장했다. 성전수비대일까? 로마군인일까? 아니면 밀정일까? 누구든 그는 오늘 상대를 잘못 골랐다. 유다는 그를 살려 보내지 않을 것이다.

베다니 마을 어귀에 당도한 유다는 빠른 걸음으로 모퉁이를 돌아 몸을 숨겼다. 유다는 얼음처럼 파란 눈으로 어둠을 쏘아보며 품속의 단도 자루를 잡았다. 수상한 발자국 소리는 조심스럽게 다가왔다.

뒤따라오던 사내가 모퉁이를 돌아서는 찰나 유다는 그의

목을 조르며 칼끝을 들이댔다. 사내의 목구멍에서 끽끽대는 소리가 새어나왔다. 유다는 사내의 목을 감은 손에서 힘을 빼고 달빛에 드러난 창백한 얼굴을 뜯어보았다.

"도마! 누가 동료의 뒤를 밟는 비열한 밀정 짓을 하라고 시켰지?"

유다는 기분 나쁜 듯 입맛을 다시며 도마의 목을 팽개쳤다. 도마는 붉게 달아오른 목덜미를 쓸며 야릇한 미소를 지었다.

"자네 뒤를 밟은 건 사실이지만 난 밀정이 아니야. 비열한 걸로 치면 제자단 공금을 빼내 사창가를 드나드는 짓이 더하겠지."

유다의 눈꼬리가 바르르 떨렸다. 기대어 선 돌벽의 냉기가 등줄기에 스몄다.

"난 공금에 손을 댄 적이 없어."

"네가 오래전부터 일행의 전대에서 돈을 빼내고 있다는 걸 알고 있어."

도마는 유다의 면전에 침을 내뱉었다.

"마태에게 들었군. 내게 회계장부를 빼앗긴 일로 마태가 앙심을 품고 있다는 걸 자네도 모르지 않을 텐데."

한때 세금을 걷어 로마에 바치던 마태와 로마군에 맞서 싸우던 열심당 유다는 로마인의 애완견과 그들을 물어뜯는 맹견처럼 어울리지 않았다.

유다를 꺼림칙하게 생각한 것은 마태뿐만이 아니었다. 제자들 대부분이 북쪽 갈릴리 출신인 반면 유다는 유대 최남단 가리옷 사람이었다. 반항적이고 격정적인 갈릴리 사내와 달리 가리옷 사람들은 냉정하고 계산적이었고 장사 기술과 회계법에 능숙했다. 유다의 계산 능력 또한 세리였던 마태의 실수를 지적할 정도였다.

유다가 마태와 장부 관리를 공동으로 맡은 후 도마는 그의 약삭빠름을 더욱 경멸하게 되었다. 심지어 유다는 마태가 살인혐의로 성전수비대에 체포되었다는 소식을 들었을 때도 놀라는 기색을 보이지 않았다. 마태가 무리에서 빠지면 회계장부를 통째로 차지하겠다는 속셈이었을 것이다. 제자 중에 도둑이 있다면 그놈이고 강도가 있어도 그놈이며 살인자가 있다 해도 그놈뿐이라고 도마는 확신했다.

"마태가 잡혀가고 예루살렘에선 매일 밤 사람이 죽어나가는데 공금을 빼돌려 사창가에서 노닥거리다니 잘 하는 짓이군. 발뺌할 생각은 마. 네가 코르넬리아네 집으로 들어갔다 나오는 것을 내 두 눈으로 똑똑히 보았으니까."

도마는 유다가 무슨 잔꾀를 쓸지 모른다고 생각하며 그의 말과 표정에 집중했다. 유다가 말했다.

"사창가에 간 건 맞지만 노닥거린 적은 없어! 네가 본 건 내가 코르넬리아의 집에 들어갔다가 나온 게 다야. 그 안에서 무슨 일이 있었는지는 네 눈이 본 게 아니라 네 머리가 생각한 것이겠지."

유다는 장어처럼 몸을 뒤틀어 질문을 빠져나갔다. 그에 겐 사실을 의도적으로 분절해서 복잡하게 만들거나 새로운 사실을 만들어내는 재주가 있었다. 그가 어이없을 정도로 간단한 말로 뻔한 사실을 왜곡하거나 자기주장의 허를 찌 를 때조차 도마는 분개하는 한편 놀랄 정도로 명료한 그의 논리에 매료되곤 했다.

"내가 그 집에 간 건 정보를 캐내기 위해서였어. 마태를 잡으러 왔다던 성전수비대 밀정 놈에 대해서 말이야."

유다는 흐린 눈썹을 움찔거리며 말을 이었다. 의심을 담 은 도마의 작은 눈이 반짝였다.

"오늘은 넘어가지만 네 행동을 지켜볼 거야. 또 의심받을 짓을 하면 정식으로 문제 삼겠어."

"다음에 내 뒤를 따를 땐 좀 더 거리를 두는 게 좋을 거 야. 여차하면 쥐도 새도 모르게 모가지를 그어버릴 테니까."

그 말은 그때까지 유다가 한 말 중에 가장 진실하게 들렸 다. 도마는 자신을 겨눈 칼끝이 닿았던 목에 손을 갖다댔다. 손가락에 묻어나온 끈적한 핏자국에 부아가 치밀었다.

"아무 데서나 칼질을 해대는 그 버릇 고치지 않으면 넌 제명에 못 뒈질 거야."

가래침과 말을 동시에 내뱉은 도마는 뒤도 돌아보지 않 고 어둠 속으로 사라졌다. 미지근한 바람에 개똥벌레 몇 마리가 차갑고 선명한 초록빛을 깜빡거리며 날아올랐다. 유다는 차가운 돌벽 모서리에 기대어 이마에 맺힌 땀을 훔쳤다.

예루살렘 뒷골목 여기저기에서 주워 모은 조각 정보와 코르넬리아의 증언을 끼워 맞추자 마티아스란 자의 정체가 어렴풋이 드러났다. 그는 버려진 아들이었고 속죄양을 잡는 성전잡역꾼이었고 가이사리아의 검투사였고 로마군 병사였으며 유곽촌 기둥서방이었고 뒷골목 싸움꾼이었으며 밀정이었다. 그리고 그는 살인자였다.

"마티아스란 자 말이야. 사람을 죽였다는 소문이 있던데……."

유다가 물었을 때 코르넬리아는 잠시 망설이는 기색을 보였다.

"뭘 알고 싶은 거지? 그가 사람을 찌를 때 웃었을까 하는 것? 죽어가는 사람이 그를 어떤 눈으로 쳐다보았는가 하는 것? 어떤 소리를 내며 죽었을까 하는 것?"

코르넬리아는 이마에 맺힌 땀방울을 손수건으로 훔치며 대꾸했다.

"난 살인자 마티아스가 아닌 인간 마티아스를 알고 싶을 뿐이야."

"마티아스는 변명하지도 용서를 빌지도 구원을 청하지도 않았어. 그는 다만 이해받고 싶을 뿐이었지. 하지만 누구도 그를 이해하지 못했어. 단 한 사람도 말이야."

유다는 그렇게 말하는 그녀의 입술을 주시했다. 그녀가 말을 이었다.

"마티아스가 죽인 자는 안토니 요새에 주둔하고 있는 로마군 백인대장이었어. 그자는 죽어 마땅한 인간이었거든."

"죽어 마땅한 인간이란 없어. 인간은 오직 여호와의 뜻에 따라 태어나고 죽는 거야."

"그자는 사람이 아니라 짐승이었어. 걸핏하면 자신이 사간 여자에 대한 불평을 늘어놓으며 돈을 도로 내놓거나 다른 여자를 내달라고 으름장을 놓았지. 그러다 수가 틀리면 주먹을 휘둘렀어."

코르넬리아는 잠시 주저하더니 이야기를 시작했다. 사건은 크라수스 도미니쿠스라는 로마군 백인대장이 코르넬리아를 윽박지르며 시작되었다. 자기가 산 미리암이란 여자가 게으른데다 귀신이 들렸다며 돈을 갈취하려는 트집을 잡았던 것이다. 코르넬리아는 돈을 돌려줄 테니 그녀를 보내달라고 했지만 그는 정신이 온전치 못한 소녀를 자신이 보호해야 한다며 거부했다. 방도를 찾던 코르넬리아는 마티아스를 불러 하소연했다.

크라수스 도미니쿠스의 집으로 달려간 마티아스는 자기 눈을 믿을 수 없었다. 초점을 잃은 눈동자, 멍든 눈두덩, 찢어진 옷자락과 채찍 자국…… 색바랜 양탄자에 웅크린 채 떨고 있는 미리암은 자신이 누구인지조차 모르는 것 같았다.

"잘 봐! 코르넬리아가 내게 미친 계집을 팔아넘겼어. 백
인대장을 속인 죄를 로마법이 어떻게 다스리는지 알겠지?
하지만 돈을 돌려주면 없던 일로 할 거야."

도미니쿠스는 뒤룩뒤룩한 배를 쓰다듬으며 뇌까렸다. 겁
에 질린 미리암은 마티아스에게 와락 달려들었다. 그녀의
팔뚝과 손아귀의 떨림이 피부를 통해 전해졌다.

"돈 얘기는 코르넬리아에게 가서 해. 이 아이를 데리고
나가야 돼서 난 좀 바쁘니까."

마티아스는 기진맥진한 미리암을 두 팔로 안아올렸다.
그녀의 몸이 생각보다 너무 가벼워서 놀랍기도 하고 가슴
이 아리기도 했다. 그녀는 있는 힘을 다해 마티아스의 옷자
락을 움켜쥐었다. 그녀의 하얀 손등에 푸른 핏줄이 부풀어
올랐다.

마티아스는 가능하면 조용히 일을 끝내고 싶었다. 그래
서 도미니쿠스가 그자리에 없는 것처럼 행동했다. 그를 자
극하지 않기 위해 그를 보지도 않고 말을 하지도 않고 그녀
를 안은 채 천천히 그곳을 걸어 나왔다. 마티아스가 문 앞
에 이르렀을 때 도미니쿠스가 앞을 가로막고 섰다.

"그 계집을 데려가든 모셔가든 내가 알 바 아니야. 그러
려면 돈을 내놓고 가야 한다는 거지."

도미니쿠스가 마티아스의 품에서 그녀의 팔목을 잡아 내
팽개쳤다. 마티아스는 날뛰기 시작하는 감정을 다스리며

로마인을 쏘아보았다. 엉거주춤 물러서던 도미니쿠스의 샌들이 양탄자 자락에 걸렸다. 당황한 놈은 육중한 몸을 비칠거리며 칼을 빼들었다.

마티아스는 두어 차례 칼날을 피했지만 도미니쿠스는 막무가내로 칼날을 휘둘렀다. 그러다 어느 순간 날카로운 고통이 왼쪽 어깨뼈를 파고들었다. 그는 자신도 모르게 달려들어 놈의 손목을 비틀었다. 도미니쿠스가 움켜쥔 칼날이 천천히 놈의 목으로 다가들었다. 마티아스는 점점 커지는 놈의 눈을, 핏발이 굵어지는 눈알을, 벌어지는 입을, 아무 소리도 내지 못하는 입술을, 푸른 핏줄이 불거지는 이마를, 삼키지 못한 채 입가로 흐르는 침 줄기를, 목에 걸려 헐떡이는 호흡을, 조용히 멎는 숨결을 물끄러미 바라보았다.

예루살렘 한가운데에서 일어난 로마군 백인대장 피살사건에는 미묘한 문제가 뒤따랐다. 누가 살인자를 체포하느냐 하는 것이었다. 먼저 출동한 로마군과 뒤이어 도착한 성전수비대 사이에 실랑이가 벌어졌다. 로마인 백인대장을 죽였으니 안토니 요새로 압송해야 한다는 로마 장교와 유대인이니 율법으로 다스려야 한다는 성전수비대의 다툼이었다.

결국 로마 속주에서 로마인이 피살되었으니 로마법에 의해 조사, 처벌한다는 칙령에 따라 로마군이 체포한다는 결정이 이루어졌다. 조나단은 유월절 전까지 살인자의 처형을 유보하며 조사가 필요할 경우 일시적으로 신병을 인도받을 수 있다는 조건으로 마티아스의 안토니 요새 압송에 타협했다.

용감한 청년이 탐욕스런 로마군인을 처단했다는 소문에 예루살렘 주민들은 열광했다. 경위가 어떻든 그 살인의 의미는 실현된 정의였으며 수행된 복수였다. 시민들은 모이는 곳마다 용감한 청년에 대해 이야기했고 열심당은 체포당한 청년의 탈옥 계획을 수립했다.

코르넬리아는 자신의 집에 드나들던 안토니 요새의 한 행정관을 구워삶아 마티아스가 갇힌 감옥을 찾아갔다. 오래 햇빛을 보지 못한 그의 얼굴은 창백할 정도로 흰 빛을 띠고 있었다. 코르넬리아는 그를 파멸로 몰아간 자신을 탓했다. 마티아스의 대답은 뜻밖이었다.

"미안해할 것 없어요. 코르넬리아. 모두 내가 죽을 거라고 생각하겠지만 그렇게 되진 않을 거예요. 조나단님이 말씀하셨어요. '마티아스, 일단 거기 가 있어. 아무도 널 어쩌지 못할 거야. 내가 널 빼낼 거야. 난 그 새끼들한테 돈을 멕일 거야, 계집도 붙여주고. 그래도 안 되면 그 새끼들 약점을 쥐고 흔들 거야. 그러니까 거기서 쉬면서 몸이나 만들고 있어.'"

마티아스는 감옥 안에서 매일 네 시간 동안 팔굽혀펴기와 윗몸일으키기, 제자리 뛰기와 앉았다 일어나기를 하고 있다고 덧붙였다. 물론 조나단이 약속을 지킬 거라는 보장은 없었다. 그런데도 마티아스는 자신이 살아날 거라는 사실을 한 치도 의심치 않았다. 왜냐고 묻는 코르넬리아에게 그는 대답했다.

"조나단님은 날 필요로 하고 난 그가 원하는 일을 할 거니까요. 그게 어떤 일이라도 상관없어요. 그 일을 하는 순간만큼은 저 같은 놈도 쓸모있는 존재가 되거든요. 그게 살인이든 도둑질이든 정탐질이든……."

마티아스는 말을 흐리더니 되물었다.

"그런데 그게 정말 세상에 도움이 될까요?"

그 질문은 코르넬리아가 아닌 자신을 향하고 있었다.

"석 달쯤 지나 다시 감방을 찾았을 때 마티아스의 몸은 더 단단해져 있었어."

코르넬리아가 말했다. 유다가 되물었다.

"혹시 그자가 미리암이란 여인을 사랑했나?"

"안토니 요새 감옥으로 찾아갔을 때 그는 미리암을 사랑했다고 말했어. 그러니까 나나 미리암이 미안해할 필요는 없다고. 하지만 그건 미리암과 나를 위한 선의의 거짓말이거나 자신의 살인을 정당화하기 위한 그의 착각일 거야. 그렇지 않고서야 어떻게 사랑을 약속한 적도 입맞춤을 나눈 적도 없는 여인을 사랑한다고 말할 수 있겠어?"

코르넬리아는 이야기를 하는 도중에 두어 번 눈물을 찍

어냈다. 유다는 이해할 수 없었다.

"사랑하지도 않는 여인을 위해 자기 목숨을 내놓는다고? 그토록 악랄한 밀정이 어떻게 그럴 수 있다는 거지?"

"그건 마티아스가 마티아스이기 때문이야."

"마티아스가 도대체 어떤 놈인데?"

"세상 누구보다 약삭빠르고 교활하지만 이해할 수 없을 정도로 멍청하고 무모한 사내지. 마티아스를 살인자라고 저주하는 자에게 나는 땅끝까지라도 쫓아가 말해줄 거야. 그는 가엾은 창녀에게 자기 목숨을 대신 내주었다고 말이야."

유다는 돈다발을 그녀 발치에 던지고 일어섰다. 밖으로 나서자 방향을 가늠하지 못할 어둠이 유다를 감쌌다. 유다는 모호함 속에서 길을 잃은 기분이었다. 놈은 잔혹하게 사람을 죽인 살인자인가? 아니면 죽음을 무릅쓰고 어린 소녀를 구한 순수한 자인가?

말이 될지 안 될지 모르지만 유다는 둘 다일 거라고 생각했다. 이곳은 하나의 얼굴만으론 살아갈 수 없는 예루살렘이니까. 선과 악이 공존하고 어둠과 빛이 함께하며, 신과 인간이 동거하는 도시, 옳은 것과 그른 것이 섞이고 진실과 음모가, 범죄와 속죄가 부딪치는 성읍이니까.

그렇게 생각하자 유다는 자신이 하고 있는 일이 옳은지 그른지 알 수 없었다.

제4일 - 1

네 번째 살인

화요일 — 유월절 사흘 전

예루살렘아! 예루살렘아! 선지자들을 죽이고 네게 파송된
자들을 돌로 치는 자여
　암탉이 그 새끼를 날개 아래 모음같이 내가 네 자녀를 모으
려 한 일이 몇 번이냐
　그러나 너희가 원치 아니 하였도다
—마태복음 23: 37

24

유월절을 사흘 앞둔 새벽, 완전무장을 갖춘 총독 직할 기
병대가 미명 속을 달리고 있었다. 기병대 후미에는 갑옷 대

신 토가 자락을 여민 테오필로스가 따르고 있었다. 평생 말 달리기에 익숙하지 않은 그는 흔들리는 말 안장 위에서 달려드는 바람과 모래먼지에 눈살을 찌푸렸다.

힌놈 골짜기를 빠져나올 무렵 어둠은 새벽빛에 스러졌다. 멀리 남쪽으로 펼쳐진 황무지에 우뚝 선 베들레헴-예루살렘 수도교 아래에 횃불 몇 개가 보였다. 수도교를 따라 질주하던 젊은 기동대장 루키우스 퀸투스가 왼손을 번쩍 들었다. 말들이 급하게 멈추어 서며 머리를 쳐들고 흔들었다.

말에서 내린 테오필로스는 땀에 젖은 말 등을 쓰다듬었다. 그는 먼동에 웅장한 윤곽을 드러낸 건축물을 올려다보았다. 맨 아래 대형 아치 일곱 개 위에 열두 개, 다시 그 위에 아치 스물네 개가 떠받치고 있는 3층 수도교였다. 까마득한 맨 위층 아치에 기이한 검은 물체가 매달려 흔들리고 있었다.

"누군가 수도교에 목을 맨 것 같습니다."

루키우스가 테오필로스의 표정을 살피며 말했다. 수도교는 로마 군단이 관할하는 제국의 기간시설이었다. 유대인 관할 구역이었다면 이렇게 버젓이 로마 기동병단이 출동하지 못했을 것이다. 현장에서 성전수비대와 조우한다면 관할권 다툼으로 골치 아플 것이 뻔했기 때문이다. 테오필로스는 텁텁한 입안을 혀로 훑으며 말했다.

"목을 맨 건지 목이 매인 건지 지금부터 알아봐야겠지."

대기하고 있던 기병대원 서너 명이 멀지 않은 곳에서 무언가를 발견한 듯 고양이처럼 날쌔게 움직였다. 거대한 아치 기둥 밑으로 달려간 그들은 누군가와 엎치락뒤치락 실랑이를 벌였다.

잠시 후 그들은 기둥 뒤에 숨어 있던 부랑자를 체포해 루키우스 앞에 팽개쳤다. 바닥에 꿇어앉은 사내는 눈두덩은 부어올랐고 뜯겨나간 옷자락이 너덜거렸다. 그는 고개를 들어 기병용 장창으로 목을 겨눈 대원을 쏘아보았다. 테오필로스는 의미심장한 미소를 지으며 턱수염을 쓸었다.

"아시는 자입니까?"

루키우스가 의아한 표정으로 물었다.

"알다마다. 마카베오 마티아스가 아니면 이 새벽에 제국의 기간시설에 숨어들 자가 누가 있겠는가? 그가 아니면 누가 정예 로마군 병사 넷을 혼자 상대하겠는가?"

테오필로스는 손가락으로 회색 곱슬머리를 빗어 넘기며 껄껄 웃었다. 마치 마티아스가 올 것을 예상이라도 하고 있었던 것 같았다.

"날 도와 살인사건을 조사할 자이니 풀어주시게. 사납지만 위험한 자는 아니네."

테오필로스는 까마득한 수도교에 매달린 시체를 올려보며 루키우스에게 말했다. 그러고는 오랜 조수에게 하듯 친근한 목소리로 마티아스를 돌아보며 말했다.

"어쨌건 올라가봐야겠군. 마티아스. 들것을 들고 따라오게."

그들은 거대한 아치 기둥을 감고 오른 돌계단을 올랐다. 까마득한 수로에 이른 테오필로스는 망설이지 않고 물속으로 뛰어들었다. 물은 종아리까지 차올랐다. 생석회와 모래를 섞은 시멘트 수로 바닥은 물풀로 미끄덩거렸다.

시체는 수도교의 아치 교각 사이 허공에 매달려 있었다. 덜겅거리는 뼈대에는 피에 젖은 튜닉이 걸레처럼 걸쳐져 있었다. 마티아스는 수로 내벽에 몸을 기대어 버티며 밧줄을 끌어올렸다.

마침내 난간 위로 모습을 드러낸 시체의 기이한 몰골에 마티아스는 숨이 막혔다. 두피 곳곳에 드러난 두개골, 알아보지 못할 만큼 엉망으로 뜯겨나간 얼굴. 발끝에는 역시 살점이 뜯겨나간 흰 발목뼈가 드러나 있었다. 훼손된 얼굴 때문에 정확하지 않았지만 정강이뼈 길이나 두개골 크기로 보면 성인 남자로 짐작할 수 있었다.

그것은 시신이 아니라 백골에 가까웠다. 노지에 오래 방치된 것처럼 사람의 형상이라고는 찾을 수 없었다. 살인자가 오래전에 죽였던 시신을 매달았다는 생각이 들 정도였다. 그러나 살점이 뜯겨나간 곳곳의 마르지 않은 핏자국으로 보아 지난 밤에 죽었다는 것을 알 수 있었다. 뼈 사이 살은 물론 연한 인대와 일부 연골까지 작고 예리한 도구로 발라져 있었다. 살인의 구체적 행태와 증거를 남기지 않기 위해 시신을 의도적으로 훼손한 것 같았다.

그들은 앞뒤로 시체를 실은 들것을 메고 수로를 따라 걸었다. 들것의 무게는 생각밖으로 가벼웠다. 그들이 수도교에서 내려오자 대기하던 병사들이 시체를 둘러쌌다. 마티아스는 땅 위에 들것을 놓고 그 위에 덮은 천을 걷었다.

"구석구석 살과 근육과 인대를 발라낸 걸 보면 뛰어난 도살꾼이 예리한 칼을 쓴 것 같지만 거칠게 뜯어낸 듯한 부분도 있어요. 이런 흔적을 남기는 흉기는 지금껏 본 적이 없어요."

마티아스는 죽은 자의 목 뒤로 손을 넣어 뼈를 매만지며 말했다. 밧줄이 목에 감기는 순간의 충격으로 목뼈는 부러져 있었다. 죽은 자의 표정이 평온한지 침울한지는 분명치 않았다. 고통 때문인지 몰라도 어금니를 악물고 있었다. 치아의 색이나 마모 상태를 보면 나이는 마흔을 넘겼음을 알 수 있었다.

수로 모서리에 걸쳐진 밧줄 표면에는 긁힌 자국이 보이지 않았다. 매달린 상태에서 버둥거리는 움직임이 없었다고 추정할 수 있었다. 시체에 걸쳐진 튜닉의 왼쪽 옆구리에 2~3센티미터 정도 찢어진 흔적이 보였다. 정확하게 말하면 찢어진 것이 아니라 예리한 도구에 베인 자국이었다. 앞쪽은 뾰족하고 뒤쪽은 뭉툭한 것으로 보아 날카로운 단검에 찔린 자국으로 추정할 수 있었다. 피살자의 옆구리를 찔러 절명시키고 뼈에서 살을 뜯어낸 후 목에 밧줄을 감아 수도교 아래로 던진 것으로 보였다.

"튜닉을 입은 걸 보면 로마인일 확률이 높습니다. 붉은 투구 깃털이 백인대장 표식이니까요."

시신 옆에 뒹구는 투구와 백골을 의미심장한 표정으로 내려다보며 루키우스가 말했다. 자신이 일개 기동대장 자리에는 아까운 인재임을 증명할 지력을 보이기 위해 안간힘을 쓰는 것 같았다. 그럼에도 죽은 자가 로마인인지 아닌지, 군인인지 아닌지는 명확하지 않았다. 우선 시신의 얼굴이 알아볼 수 없을 정도로 심각하게 훼손되어 있었다. 튜닉을 걸치고 있다지만 살인자가 의도적으로 남겨둔 속임수일지 몰랐다.

테오필로스의 이마 힘줄이 가는 경련을 일으켰다. 사건은 지금까지와 다른 국면으로 확장되고 있었다. 지난 사흘 동안 죽은 사람은 모두 어린 유대인 소년 소녀였지만 이 피살자는 외관상 로마인 백인대장이었다. 테오필로스는 자신이 어떤 살인자와 대적하고 있는지 알 수 없었다.

"우리가 너무 단순하게 생각했는지도 몰라. 이번 사건은 이전 사건들과 어떤 공통점도 없어. 범인이 동일인이 아닐 수도 있다는 생각을 배제하면 안 될 것 같아."

"각기 다른 살인자들이 매일 밤 떼를 지어서 돌아다니고 있다는 건가요?"

마티아스가 대꾸했다.

"그럴 가능성을 완전히 배제할 수는 없지 않나? 각기 다른 살인자들이 이전 살인을 모방해서 벌인 살육극일 수도 있어."

테오필로스는 잔혹한 살육 현장에서 시선을 돌렸다. 비애와 무력감이 그의 창백한 얼굴에 어둡게 가라앉았다.

마티아스는 시체가 매달려 있던 수도교를 올려보았다. 만약 피살자가 로마인 백인대장이라면 유월절을 맞아 예루살렘으로 집결한 가이사리아 군단이나 지방에서 소환된 지역군일 가능성이 있었다. 로마군 상당수가 예루살렘에 집결한 시점이니 신원 확인이 만만치는 않을 것이었다.

25

코르비우스의 보고를 받은 빌라도는 손톱을 뜯었다. 마흔 줄에 접어들자 눈의 초점이 흐려지고 관절에서 덜거덕거리는 소리가 나기 시작했다. 자신이 의식하지 못하는 사이에 늙어가고 있다는 사실에 그는 초조해졌다. 수도교에 내걸린 시체 관련 보고에 그는 치를 떨었다.

"이 잔인한 도시의 살인은 언제까지 이어질 것인가?"

예루살렘은 빌라도에게 변덕스런 여인 같았다. 그는 독이 담긴 황금잔처럼 영광스럽고도 치명적인 그 도시를 탐하면서도 경멸했다. 그는 이 도시로 부임했다가 다시는 로마로 돌아가지 못한 채 쓸쓸히 사라진 전임 총독들의 이름들을 떠올렸다.

수도교 살인은 성전과 지하수로, 빵공장 살인사건과 전적으로 달랐다. 살인이 일어난 곳은 로마 제국이 건설한 수도교였다. 예루살렘 수도교는 로마 제국의 힘과 기술, 자원과 조직술의 집대성이었고 빌라도의 가장 자랑스러운 업적이기도 했다. 그는 이 황폐한 사막 한가운데에 꽃을 피우겠다는 꿈을 현실로 재현했다.

3년에 이르는 대역사는 예루살렘의 풍경을 바꾸었고 그에 대한 평판을 바꾸어놓았다. 성마르고 성급한 점령군 총독의 이미지는 수도교 건설 이후 강력한 추진력과 비전을 지닌 지도자로 바뀌었다.

빌라도는 수도교가 살인 흉기로 사용되었다는 사실을 받아들일 수도 로마 건축의 자부심을 피로 더럽힌 살인자를 용납할 수도 없었다. 로마 제국의 권위와 자신이 이룬 치적을 피로 더럽힘으로써 놈은 자신의 목표가 로마제국이라는 것을 분명히 했다. 그것은 속주를 다스리는 총독에 대한 공격이었다.

죽은 자들이 복수를 하고 있는 것일까? 빌라도는 수도

교를 더럽힌 피가 1년 전에 죽은 갈릴리인들의 피와 상관 있을지도 모른다는 불안에 휩싸였다.

지난해 유월절을 피로 물들였던 악몽은 갈릴리 사령부에서 날아든 한 통의 전갈로 시작되었다. 단검과 몽둥이를 든 폭도에게 로마군 십여 명이 죽고 부상당했다는 내용이었다. 빌라도는 가이사리아 군단을 이끌고 갈릴리로 달려갔다.

어설픈 몽둥이와 이 빠진 단검으로 대적하던 폭도들은 로마군의 창검에 맥없이 쓸려나갔다. 빌라도는 피냄새가 가시지 않은 호숫가 사령부에서 압송되어온 반란군 수괴를 대면했다. 열심당 두목 '바라바'라는 자였다.

"유대는 비록 로마의 속주라 하나 나는 대제사장과 우호적인 관계일뿐더러 갈릴리는 헤롯 안티파스가 다스리고 있다. 그런데 왜 로마군을 습격하였는가?"

빌라도가 근엄하게 물었다. 바라바는 번들거리는 눈으로 빌라도를 노려보았다. 놈의 거친 턱수염이 부르르 떨렸다.

"네놈은 불경스럽게도 당국자들과 내통해 여호와께 바친 제물을 빼돌렸지. 네가 빼돌린 제물로 지은 예루살렘 수도교가 그 증거야."

빌라도는 태연한 척했지만 수도교 건설 내막에 대한 바라바의 언급에 내심 당황했다. 베들레헴-예루살렘 수도교는 총독부와 산헤드린의 엄격하고도 내밀한 계약을 통해 건설된 것이 사실이었다.

수도교의 필요성은 예루살렘 고지대에 위치한 안토니 요새의 고질적인 물 부족에서 대두되었다. 매년 우기가 끝나는 3월부터 10월까지 예루살렘은 반복되는 물 기근에 시달려왔다. 곳곳에 빗물 저장소를 만들고 지하 수로를 뚫었지만 물은 턱없이 부족했다. 급수를 위해서는 예루살렘보다 높은 지역에서 대량의 수맥을 찾아야 했다.

빌라도의 기술자들은 예루살렘 남쪽으로 9킬로미터 정도 떨어진 베들레헴 근처에서 적당한 수맥을 찾았다. 그러나 수원지에서 사막을 가로질러 물을 끌어대는 관개공사는 쉬운 일이 아니었다. 다양한 기술 검토 끝에 아루브강 수원에서 예루살렘까지 거대한 수도교를 건설할 수 있다는 결론이 도출되었다.

문제는 난공사가 아니라 총독부가 감당하지 못할 엄청난 비용이었다. 특별세를 징수하면 간단히 해결되겠지만 가혹한 세금에 지친 주민들은 폭동이라도 일으키려들 것이었다. 혼란보다는 가뭄이 나았다.

고심 끝에 빌라도가 찾아낸 해법은 수로를 통해 확보한 용수의 일부를 성전에 제공하는 것이었다. 안토니 요새와 담 하나를 두고 이웃한 성전 역시 심각한 물 부족에 시달리기는 마찬가지였다. 가장 적대적인 세력의 본거지가 가장 가까이 마주하며 같은 고충을 겪고 있는 셈이었다.

성전 급수권 확보는 빌라도에게 단순히 물 문제를 해결하는 차원을 넘어서는 다목적 정책이었다. 겉으로는 주민의 생활 편익을 향상시키는 단순한 의도로 보였지만 실제로는 예루살렘을 둘러싼 정치적, 행정적 난맥상을 일거에 해소할 수 있는 해법이었다. 예루살렘 중심부에 물을 공급한다는 것은 주민들의 멱살을 휘어잡는 것과 같은 의미였고 엄청난 규모의 대공사는 사사건건 반역의 빌미를 찾는 속주민에게 로마 건축술을 과시할 기회이기도 했다.

새 예산 편성도 외부 차입도 기대할 수 없는 상황에서 공사 자금은 결국 속주에서 짜내야 했다. 정확히 말해 성전에 바쳐진 제물, 곧 고르반에서였다. 그러나 성전 제물의 관리와 처분은 최대한 엄격하게 행사되어왔다. 예루살렘 식수난 해결은 오랜 숙원이었지만 제물을 로마인에게 넘기는 행위는 산헤드린의 반대는 물론 열심당의 저항을 부를 것이 뻔했다.

빌라도는 로마 기술력으로 수도교를 건설하는 데 성전에서 건설비 일부를 보조하면 물을 나눠 쓰겠다는 제안을 조심스럽게 던졌다. 예상대로 이빨도 들어가지 않았다.

빌라도는 곧장 다음 방책을 찾았다. 율법을 생명처럼 받드는 자들을 압박할 가장 효과적인 방법은 율법을 들이미는 것이었다. 그는 알렉산드리아에 사람을 보내 동방종교와 율법을 연구하는 자들을 수소문한 끝에 한 로마인 학자를 가이사리아로 불러 올렸다. 그는 어렵지 않게 성전세 사용에 관한 구전율법 구절을 찾아냈다. 예루살렘에 필요한 모든 시설의 경비는 성전 금고에서 지불한다는 조항이었다.

거래를 거부할 성전 측의 명분은 사라졌다. 로마인들에게는 기술이 있었고 유대인들에게는 돈이 있었다. 예루살렘의 평화와 주민 한 명 한 명의 안녕을 위해서라도 성전 금고를 털어야 했다. 거래는 성사되었다. 어느 쪽도 손해보지 않는 거래라 할 만했다.

제물을 실은 노새와 나귀 행렬이 안토니 요새로 향했다. 수레가 멈추고 레위인들이 물러나자 대기하던 로마인 회계사들이 나귀와 말을 헤아리고 수레의 크기와 대수를 세기 시작했다. 금화와 은화, 상아와 산호 장신구와 동방산 직물, 대추야자와 정제된 올리브유, 잘 익은 포도주…… 회계사들은 물품 하나하나의 목록과 수량을 꼼꼼하게 장부에 적었다.

"속주의 행정관으로서 국고의 명확한 출납을 위해 금화 한 닢, 대추야자 한 톨에도 남음이나 모자람이 없어야 할 것이다."

빌라도가 말했다. 행렬을 이끌었던 조나단은 그 오만한 얼굴에 침을 뱉고 싶었지만 그럴 수 없었다. 구역질이 날 만큼 꼴 보기 싫지만 웃어주는 수밖에. 그것이 그자의 탐욕으로부터 민족을 지킬 방법이었다.

조나단은 양피지 장부를 꺼내 정중하게 건넸다. 장부를 넘겨받은 수석회계사는 네 명의 회계사가 정리한 장부와 대조했다. 한참 후 이상 없다는 귓속말 보고를 받은 빌라도는 흡족한 표정으로 손을 들었다. 병사들은 연습이나 한 듯 나귀와 노새 고삐를 잡았다. 무거운 수레바퀴가 삐걱거리며 움직였다. 빌라도가 말했다.

"이 공세는 더 강건한 제국을 세우는 든든한 주춧돌이 될 것이다. 대제사장 이하 모든 속주민들의 노고를 치하하는 바이다."

조나단의 가슴속에서 무언가가 빠져나가고 있었다. 수천 리를 걸어온 순례자들의 성물이 로마 총독에게 흘러가고 있었다. 과도한 세금과 세리의 착취에 시달리면서도 모든 것을 털어 성전에 바친 백성들의 피땀이 로마 놈에게 강탈당하고 있었다. 하지만 큰 재앙을 피하려면 작은 모욕을 견뎌야 했다. 피와 혼란을 피하려면 비통함을 참고 예루살렘의 영광을 지키려면 치욕을 감수해야 했다. 만약 공세를 거부하면 로마와의 불안한 공존이 깨어질 것은 자명했다. 어떤 누가 그런 비극을 원할 것인가?

"우리가 원하는 것은 평화요. 이 물목으로 로마와의 평화를 지킨다면 기쁘겠습니다."

조나단은 가장 정중한 태도로 가장 불손한 요구를 했다. 평화를 위해 우리는 할 일을 다 했다. 이제 로마인이 우리 요구를 들어야 할 차례다.

빌라도는 확고부동한 자만심으로 각진 턱을 불끈거리며 가시 돋친 요구를 받아들였다.

"제국은 속주에 최대한 자유를 보장할 것이다. 속주의 평화는 제국의 안녕에도 필수적이니까."

빌라도의 날카로운 눈에서 권력을 향한 맹렬한 열망이 읽혔다. 금화와 은화, 보석을 실은 노새와 나귀의 발굽 소리와 수레바퀴의 어지러운 소음 속에서 조나단은 조용히 독백했다.

"빌라도. 넌 미끼를 물었어."

자금이 확보되자 공사는 거침없었다. 측량사와 설계사들이 도면을 완성하기도 전에 석공, 목수들이 동원되었다. 엄청난 석재가 채석되고 각각의 공구에 배관공과 조각공이 투입되었다. 그들은 중량과 고도와 거리와 맞서 싸우며 각자의 역할을 이행했다. 인부들은 거대한 비계를 설치하고 먼 곳에서 운반해온 돌을 쌓고 수로의 미세한 기울기를 유지하느라 휘청거렸고 탈진했다. 이룰 수 없다고 여겨지는 구조물이 불모의 사막과 황무지를 새로운 존재로 변화시키고 있었다.

3년에 걸친 공사 끝에 수도교가 완공되었을 때 안토니요새와 성전 저수조에는 차고 맑은 물이 고였다. 사막과 광야를 가로지르는 까마득한 수도교는 경이와 두려움의 대상이 되었다. 수도교 하나로 여러 고민을 한꺼번에 씻어버린 것이다. 그런데 어떻게 이 무도한 자에게 비밀이 새어나갔을까? 경위는 알 수 없지만 엎질러진 물이니 끝까지 버티는 수밖에 없었다.

"그것이 너희 열심당 수법이야. 허황된 유언비어로 군중을 선동하고 불안을 조장하지. 하지만 그런 소요는 언제나 피로 끝을 보았어. 너희는 얻을 게 없어. 아까운 목숨만 잃을 뿐이지."

빌라도가 말했다. 바라바는 붉게 핏발이 선 두 눈을 내리 깔고 헛웃음을 흘렸다.

"이 땅에서 얻을 게 없는 건 로마인이야. 한 사람을 죽일 수는 있지만 열 사람의 저항을 부를 테니까."

빌라도는 이 무뢰한에게 이 땅의 주인이 누구인지 알려 줄 필요를 느꼈다. 이자는 지금 이곳에서 누가 누구를 지배하고 있는지, 누가 누구에게 복종해야 하는지 똑똑히 알아야 했다.

"분명히 해두지. 여긴 유대 땅이기 전에 로마의 속주야. 그리고 속주를 통치하는 자는 총독인 나 빌라도야."

바라바는 고개를 들고 빌라도를 노려보았다.

"유대를 통치한다고? 대체 누굴 웃기려는 거지? 번쩍이는 갑옷과 투구로 온몸을 감싸고 있지만 난 네가 두려움에 휩싸여 있다는 걸 알아. 네가 속일 수 있는 자는 썩어빠진 로마 정치꾼과 이익에 눈이 먼 지배층과 하루하루 살기에 급급한 자들밖에 없어."

"내가 그들에게 무엇을 속였다는 거지?"

"네가 저지른 교활한 짓을 온 만천하에 알려 심판받게 할 거야. 네가 훔쳐낸 더럽힌 여호와의 신성한 돈을 백 배로 빼앗아 채우겠어!"

빌라도는 당장 바라바의 목을 매달아버리고 싶었다. 하지만 조급하게 처리할 일이 아니었다. 우두머리가 십자가에 못박히면 열심당 졸개들이 벌 떼처럼 들고 일어날 것이 분명했다. 시간이 필요했다. 우선 바라바를 안토니 요새의 지하 감옥에 처박으면 얼마간 시간을 벌 수 있을 것이다.

벌써 1년이 지난 일이지만 그 짐승 같은 자의 선동적인 말투가 빌라도의 머릿속에 생생하게 떠올랐다. 끓는 화를 가라앉히느라 빌라도는 어금니를 갈았다.

"살인자를 잡아야 해. 잡아내서 제 놈이 했던 대로 수도교에 모가지를 매달아야 해."

26

수백 명의 레위인과 도살자들이 엄숙한 표정으로 일하는 도살구역에는 희생제물의 울음소리와 피비린내가 진동했다. 34개의 수조와 집채만 한 크기의 중앙 수조에서는 끊임없이 물이 공급되었고 동물들의 피와 내장은 수많은 물구멍과 배수로를 통해 말끔히 처리되었다.

테오필로스는 토가 자락으로 코와 입을 막고 서둘러 도살구역을 지났다. 한때 자신이 일했던 그곳을 지날 때마다 마티아스는 어지럼증을 느꼈다. 멀리 제사장의 뜰에서 제의를 이끄는 사제의 찬양이 들려왔다. 수금과 피리, 나팔과 청동 심벌즈로 구성된 악단의 반주음은 천상의 소리 같았다.

그들은 행랑이 끝나는 곳에서 예수 일행을 발견했다. 냉정한 예수의 눈빛과 침착한 표정에서 하루 전 제물 매대를 들어 엎던 폭력적이고 감정적인 모습은 찾아볼 수 없었다.

마티아스는 예수를 따르는 패거리를 확인하며 그들의 이름을 하나하나 속으로 되뇌었다. 시몬 베드로와 그의 동생 안드레, 야고보와 요한 형제, 바톨로메오와 빌립보, 알패오의 아들 야고보. 마태가 아직 감방에 처박혀 있지 않다면 무리의 맨 앞에서 설쳐댔을 것이다. 약삭빠른 도마와 열심당 시몬은 보이지 않았다. 군중들 앞에 쉽게 나타나지 않는 것을 보면 두 놈 모두 제 발이 저린 것이 분명했다.

예수 일행이 발걸음을 멈춘 것과 동시에 맞은편에서 예닐곱 명의 남자들이 다가왔다. 장중한 복식과 근엄한 표정으로 보아 그들 중 서너 명은 장로들이었고 두어 명의 서기관들이 합세한 것으로 보였다. 아마 어제 예수가 행랑에서 벌인 소동을 지켜본 것 같았다. 무리의 맨 앞에서 다가오던 서기관이 손가락으로 예수를 가리켰다.

"네가 무슨 권위로 이런 일을 하느냐? 누가 너에게 이런 일을 할 권위를 주었지?"

나머지 사내들은 예수에게서 두어 걸음 떨어진 곳에서 발걸음을 멈추었다. 스스로의 의지로 멈춘 것이 아니라 알 수 없는 무언가가 그들의 발걸음을 붙잡은 것 같았다. 예수는 빛이 들지 않는 행랑 그늘 아래에서 그를 응시하며 나직하게 말했다.

"당신이 내게 물었으니 나도 한 가지 묻겠다. 당신들이 내 질문에 대답하면 나도 무슨 권위로 이런 일을 하는지 말해주겠다. 요한의 세례가 어디로부터 왔는가? 하늘로부터인가? 사람으로부터인가?"

질문을 질문으로 되받는 고도의 변론술이었다. 그들이 세례요한의 권위가 하늘로부터 왔다고 하면 예수는 어찌 하나님의 사람을 믿지 않느냐고 반론을 펼 것이 분명했다. 반대로 사람으로부터 왔다고 하면 모든 사람이 요한을 선지자로 여긴다는 사실을 인정하는 셈이었다.

군중들은 조용히 두 사람 사이에 흐르는 침묵을 주시했다. 이러지도 저러지도 못한 채 한동안 시간을 보낸 서기관이 마지못해 입을 열었다.

"우리는 알지 못한다."

예수는 고개를 끄덕였다.

"그렇다면 나도 무슨 권위로 이런 일을 하는지 너희에게 말하지 않을 것이다."

장로와 서기관들은 분을 참지 못했다. 길게 기른 그들의 턱수염이 떨리는 것이 보일 정도였다. 당장이라도 예수를 잡아들이고 싶지만 순례자들의 눈치를 보느라 그럴 수도 없었다. 그들은 곤경에서 벗어나기 위해 앞다투어 헛기침을 했다. 마티아스는 팔꿈치로 테오필로스의 옆구리를 찔렀다. 테오필로스가 좀 더 지켜보자는 뜻으로 고개를 끄덕였다.

그때 그들 뒤에서 상황을 지켜보던 사내가 앞으로 나섰다. 부자들이 주로 입는 고급 원단으로 지은 옷차림을 한 바리새인이었다. 햇살에 반짝이는 숱 적은 갈색 수염은 영리한 인상과 호감을 동시에 주었다. 그는 최대한 예의를 갖추면서도 조롱을 담은 어투로 예수에게 말했다.

"선생님. 당신은 옳은 것을 말하고 가르치며 사람을 외모로 보지 않고 오직 진실로 하나님의 도를 가르친다 들었습니다."

카랑카랑한 목소리가 행랑에 울렸다. 군중들은 호기심 가득한 표정으로 그의 다음 말을 기다렸다.

"우리가 황제에게 세를 바치는 것이 가합니까, 불가합니까?"

군중들은 약속이나 한 듯 탄성을 질렀다. 세금문제는 모든 사람이 피부로 느끼는 절박하면서도 민감한 문제였다. 유대가 로마의 손에 들어간 100여 년 전부터 로마인은 거머리처럼 목덜미에 들러붙어 주민들의 피를 빨았다. 모든 성인 남성에게 부과되는 인두세는 물론 수시로 구실을 붙여 세금을 부과했다. 많은 부분은 총독궁을 통해 로마로 흘러들어갔지만 일부는 세리들의 배를 채우는 데 쓰이기도 했다.

그러니 '가하다'는 대답은 동족의 피와 땀을 로마에 갖다 바치라는 뜻으로 예수가 민족 배신자라는 고백이었다. '불가하다'는 대답은 로마 정책에 저항하는 선동행위로 황제에 대한 반역자임을 자인하는 셈이었다.

바리새인의 질문은 예수를 이러지도 저러지도 못하게 옭아매는 덫이 되었다. 이제 예수는 선택하지 않을 수 없는 지경에 놓였다. 흑이냐? 백이냐? 이쪽이냐? 저쪽이냐? 어느 쪽을 선택하든 위험이 기다리는 양날의 칼이었다. 예수는 혼잣말처럼 나직이 말했다.

"데나리온 하나를 내 앞에 가져와서 보여라."

동전을 한 닢을 가지고 어떻게 하겠다는 것인가? 마티아스는 예수의 입에서 눈을 뗄 수 없었다.

바리새인은 내키지 않는 듯 머뭇거리더니 마지못해 주머니에서 동전 하나를 꺼내 보였다. 성인 남자 하루 일당에 해당하는 가치를 지닌 한 데나리온짜리 은화였다. 중앙에 티베리우스 황제 초상이 있고 가장자리를 따라 '아우구스투스의 아들, 신성한 아우구스투스 티베리우스 가이사에게 속한'이라는 글자가 새겨져 있었다. 뒷면에는 '위대한 로마 제사장pontifex maximus'이란 황제 칭호가 돋을새김되어 있었다. 한동안 동전을 들여다보던 예수가 들릴 듯 말 듯한 목소리로 물었다.

"그 동전에 누구 얼굴이 새겨져 있으며 누구 글이 새겨져 있느냐?"

마티아스는 그 순간 바리새인 자신이 예수에게 친 올가미에 걸렸다는 사실을 알아차렸다. 어떤 인물상도 새기지 않는 유대 동전과 달리 로마 동전에는 황제의 얼굴이 새겨져 있었다. 동전에 새겨진 인물상은 우상숭배 금지라는 첫 계명을 정면으로 위반하는 처사였다. 게다가 그의 동전에는 황제가 신성한 자의 아들이라는 신성모독적 문구까지 새겨져 있었다. 데나리온 은화를 가지고 있다는 사실만으로도 그는 충분히 비난의 대상이 될 만했다. 군중들의 눈빛이 바리새인에게 대답을 재촉했다.

"가이사의…… 것입니다."

바리새인은 떨어지지 않는 입을 열었다. 예수는 아무 대꾸도 하지 않았다. 군중들은 숨을 죽였다. 그들 모두는 마치 누가 오래 침묵을 유지할 수 있는지 내기를 벌이는 것 같았다. 뱀 비늘처럼 서늘하게 번득이는 정적이 그들을 휩쌌다. 도마뱀 한 마리가 미끄러지듯 행랑 기둥을 타고 올랐다.

"그런즉 가이사의 것은 가이사에게, 하나님의 것은 하나님께 바쳐라."

예수는 팽팽한 활시위를 놓듯 대답을 남기고 밀치락달치락하는 군중을 헤치며 행랑을 빠져나갔다. 논쟁은 끝났다.

예수는 질문의 칼날을 교묘히 피하며 바리새인의 딜레마를 역으로 논박했다. 동전 기능을 물건을 사는 데 국한시키지 않고 권력의 상징물로 바꿔버린 것이다. 어떤 화폐가 통용되느냐에 따라 그 지역 지배자가 결정되며 특정한 화폐가 미치는 범위가 곧 지배자의 권력이 미치는 범위라는 논리였다. 그는 황제 얼굴이 새겨진 동전이 통용되는 것으로 티베리우스의 정치권력을 인정하는 동시에 하나님 것을 하나님께 바치라고 말함으로써 유대인의 민족 감정도 피해나갔다.

군중들은 아무 일도 없던 것처럼 소란해졌고 행랑은 다시 혼잡해졌다. '가이사 것은 가이사에게, 하나님 것은 하나님에게'…… 테오필로스는 알 듯 말 듯한 표정으로 고개를 갸웃거렸다.

"그 표현은 논점을 피하기 위한 단순한 가부 표명이 아니었어. 얼핏 적절한 타협으로 들리지만 까다로운 의문을 포함한 반어법이지. 그 말에는 필연적으로 무엇이 황제 것이고 무엇이 하나님의 것이냐 하는 질문이 포함되어 있거든. 비유와 상징, 은유와 비약을 모두 포함한 정교한 논리 구조였지."

"땅 한 뼘도, 무화과 나무 한 그루도, 돌멩이 하나도 하나님에게 속해 있어요. 시편 24장에 '땅과 그 안에 가득 찬 것이 모두 다 주님의 것, 온누리와 그 안에 살고 있는 모든 것도 주님의 것'이라고 적혀 있는데 뭐가 가이사의 것이죠?"

마티아스는 자신이 너무 많은 말을 하고 있다고 생각했다. 자기 말이 자기를 옭아맬 올무가 되리라는 우려에도 그는 말을 멈출 수 없었다. 테오필로스는 고개를 끄덕였다.

"예수는 '동전에 누구 얼굴이 새겨져 있으며 누구 글이 새겨져 있느냐'는 질문으로 '가이사의 것'이란 대답을 유도했어. 가이사 소유인 동전 한 닢을 돌려주라는 말은 황제 권위에 대한 조롱으로 받아들일 수도 있지. 그는 로마 세금 정책에 대한 공격을 원만한 타협의 수사로 포장한 거야."

마티아스는 더 이상 할 말이 없었다. 그 자리에 더 있고 싶지 않았고 있을 필요도 없었다. 그자를 다시 만나야 했다. 죽은 소녀들에 대해 추궁하고 닦달하고 몰아세워야 했다.

마티아스는 몰려든 군중을 밀치고 행랑 끝을 향해 달렸다. 마티아스가 숨이 턱에 차서 행랑 모퉁이를 돌았을 때 그는 보이지 않았다. 양들의 울음소리와 환전상의 외침 속에서 마티아스는 길을 잃은 것 같았다.

27

성전수비대에 들른 마티아스는 조나단에게 가능한 한 구체적으로 수도교 상황을 보고했다. 말없이 보고를 들은 조나단은 대책을 물었다. 마티아스는 마태를 즉각 석방시켜 달라고 요청했다. 조나단은 의자에서 굴러 떨어질 듯 휘둥그레진 눈으로 마티아스를 바라보았다.

"마태를 놔준다고? 겨우 잡은 성전 살인사건의 가장 유력한 용의자를 왜?"

"더 큰 놈을 잡으려면 미끼가 필요합니다. 놈을 풀어주면 어떻게든 자기 패거리에게 돌아갈 겁니다. 위험하다고 생각하겠지만 일단 살인혐의를 벗은 것으로 생각하고 한시름 놓을 테니까요. 그러면 놈을 이용해 패거리의 동태를 살피고 내부 정보를 빼낼 수 있습니다."

조나단은 못 미덥다는 표정이었지만 대놓고 거부하지는 않았다. 연쇄살인사건을 해결하는 것은 물론 통제하기 어려운 예수의 도발을 해결할 복안이 될 수도 있다는 마티아스의 말이 먹힌 결과였다. 하기야 온 도시를 들썩이게 한 연쇄살인사건의 범인이라기에 세리 나부랭이나 열심당 끄나풀은 변변찮은 인물들이었다.

"좋아! 마태는 풀어주는 것으로 하지. 대신 시몬이란 놈을 잡아들여! 네가 좋아하는 증거 걱정은 말고. 성전수비대원 20명을 풀어 탐문한 결과 놈이 지하 수로 살인을 저질 렀다는 확고한 증거를 확보했으니까."

조나단은 품에서 둘둘 말은 수건 뭉치를 꺼내들었다. 수 건을 벗기자 낡은 칼집에 꽂힌 칼 한 자루와 손때가 묻은 또 한 자루의 칼이 드러났다. 조나단은 칼집이 없는 낡은 칼을 집어들고 말했다.

"이 칼은 기혼 샘 수원지에서 건진 시카리야. 범행에 사 용된 것이 확실하지."

"그 칼이 놈의 것이라는 증거가 있습니까?"

"사흘 전에 놈에게 이 칼을 갈아주었다는 대장간 노인의 증언을 확보했어. 놈이 범행을 끝내고 달아나다가 현장에 떨어뜨린 게 분명해."

"그럼 칼집 속의 칼은 또 뭐죠?"

조나단은 낡은 칼집에 꽂힌 칼을 뽑아들었다. 그는 칼날 에 어린 은빛 광채에 자신의 얼굴을 골똘히 비추어 보며 대 답했다.

"이건 나사로의 집에서 찾아낸 놈의 칼과 칼집이야. 성전 수비대가 들이닥치니 무기를 챙길 겨를도 없이 지붕 퇴창 으로 달아났지. 이걸 봐. 칼집은 낡았는데 그 속에는 길들지 않은 새 칼이 들어 있어. 재미있지 않아? 지하 수로에 칼을 떨어뜨리고 새 칼을 산 거지."

조나단은 살인현장에서 찾은 시카리를 나사로의 집에서

찾은 칼집에 넣었다. 칼과 칼집의 크기는 물론 아귀가 꼭 맞아떨어졌고 칼을 칼집에 넣었을 때 닳은 자국의 위치도 정확히 일치했다. 조나단은 원래 짝을 찾은 칼과 칼집을 들어 보이며 말을 이었다.

"열심당이 회당장들을 눈엣가시처럼 여기는 걸 알지? 게다가 놈은 거리 한복판에서 난동을 부리다가 로마군에 체포된 전력도 있어. 시몬의 칼은 움직일 수 없는 살인의 증거물이야. 우선 놈을 잡아들이는 것이 급선무야."

시몬이 범인이라는 조나단의 추측에는 나름의 타당성이 있었다. 그럼에도 마티아스는 뭔가 어긋나 있다는 생각을 떨칠 수 없었다. 성전수비대의 정보력을 의심할 수는 없지만 그는 처음부터 손쉽게 체포될 목적으로 살인의 흔적을 남긴 것 같았다. 게다가 마태는 강경하게 범행을 부인했고 시몬에게선 한마디의 진술도 듣지 못한 상태였다.

현장의 증거와 범행 수법을 종합하면 두 사건의 범인은 동일인일 가능성이 컸다. 즉 마태와 시몬이 공범이거나 둘 중 하나가 결백할 수도 있다는 말이었다.

시몬이 살인자라는 조나단의 말을 믿는다면 마태가 결백할 수도 있다는 말인가?

조나단의 방을 나온 마티아스는 돌벽에 기대어 성전을 올려다보았다. 성전을 바라보면 마티아스는 불변의 굳건한 진리와 세월에 마모되지 않는 단단한 세상이 거기 있다고 믿을 수 있었다. 무거운 돌벽의 침묵과 우아한 문설주의 곡면, 단단한 나무 장식들의 어둑한 색은 그곳이 낡고 오래되고 진부하지만 그 모습 그대로 영속하리라는 믿음을 심어주었다. 몰려드는 순례자들의 반짝이는 흰옷들은 신의 존재와 섭리를 확신하게 해주었다. 그렇지 않다면 끝없이 이어지는 저 순례의 행렬을 무엇으로 설명할 수 있단 말인가?

도시는 녹슨 것처럼 붉은 먼지에 휩싸여 있었다. 이 도시를 걸을 때면 그는 언제나 길을 잃은 것 같았다. 처음 도착한 것처럼 낯설었고 어디론가 가고 있을 때조차 길을 잃은 것처럼 정처없었다. 꼬불꼬불한 골목, 막다른 좁은 길, 미로처럼 복잡한 거리…… 그는 어디로 가야 할지 알 수 없었다. 마치 미로에 갇힌 생쥐처럼 영원히 그곳을 맴돌게 될까 두려웠다.

마티아스는 욱신거리는 몸을 일으켜 힌놈 골짜기로 발걸음을 옮겼다. 예루살렘 남서쪽을 둘러싸고 있는 이 골짜기는 오래전 우상의 신당을 세우고 어린아이를 불태워 제사 지낸 살육과 광기의 땅이었다. 지금은 악취와 연기에 휩싸인 지옥을 연상시키는 쓰레기장으로 변해 있었다.

제정신을 가진 누구도 발걸음을 하지 않는 버려진 계곡을 두고 떠도는 소문은 끝이 없었다. 생긴 지 얼마 되지 않은 무덤이 파헤쳐진다더라, 들개들이 떼 지어 다니며 시체를 파먹는다더라, 천국에 이르지 못한 죄인의 망령이 떠돈다더라…….

최근에는 힌놈과 기드론 골짜기 일원에 악령의 군대가 출몰한다는 새로운 소문이 광범위하게 퍼지고 있었다. 지옥에서 온 것이 분명한 군대가 말발굽 소리조차 없이 계곡을 넘나들며 예루살렘 곳곳에 출몰한다는 것이었다.

주민들은 목자들이 양을 기르듯, 농부가 포도나무를 기르듯 소문을 길러냈다. 위정자들의 통치행위는 소문을 다스리는 것으로 시작되고 끝났다. 근거 없는 소문이 그럴듯한 사실과 결부되어 일으키는 폭발력을 알기 때문이었다. 달리는 말처럼 수천 리를 가고 누룩 넣은 빵처럼 시간이 지날수록 부풀고 부풀다가 터져버리는 말의 위험성을. 죽은 사람이 살아났다든가, 물로 포도주를 만든다든가, 눈먼 사람이 눈을 떴다든가 하는 소문의 허황됨을. 그래서 그들은 소문을 수집해 분석하고 소문을 퍼뜨리는 자들을 잡아넣고 역소문을 가공해 퍼뜨렸다.

그러나 힌놈의 악령에 대한 소문에는 미심쩍은 데가 있었다. 평상시라면 계곡을 둘러싼 잡다한 헛소문에 불과할 힌놈의 악령은 유월절을 앞두고 밤마다 일어난 살인과 결합하는 순간 강력한 괴담으로 변해 불안감을 증폭시키고 있었다.

마티아스는 이 악령이 어떤 식으로든 연쇄살인과 연관되어 있다고 확신했다. 야이로의 딸이 죽었을 때 실로암 연못에서 물을 긷던 처녀가 악령의 군대를 보았다는 소문이 있었다. 벤자민이 죽은 밤에는 밤일을 마치고 돌아가던 빵공장 일꾼이 검은 말을 탄 자들을 보았다고 했다. 백인대장의 끔찍한 죽음 후에도 수도교를 따라 검은 말을 달리는 악령을 보았다는 목격담이 파다했다.

소문을 다루는 첫 단계는 그 근원을 확인하는 것이었다. 그러려면 악령이 출몰한다는 힌놈 골짜기부터 뒤져야 했다. 만약 소문이 사실이면 실질적 대책을 세워야 하고 거짓이라면 과도한 불안을 제거해야 했다.

마티아스가 도착했을 때 힌놈 골짜기는 대낮인데도 정적에 쌓여 있었다. 햇빛에 달아오른 바위들이 열기를 뿜었다. 모래와 나뭇가지와 덤불 더미가 상승기류에 휩쓸려 날아올랐다. 작은 잿빛 새들이 던져진 단도처럼 바위와 덤불 사이로 낮게 날아다녔다. 모래바람에 날린 옷자락이 다리에 휘감겼다.

마티아스는 말라빠진 나무 등걸과 바위를 타고 넘어 자갈 비탈을 건너 가파른 바위 절벽을 내려갔다. 계곡 바닥에는 매캐한 유황 냄새가 가라앉아 있었다. 누군가 모닥불을 피운 듯 그을음이 더께더께 낀 돌무더기가 보였고 그 옆에는 반쯤 타다 만 양가죽이 널브러져 있었다. 조금 떨어진 둔덕에는 하얗게 바랜 짐승의 머리뼈가 뒹굴었다.

마티아스는 두건으로 입과 코를 싸매고 골짜기를 거슬러

올라갔다. 쓰레기들 사이로 희미한 발굽자국들이 띄엄띄엄 이어졌다. 평범한 말발굽과는 다른, 처음 보는 기이한 발자국이었다. 간격이나 행로로 보면 말처럼 보였지만 윤곽선이 희미해 발바닥이 무른 낙타 같기도 했다. 곳곳에 파헤쳐진 무덤 잔해도 보였다. 악령의 군대가 나타난다는 소문이 사실일까? 정말 악령이 소녀들을 죽인 것일까?

계곡의 좁은 길을 따라 한참을 걷자 기드론 계곡이 이어졌다. 악취와 모래먼지에 휩싸인 힌놈 계곡과 달리 기드론 계곡에는 맑은 바람이 불었다. 계곡 사면에는 올리브와 무화과 나무들이 자라고 있었다. 감람산의 부드러운 능선 너머 베다니 마을로 향하는 길이 뻗어 있었다.

마티아스는 북쪽으로 방향을 바꾸어 계곡을 따라 올라갔다. 얼마 지나지 않아 기혼 샘이 보였다. 지하 수로 돌문은 열려 있었다. 마티아스는 옷 주름 사이에 쌓인 흙먼지를 쏟아내고 어둑한 계단을 내려섰다.

지하 수로 내부는 질식할 것 같은 어둠으로 가득 차 있었다. 사방에서 철철 흐르는 물소리가 달려들었다. 마티아스는 올리브유를 먹인 횃불에 불을 붙였다. 놀란 박쥐가 한꺼번에 날아올랐다. 그는 두 손으로 머리를 감싸고 몸을 웅크렸다.

물속에 처박혀 실신 직전까지 갔던 불시의 습격이 떠올라 그의 발걸음은 서툰 말이 끄는 마차의 바퀴처럼 덜걱거렸다. 그는 두려운 것은 없다고, 있다면 무슨 짓을 할지 모르는 자신뿐이라고 생각하려고 노력했다.

횃불을 처들자 지름이 5미터 정도 되는 둥근 공간이 밝아왔다. 수로터널이 시작되는 수원지였다. 반대편에는 물이끼가 낀 암벽으로 가로막혀 있었다. 바닥을 천천히 돌아보았지만 특별한 것을 발견할 수는 없었다.

마티아스는 벽면 이곳저곳을 살피며 수로를 따라 한동안 내려갔다. 수로 중간쯤에 이르렀을 때 갑자기 횃불이 흔들리며 꺼질 듯 사그라졌다. 급히 횃대를 반대편으로 옮기자 불꽃은 흔들림을 멈추고 다시 타올랐다.

정체 모를 섬뜩함이 목덜미를 스쳐갔다. 어디선가 외부공기가 터널 안으로 새어드는 것 같았다. 횃불을 암벽 가까이 대자 불꽃은 화르르 소리를 내며 꺼질 듯 흔들렸다. 음산한 불 그림자가 암벽에 너울거렸다. 암벽 표면에는 미끌미끌한 물때와 축축한 이끼가 엉겨 있었다. 불꽃이 흔들리는 방향을 보니 바람은 수로터널 반대쪽 암벽의 거대한 돌틈에서 새어나오는 것 같았다.

마티아스는 돌 틈에 얼굴을 갖다대고 눈을 감았다. 미지근한 공기가 벽 틈에서 쏟아져나왔다. 썩어가는 곰팡이와 흙냄새, 말 배설물이 섞인 지독한 냄새가 났다. 성전 지하 감방의 익숙한 냄새였다. 그는 무언가에 얻어맞은 듯 그자리에 얼어붙었다.

"이 동굴은 성전 지하와 연결되어 있다."

그는 또렷하게 혼잣말을 했다. 눈앞의 바위가 단순한 암벽이 아니라 거대한 돌문이라는 사실을 자기 귀로 똑똑히 듣고 싶었기 때문이었다. 그렇지 않으면 모든 일이 믿어지지 않을 것 같았다. 심지어 자기 목소리를 듣고서도 믿기 힘들기는 마찬가지였다.

그곳은 거룩한 성전과 가까운 지하 공간이었고 위대한 히스기야 왕의 전적지였다. 그런데 누가 어떤 목적으로 이 거룩한 장소에 은밀한 통로를 설계하고 만들었을까?

마티아스는 자신이 두려워하고 있다는 것을 명확히 인식했다. 모르기 때문에 두려운 것이 아니라 무언가를 알아버렸다는 사실이 두려웠다. 무언가를 안다는 건 대가를 치러야 하는 일이었다. 보지 말아야 할 것을 보고, 알지 말아야 할 것을 알아버린 자신이 치려야 할 대가를 그는 곰곰이 생각했다.

2권에서 계속